让名著融入我们的生活

无障碍阅读

价值读物

天方夜谭

········· 邓敏华 / 编译 ·········

打造高价值读物

线装书局

图书在版编目（CIP）数据

天方夜谭 / 邓敏华编译. — 北京：线装书局，
2013.4（2019.8）
（语文新课标名家选）
ISBN 978-7-5120-0946-2

Ⅰ.①天… Ⅱ.①邓… Ⅲ.①民间故事—作品集—阿
拉伯半岛地区 Ⅳ.①I371.73

中国版本图书馆 CIP 数据核字(2013)第 082700 号

天方夜谭

编　　译：	邓敏华
责任编辑：	李津红
装帧设计：	宋双成
出版发行：	线装书局

　　　　　　地　址：北京市丰台区方庄日月天地大厦 B 座 17 层（100078）
　　　　　　电　话：010-58077126（发行部）　 010-58076938（总编室）
　　　　　　网　址：www.zgxzsj.com

经　　销：	新华书店
印　　刷：	天津久佳雅创印刷有限公司
开　　本：	710mm×1000mm　　1/16
印　　张：	13
字　　数：	156 千字
版　　次：	2019 年 8 月第 1 版第 2 次印刷
印　　数：	10001—20000 册
定　　价：	29.80 元

线装书局官方微信

目录 Contents

导读 ················· 1

知识链接 ·············· 1

国王山努亚和他的一千零一夜 ······ 1

女骗子和女儿 ············ 10

阿拉丁与神灯 ············ 15

阿里巴巴和四十大盗 ·········· 38

哈希卜 ··············· 60

懒 汉 ··············· 74

睡着的国王 ············· 77

莱伊拉三姐妹 ············ 96

理发匠和洗染匠 ··········· 101

修行者与奶油罐 ··········· 109

终身不笑者 ············· 111

银匠和歌女 ············· 116

布鲁吉亚遇险记 ················ 118

铁链和铁棍 ···················· 121

宰相和乡下老人 ················ 123

没有用的本领 ·················· 125

牧羊人的笛声 ·················· 127

朱德尔与沙麦尔丹宝库 ·········· 131

聪明的猴子 ···················· 143

幸福靠什么 ···················· 145

渔夫与魔鬼 ···················· 148

国王的梦 ······················ 164

三个苹果 ······················ 167

渔夫和猴子 ···················· 173

渔夫和雄人鱼 ·················· 175

公主和王子 ···················· 195

懂鸟兽语言的人 ················ 197

导读

　　《天方夜谭》具有浓郁的浪漫主义色彩,里面的故事情节曲折离奇,充分展示了广大劳动人民丰富的想象力。这些故事,有的遵照现实的逻辑,有的却完全借助于想象,是人民头脑中的幻想。这些变化莫测的故事,带给读者无限的惊奇与启发。同时,《天方夜谭》中的许多故事,还把美好愿望的幻想性与现实的真实性奇妙地融合起来,使浪漫主义和现实主义表现手法相映生辉、齐放异彩,达到了引人入胜的艺术效果。

　　《天方夜谭》中很多故事来源于古代波斯、埃及和伊拉克的民间传说,但阿拉伯人民经过吸收、改造和再创作,使它们真实生动地反映了阿拉伯社会的生活。这些故事多是赞美和歌颂人民的善良和智慧,抨击和揭露坏人的邪恶和罪行。其中包括许多今天脍炙人口的故事,如《渔夫和魔鬼》《阿拉丁和神灯》《阿里巴巴和四十大盗》《辛巴达航海旅行记》等。书中人物繁多,涵盖了中世纪阿拉伯社会生活的各个方面,是研究阿拉伯历史、文化、宗教、语言、艺术和民俗等多方面内容的珍贵资料。

《天方夜谭》语言丰富优美、生动活泼，诗文并茂，广泛地运用了象征、比喻、幽默、讽刺等修辞手段，有些故事还插入了警句、格言、谚语、短诗等，形成了丰富多彩的语言特色，大大地增强了艺术感染力，是一部经世不衰的文学巨著。

作者简介 •

　　《天方夜谭》阿拉伯原文为《一千零一夜》,中译本习惯译成《天方夜谭》。"天方"来源于沙特阿拉伯麦加城内的"克尔白天房"的谐音,"夜谭"是指阿拉伯人喜欢夜间讲故事。我国古时称阿拉伯国家为"大食国",明朝以后改称"天方国",所以后来把《一千零一夜》译为《天方夜谭》,意思是"天方国的故事"。

　　《天方夜谭》的故事分成六大类:神话传说、寓言童话、神魔故事、历史故事、爱情故事和冒险故事,生动地描绘了一幅中世纪阿拉伯帝国社会生活的复杂图画。《天方夜谭》的最初编者已不可考。从这部作品所反映出的文化特征、民族精神、风俗习惯、宗教信仰和它的高度艺术水平来看,最初出现的时间当不会早于阿拉伯帝国形成之时的8世纪。关于《天方夜谭》成书过程的下限,人们根据书中提供的有关资料探讨,认为在16世纪中叶,此时阿拉伯帝国灭亡已有4个世纪。

　　《天方夜谭》是一部极具魅力的民间文学鸿著,尽管许多故事都存在着生活中不可能有的神奇色彩,但每个故事都留有当时阿拉伯社会的烙印。青少年读者不仅可以从这些美妙的故事中领略旖旎绮丽的异国风光，还能了解中东各国的历史。

◖作品评价•

在百花争艳、五彩缤纷的世界文学百花园中，《天方夜谭》这部中世纪最伟大的民间文学巨著，多少世纪以来一直盛传不衰，至今仍对世界文化产生着极为深远的影响。

作为世界文学宝库中的奇珍异宝，《天方夜谭》是全人类的共同财富，受到各国读者的关注。它促进了欧洲的文艺复兴和近代自然科学的建立，对世界文化的发展功不可没，对世界文学和艺术具有极其重要的影响。早在十字军东征时，它的一些故事就曾被带回欧洲，在18世纪初，研究东方文化的迦兰首次把叙利亚的一些故事译成法文出版，并由此对法国、英国、德国、俄罗斯、西班牙、意大利和中国等国家的文学艺术产生积极作用，许多世界文学巨匠如伏尔泰、司汤达、拉封丹、歌德等人，都曾不止一遍地阅读《天方夜谭》并从中获得启迪。同时，它还激发了东西方无数诗人、学者、画家和音乐家的灵感，甚至格林童话、安徒生童话、普希金的童话故事，都不同程度地受到它的影响。

《天方夜谭》是阿拉伯文学的瑰宝，因其奇异的想象、极具异域风情的内容以及浪漫的风格，从而享有"世界最大奇书"的美称。

国王山努亚和他的一千零一夜

相传古时候,在古印度①和中国之间的海岛上,有一个萨桑王国,国王名叫山努亚。山努亚国王每天要娶一个女子来,在王宫过夜;但每到第二天雄鸡高唱的时候,便残酷地杀掉这个女子。

这样年复一年,持续了三个年头,山努亚整整杀掉了一千多个女子。

百姓在这种威胁下感到恐怖,纷纷带着女儿逃命他乡;但国王仍然只顾威逼宰相,每天替他寻找女子,供他取乐、虐杀。整个国家的妇女,有的死于国王的虐杀,有的逃之夭夭,城里十室九空,以至于宰相找遍整个城市,也找不到一个女子。他怀着恐惧、忧愁的心情回到相府。

宰相有两个女儿,长女叫桑鲁卓,二女儿叫多亚德。桑鲁卓知书达理、仪容高贵,读过许多历史书籍,有丰富的民族历史知识。她收藏有上千册的文学、历史书籍。见到宰相忧郁地回到家中,桑鲁卓便对他说:

"爸爸! 您为了何事愁眉不展,为什么忧愁烦恼呢?"

宰相听了女儿的话,告诉了女儿一段故事——

在从前的萨桑国,老国王仁德义勇,拥有一支威武的军队,宫中婢奴成群,国泰民安。国王有两个儿子,都是勇猛的骑士。大儿子山努亚比小儿子萨曼更英勇,令敌人闻风丧胆。大儿子山努亚继承王位后,由于秉公执政,深受老百姓拥戴。萨曼则被封为撒买干第国的国王。兄弟二人秉公谦明地治理着国家。国家不断繁荣富强,人民过着幸福的生活。

一天,国王山努亚思念弟弟,派宰相前往撒买干第去接弟弟萨曼前来相聚。宰相领命,启程动身,很快来到撒买干第国土。

见到萨曼,宰相转述了国王山努亚的致意,说国王想念他,希望他去

---

①古印度:是中国的近邻,位于南亚地区,与古埃及、古巴比伦、中国并称为"四大文明古国"。

萨桑国看他。

萨曼随即回答说："遵命。"

于是萨曼国王准备好帐篷、骆驼、骡子，分派了仆从，把国政委托给他的宰相，然后就动身出发。走了不远，他想起礼物遗忘在宫中，便转身回宫去取。不料回到宫中，他却看见王后和乐师们挤在一堆，又是弹唱，又是嬉戏。萨曼国王见此情景，眼前顿时漆黑一团。

他想："我还未走出京城，这些贱人就闹成这样。要是我这一去住久了，这些贱人不知会闹出什么事呢！"想到这儿，他拔出宝剑，一下杀了王后和乐师，然后怀着悲痛的心情，匆匆离开了王宫。一路上，他率领人马，跋山涉水，向萨桑国行进。

快到京城时，萨曼派人前去向哥哥报信。山努亚国王迎出城来，兄弟俩见面后，彼此寒暄，十分高兴。山努亚在王国里专门为弟弟装饰了城郭，天天陪他一起谈心。

萨曼却心情忧郁，他被妻子的所作所为所困扰，整日闷闷不乐，一天天憔悴、消瘦下去。山努亚以为弟弟为离愁困扰，因而并没有多问。但终于有一天，山努亚忍不住了，问：

"弟弟，你一天天面容憔悴，身体消瘦，到底是为什么呀？"

"哥哥呀！我内心的痛苦是难以言传的。"萨曼对自己的遭遇守口缄默。

"好吧！我们一块儿去山里打猎去，也许能消愁解闷呢。"

萨曼不愿去，山努亚便独自率领人马到山中去了。

萨曼一个人留在宫中。他居住的宫殿的拱廊对面是山努亚的御花园。那天他凭窗远眺，只见宫门开处，二十个宫女和二十个奴仆鱼贯走入花园。萨桑国尊贵的王后也处身其间，打扮得娇艳夺目。她们在喷水池前依次坐下，饮食歌舞，直玩到日落时分。

萨曼见状，不觉诧异，心想道："比起这个来，我的灾难可算不上什么！"因此，他的苦恼便烟消云散了。于是他开始吃喝，恢复了精神。

山努亚打猎回宫，和弟弟小叙言欢，看见他一下子变得红光满面，食欲也旺盛了，感到奇怪，于是便问道："弟弟，怎么你的脸色一下变得红润光彩了，这到底是怎么回事？请告诉我吧！"

"前几天，我脸色憔悴，我可以把其中的原因告诉你；现在恢复正常的原因,我却不能告诉你。请你原谅。"

"好的,你先把你憔悴、消瘦的原因说给我听吧。"

萨曼告诉哥哥他妻子背叛他的事。但山努亚并不满足,他追问道:

"向安拉发誓,你应该告诉我你恢复健康的原因。"

萨曼不得已,把他看到的情景一一讲出。山努亚听了,对弟弟说:"我要亲眼证实这一切。"

"如果你装作再一次率领人马进山打猎,然后你悄悄转回宫,藏在我这间屋里窥探,你就会看到真相的。"

国王山努亚果然立刻下令进山打猎。

他率领人马到郊外宿营后,在帐篷里悄悄吩咐侍从:"别让人进帐来。"随即悄然转回宫去,藏入萨曼屋里。他凭窗而坐,一会儿,便看见王后和宫女、奴仆们姗姗走进花园。她们在一起嬉笑歌舞,直到日暮。这情景,跟萨曼所说的毫无差别。国王山努亚看了,气得几乎发狂。气愤之余,他对萨曼说:

"弟弟,我们王国里发生了这种事,我们可没脸再当国王了。走吧,出去散散心,到别处去看看,去看一下世间还有谁比咱们更不幸呢?若是没有,那我们还不如死掉算了。"

萨曼非常赞成山努亚的主意,于是,弟兄二人在一个晚上,悄悄地从后门溜出王宫。跋涉了几天几夜,到达一片紧邻大海的草原,他们坐在一棵大树下乘凉,喝泉水解渴。大约一小时后,海上突然掀起了风浪,顿时波涛汹涌,海浪里升起一根黑柱,直升上天空。兄弟二人见此情景,吓得魂飞体外,一溜烟爬到一棵大树上躲藏起来。顷刻间,海面上升腾起一个体格壮硕、脑袋庞大、肩阔如山的妖魔。只见他头上顶着一个箱子,冉冉升出海面,来到陆地上。他一直走到山努亚兄弟藏身的那棵大树下面坐下来,然后打开箱子,从里面取出一个非常窈窕的绝色女郎。这女郎满面带笑,仿佛是初升的太阳,正如诗人所说:

当她以光明贯穿黑暗,灿烂的白昼将出现。

她洒下辉煌,让万物染上面纱。

在她的彩色中,太阳将更光彩。

揭开帷幕,她顷刻现身,宇宙会向她跪下。

当她电光般的目光闪烁,泪水便犹如暴雨倾下。

魔鬼怪诞①地嬉笑,望着女郎说:"自由的娘子啊,我需要休息,让我睡一觉吧。"

于是他躺下去,头枕着女郎的腿睡了。

女郎抬起头,看见躲在树上的两个国王,便把魔鬼的头轻轻托起来,移到地上,然后马上爬起来,走到树下,望着他俩,比手势叫他俩下来。

"不用怕。"她说。

他俩回道:"向安拉发誓,求你宽容,别叫我们下来吧。"

"向安拉发誓,你们马上下来吧! 不然,我会立刻叫醒魔鬼,让他狠狠地杀死你们。"

山努亚和萨曼受到女郎的威胁,非常害怕,从树上爬下来。女郎走向前,吩咐道:"过来,让我们高高兴兴欢愉一番吧;否则,我会让凶狠的魔鬼杀死你们。"

山努亚恐惧地对萨曼说:"兄弟,你去跟她混一下吧。"

"不,除非你先做。"萨曼挨磨着不愿去,弟兄俩都拒绝女郎的要求。

"你们挤眉弄眼地做什么?"女郎生气了,"再不来的话,我马上唤醒魔鬼。"

因为害怕,山努亚弟兄俩只得按女郎的吩咐做了,女郎达到了目的。她让山努亚和萨曼坐在一边,从口袋里掏出一个袋子,从里面取出一串戒指,足足有五百七十个,她让他俩看戒指,并指着戒指问道:"你们知道这些都是从哪儿来的吗?"

"不知道。"

"这些戒指的主人都是在这个魔鬼睡觉的时候碰上我,跟我做过爱的。现在该你俩送给我戒指了。"

山努亚和萨曼不得不按女郎的指令,脱下手上的戒指,递给她。

女郎收下戒指说:"这个魔鬼,在我新婚之夜把我抢来。他把我藏在匣子里,把匣子装在箱子中,然后用七道锁锁上,放在波涛汹涌的海底。这是因为他知道,我们妇女要干什么事是什么都挡不住的。正如诗人所

---

① 怪诞:指荒诞离奇,古怪。

说:妇女不可信赖、不可信任,她们的喜怒哀乐,在她们的爱欲中。"

山努亚和萨曼听了女郎如此直露的话,感到无比惊恐。两人悄悄耳语:"这个神通广大①的魔鬼,尚且被一个女人欺骗,而且上她的当,可见,比我们可悲的人多着呢。如此说来,这倒使我们宽慰解气了不少。"于是弟兄二人离开了女郎,启程回家。

他们艰难地行走了几昼夜,终于平安回到萨桑王国。他们进入王宫,杀死不守规矩的王后和奸险的宫女、奴仆。从此,山努亚深深地厌恶妇女,存心报复。他开始每天娶一个女子来过一夜,次日便杀掉再娶,完全变成了一个暴君。

桑鲁卓听了父亲讲的故事,说道:"爸爸,向安拉发誓,我要嫁给国王!或许我进宫后,可以设法和他长久生活下去。我要拯救千千万万的女子呢。"

"不!向安拉起誓,你千万不能去冒险。"

"从现在的情况看,不这样做不行呀!"

"你这样固执,难道不怕遭到水牛和毛驴一样的命运吗?"

"爸爸,水牛和毛驴遭遇了什么?请讲给我听听吧。"

"好吧!"——

从前,有个商人,他不但家底厚、本钱充实,而且喜欢鸟兽,懂得鸟兽的语言。

他和妻子儿女们一起住在一个小乡村,养了一头毛驴和一头水牛。

一天,水牛来到毛驴的厩里,看见毛驴全身洗刷得干干净净,躺着养神,舒适安闲,驴槽里堆着铡得很细的草和煮熟的糠糟②。毛驴的生活非常轻松,主人平常有事,就骑它出去跑一趟,一小会儿就回家了。水牛对毛驴所受的待遇不由羡慕眼红,于是水牛和毛驴就谈起心来。主人听懂了它们谈话的内容。

只听水牛对毛驴说:"恭喜你,你一天到晚清闲舒适,主人不仅照顾你,并且给你吃精细的草料。即使他让你干活,也只是骑你出去走一趟,便转回来了;而我却一天到晚地劳碌,做完田地里的活,晚上还要在家里

---

① 神通广大:形容本领高超,无所不能。

② 糠糟:指粗劣的食物。

推磨。"

"你呀！农夫牵你到田里的时候，你不要让他给你上轭，只管蹦跳。"毛驴给水牛出主意道，"他要是打你，你就滚到地上不起来；要是他牵你回家，你什么东西也别吃，装出疲惫可怜的样子。你只需绝食三天，就可以不干重活，像我一样，过安闲的日子了。"

当天夜里，水牛果然只吃了一点儿草料。

第二天一早，商人的农夫牵牛耕田，牛疲惫不堪。农夫不由叹道："唉！这都是因为它干活太多太重了！"他马上去报告商人，说道："报告主人，水牛昨晚没吃一点儿东西，现在已半死不活地躺在厩里，不能干活了。"

主人懂得兽语，当然明白是怎么一回事，对农夫说："去吧，让毛驴代替水牛耕地好了。"

毛驴耕了整整一天地，到傍晚才回来。水牛对此感激不已，因为有毛驴的代劳，让水牛休息了整整一天，可毛驴却懊丧①极了。

次日清晨，农夫照例牵着毛驴去田里继续耕作，很晚才回家。毛驴的肩头磨破了，累得有气无力。水牛见了它，又可怜又感激，不停地夸它，对它说好话。毛驴哀叹着，想道：这下主人可要叫我一直干到底了，我这不是自找苦吃吗！然后它对水牛说："我要提醒你，主人说了，水牛起不来了，不如把它送到屠宰场宰了吧。我真担心你啊！你赶紧想办法保全你的性命吧。"

听了毛驴的忠告，水牛非常感激，打起精神说道："我要恢复正常了。"于是它一跃而起，像个饿死鬼似的，大吃大嚼起来。

毛驴和水牛的谈话，也一样被商人听到了。

第二天早上，商人和老婆一块儿往驴厩里去，农夫正好牵了水牛去耕田。水牛一见主人，便抖擞②起精神，甩着尾巴，显示快活而精壮的样子。商人见了，不禁哈哈大笑，笑得几乎摔倒。他老婆莫名其妙，问道："你笑什么呢？"

"这是一个秘密，但我不能泄露，因为这涉及鸟兽的对话；一旦泄露出

---

① 懊丧：形容懊恼沮丧。
② 抖擞：形容焕发、振作、旺盛的样子。

去,我就会一命呜呼的。"

"我不管你的性命,但你为什么发笑,你必须把理由告诉我。"

"我不能泄露秘密,因为我怕死。"

"你肯定是在奚落我。"

商人老婆唠唠叨叨,非要商人讲出发笑的原因。商人难以忍受,只好决定把这些讲给老婆听。他叫儿子去把法官和证人请来,决心当众写下遗嘱,然后把秘密讲出来,就去死掉。他不愿老婆受委屈,因为他老婆是他叔父的女儿,也是孩子们的母亲,所以他只好牺牲自己的生命。他一向宠爱她,何况他已经活了一百二十岁了。

当时他请来亲戚朋友和邻居,向他们说明了自己的情况:他把鸟兽的对话一泄露出来,生命即刻终结。到场的亲友们纷纷地劝说他的妻子,道:"向安拉发誓,你放弃这个要求吧。否则,孩子们就要失去父亲,你就会没了丈夫。"

"不,我不放弃。不管他会怎样,我都要知道这个秘密。"

她固执己见,亲友们不由面面相觑,无话可说。这时商人站起来,离开亲友,前去沐浴,他准备好要泄密而死。

他家里养了一条狗、一只雄鸡和五十只母鸡。经过鸡棚时,他听到那条看家狗用责备的口吻对雄鸡说:"主人要死了,你有什么高兴的?"

"这是怎么回事?告诉我吧。"雄鸡问。

狗把有关的一切来龙去脉说了一遍。雄鸡听后,说道:"向安拉发誓,主人怎么这样想不开呀!像我,有五十个妻子,想不要谁就不要谁。主人才不过一个老婆,就管教不了!他应该折上几根桑树条,把她关起来痛打一顿;即使不打死她,也得叫她认错悔过,再不敢为所欲为呀。"

商人受了启发,于是去折了些桑树枝条,藏在房里,然后对他老婆说:"来吧,我这就把秘密告诉你,让我死在房里,免得别人看见。"

老婆进了房,商人立刻关上门,拿出桑树条,一下接一下地抽打她,打得她只顾讨饶,一个劲儿地说:"我错了!我忏悔!宽恕我吧!"

她跪在地上,不停地吻丈夫的脚。夫妻两人又和好如初。

桑鲁卓听完宰相的故事,说道:"爸爸,虽然驴子为了拯救水牛而自己遭了殃,但现在是人命关天的大事呀,所以我一定坚持让您送我进宫去。"

宰相①无法制止女儿的行为,不得已,只好准备送女儿进宫,完成国王给他的使命。

临走前,桑鲁卓对多亚德说:"妹妹,我进宫后,就让人来接你。你来到我面前时,就对我说:'姐姐,请讲一个故事给我听。'这样,我们就可以快快乐乐地过上一夜了。我会趁机讲一个动人的故事。凭着安拉的意愿,我的故事也许能救很多人的命呢。"

宰相很不情愿地把女儿送进王宫。

国王一见这美丽绝伦的姑娘,顿时喜不自禁,当场就奖赏了宰相。桑鲁卓一见国王,悲痛地哭泣。

国王问道:"你为什么伤心?"

"主上,我有个妹妹,希望主上施恩让我和她再见一面,最后告别。"

国王已被姑娘迷住了,当即就答应了她的要求,派人接来多亚德。多亚德来到宫中,看见姐姐,高兴地和她拥抱,她俩一块儿坐在床边谈笑。多亚德说道:"姐姐,向安拉起誓,你非给我讲个故事不可,让我们快快活活地过一夜吧。"

"只要威望服人的国王允许,我可是非常愿意讲的呀。"

国王原本一直情绪不宁,无法入睡,听了桑鲁卓姐妹的谈话,引起了他听故事的兴趣,便欣然应允。

于是,姐姐就给妹妹讲了一段故事。

桑鲁卓是个非常会讲故事的姑娘,她讲的故事一下子就吸引住了国王山努亚和妹妹多亚德。但正讲到最精彩时,雄鸡叫了起来,天开始亮了,她马上停住不再讲下去。妹妹多亚德说道:

"姐姐!你讲的这个故事太美丽动听了!多么有趣呀!"

姐姐桑鲁卓说道:"若蒙国王开恩,让我活下去,那么,下一夜我还有比这更有趣的故事讲呢!"

国王听了这话,暗想:"以万能之神安拉的名义起誓,这故事确实挺吸引人的。我暂且不杀她,等她讲完故事再说吧。"

---

① 宰相:是辅助帝王掌管国事的最高官员的通称,封建时代对君主负责、总揽政务的人。

第二天清晨,国王临朝,宰相准备好了寿衣,本以为会替自己的女儿收尸,可国王却埋头处理政事①,忙于发号施令,一直到傍晚,国王也没吩咐他去再找一个女子来过夜。宰相对此感到非常吃惊。

第二天夜里,宰相的女儿桑鲁卓继续讲她的故事,直到雄鸡高唱,末了,她说:"若蒙国王开恩,让我活下去,那么,下一夜我的故事比这个还要精彩得多呢!"国王又同意了。

这样,桑鲁卓每天讲一个故事,国王每天都想:"我暂且不杀她,等她讲完故事再说。"

日复一日,桑鲁卓的故事无穷无尽,一个比一个精彩,一直讲到第一千零一夜,桑鲁卓一共讲了一千零一个故事,终于感动了国王。他说:"凭安拉的名义起誓,我决心不杀你了,你的故事让我感动。我将把这些故事记录下来,永远保存。"

于是,便有了这本《一千零一夜》。

---

① 政事:指行政事务。

女骗子和女儿

哈里发哈伦执政期间，收下两个著名的骗子为侍卫。他任命得立夫为禁卫军右队长，委托朱曼为禁卫军左队长，每人月薪一千金币。

巴格达①城中有一对著名的母女骗子，母亲叫黛丽娜，女儿叫宰娜。她俩听说得立夫和朱曼得宠，很不服气。因为黛丽娜的丈夫曾是个大骗子，被哈里发任命为禁卫军的队长，很得宠，只可惜他死得早了点儿。

黛丽娜想显显身手，就背着壶底放着三枚金币的水壶，戴上一串大念珠出门了。

她走街串巷，来到王宫巡警总监哈桑的官邸前。她知道哈桑几年前娶了个美丽的妻子，只是至今没有怀孕。

哈桑妻子哈托妮刚跟丈夫吵完架，哈桑生气走了，她在家中生闷气。她从窗口看到了黛丽娜，就让使女叫老太婆进来说说话。

使女好些天没有得到工钱，想沾黛丽娜的光喝点儿水，不想水壶里掉出三枚金币，黛丽娜很大方地把钱赏给了使女；这一幕被哈托妮看得一清二楚，她以为老太婆是个神人，是真主派来的。于是，她就向老太婆诉说了没有身孕的苦恼。

黛丽娜说："别着急，太太。我认识一位哈图长老，他能看各种各样的病。"

哈托妮果真被老太婆的花言巧语所蒙骗，起身披了一套华丽的衣服就跟着出了门。老太婆想把哈托妮的衣服和首饰骗过来。

黛丽娜让哈托妮跟在身后保持一段距离。路过一家商店时，年轻的商店老板目不转睛地盯上了哈托妮。

黛丽娜就对老板说："我的女儿还未出嫁，我见你英俊不凡、年轻有

---

① 巴格达：伊拉克首都，巴格达省省会，伊斯兰世界历史文化名城。

为,想招你为婿,你觉得怎么样?"

老板喜上眉梢,当即答应。黛丽娜就让老板跟在她身后回家,但要保持一段距离,因为她的女儿很腼腆。

年轻老板换上新衣服,拿了一袋钱就跟在了黛丽娜的后面。不久,他们来到一家染坊①前。黛丽娜进了染坊,告诉老板她家正在装修,儿子和女儿没地方住,想在这儿租间空房。

老板见哈托妮美丽如画,就爽快地答应下来。黛丽娜把哈托妮带进客厅,说这就是哈图长老②的住所;但她神秘地告诉他们,哈图长老家有个爱抢衣服和首饰的疯子,让他们把新衣服和贵重的首饰放在她那儿。然后把年轻老板哄进去,就这样轻而易举地骗走了他们的衣服。

她把骗来的衣服寄存好之后,让染坊老板出去买些吃的东西,又把染坊里的衣服布匹都偷走了。

黛丽娜回家之后,得意扬扬地向女儿吹嘘自己的手段,觉得自己戴着面纱、穿着长袍,被骗的人无法知道她。

再说染坊老板回来见店里空无一物,大吃一惊,慌忙跑到楼上找租房的两兄妹。而房中的这对男女此时才知上了女骗子的当,后悔不已。

老板找出两身衣服让他们穿上后,带着他俩去告官。省长不相信竟有这等怪事,让他们自己想办法找女骗子。

话说黛丽娜一朝得手,突发奇想,要让全城人都晓得她的手段,就把自己打扮成有钱人家的使女出了门。

她来到大商人萨拉丁家门口,得知商人的女儿正在订婚,里面非常热闹。

她见使女怀中抱着个哭闹的孩子,得知他是萨拉丁的儿子,就想把他骗到手。想到这儿,她从衣袋里取出几枚假金币递给使女,说她是太太的老熟人,请使女进去说一声。使女说:"不行,小少爷缠着我走不开。"

黛丽娜乘机说她先抱着小男孩,她见使女进去就抱着小男孩进了一家珠宝店。她对老板说:"我是萨拉丁的管家,这是我家小少爷。我家订

---

① 染坊:指给布、帛、衣、物染色的作坊。
② 长老:指年纪大的人,也指对住持僧的尊称。

婚的小姐还想要一对手镯、一对脚镯、一双耳环、一串项链和一对戒指,我拿回去让他们挑选,把小主人放在这儿。"

珠宝商人没法不信,就让黛丽娜带着价值几千块的首饰走了。

再说使女进去告诉太太有个熟人,还拿出那几枚金币。萨拉丁一眼看出几枚金币是假的,他感到不妙,让使女去找小少爷。此刻,他们才知小少爷被拐走了。

萨拉丁派人在城里四处寻找,终于在珠宝店里找到了小少爷。珠宝商向萨拉丁要首饰钱,萨拉丁当然不认账,两人越吵越凶。这时,寻找黛丽娜的染坊老板和商人从门前路过,上前询问,断定这也是女骗子所为。

萨拉丁不管不顾,抱起儿子就走。珠宝商知道上了女骗子的当,只好跟着染坊老板上街分头找女骗子。

年轻商人发现了黛丽娜,抓住她兴师问罪。她并不惊慌,把商人骗进理发店,让剃头匠拔掉了商人的两个门牙,用烧红的钉子在商人的两腿烙了印记,并乘乱偷走了剃头匠的钱物。于是,染坊老板、年轻商人、珠宝商和剃头匠再次告官。

省长觉得这事很棘手,就派几名士兵跟着原告们去抓黛丽娜。

时间不长,他们果然捉住了黛丽娜。这时已是中午,省长正在午睡。卫兵和被骗的人都累得躺在地上呼呼大睡。

黛丽娜悄悄敲开了省长夫人的门,说她花了一千金币为省长买了五个奴仆,他们正在庭院里休息哩。

贤惠的夫人深信不疑,果然给了黛丽娜一千金币,并从后门把她送了出去。

夫人等省长醒来告知此事,他越听越糊涂,就叫来卫兵询问,方知上了女骗子的当。

四个原告不依不饶,认为是省长放跑了女骗子。就在这时,哈桑总监也赶来了,说他妻子的首饰衣服早就被骗,为什么省长无动于衷。省长知道哈桑是哈里发面前的红人,不敢怠慢,就派人去寻找女骗子。

傍晚时分,黛丽娜再次落网。省长见天色已晚,打算明日再审,就让监狱官把女骗子投入监狱。监狱官怕被女骗子骗了,拒绝接受。省长只好派两名差役把女骗子押到城外,吊在树上。

夜深了，两位差役不知不觉睡熟了。这时，有位农夫朝城里赶来。他久闻巴格达的油煎饼特别好吃，就一心想进城买几个尝尝，嘴里还唱着吃油煎饼的小曲。

黛丽娜听到后，有了主意，骗农夫说："我不小心把唾沫星子喷到油煎饼上，法官把我吊了起来。不过，老板答应明天早晨给我送来十斤最好的油煎饼的。"

农夫听后很高兴，便把女骗子放了下来，让她把他吊上去。

天刚亮，一个差役被冻醒了，抬头一看，树上的人换了模样，以为活见鬼了。他再三盘问，才知道农夫又被黛丽娜给骗了。省长没有了主张，只好带着受骗者去找哈里发进行裁决①。

哈里发安慰了众人，召来禁卫军右队长得立夫，让受骗人描绘了黛丽娜的相貌，分头去找女骗子。

黛丽娜母女得知全城搜捕女骗子的消息后，女儿宰娜出场了。她把自己打扮得花枝招展，租了街中心的香水店，置办了许多酒菜，站在门口等鱼上钩。

时间不长，阿里小队长带着人从店门口经过。宰娜上前与阿里攀谈起来，然后请他们进去吃菜喝酒。不久，阿里他们就被酒里的迷魂药弄得人事不省。

宰娜用这种方式俘虏了三批人，最后，把堂堂的禁卫军右队长也给弄翻在地。

第二天，得立夫到哈里发那儿交差，说他无能追捕黛丽娜，还是请左队长朱曼出场吧。

"这女骗子如此胆大妄为，事出有因，"朱曼对哈里发说，"她是想引起陛下的注意，要是您能赦免她的死罪，我想她是会来见您的。"

哈里发同意了，还给朱曼一条手绢，作为不杀黛丽娜母女的保证物。

朱曼来到黛丽娜家，告诉她不要再意气用事，并把哈里发的保证讲给她听。黛丽娜母女带着骗来的东西进了宫。

---

① 裁决：是法律仲裁程序的最后一个环节，是公安机关关于当事人是否构成违反治安管理行为，决定何种处罚。

哈里发起初想杀了黛丽娜，在朱曼的苦劝下打消了这个念头，问她为何如此胆大妄为①？

"我承认四处招摇撞骗，不是为了钱财，"黛丽娜镇静地说，"只因得立夫他们在城里坑蒙拐骗出了名，陛下反而给他们高官厚禄。我心里很不平衡，就想弄出点儿事，让陛下注意我。"

哈里发若有所思，问黛丽娜有什么要求。

黛丽娜说："我丈夫曾在宫中为官，我们母女也想在宫里找个差事。"

哈里发让他们当场发誓不再骗人后，任命黛丽娜为王宫的驯鸽官，委任宰娜为皇家旅舍的老板。

被骗的人纷纷取走各自的东西，只有那个农夫自认倒霉，不再想吃什么油煎饼，更不想进城了，城里人太坏了！

---

① 胆大妄为：指毫无顾忌地干坏事，大胆地乱做事。

阿拉丁与神灯

　　很久以前,在中国一个边远的地方,住着一位勤劳的裁缝,他的名字叫穆斯塔发。

　　穆斯塔发生活很贫困,他终日与妻子在店铺里劳作,也存不了多少钱,他想存点钱将来留给他的妻子和儿子用。

　　穆斯塔发只有一个儿子,名叫阿拉丁,他非常疼爱他。穆斯塔发因为很穷,没钱供儿子上学,只好让他每日在外面与别的孩子玩耍。没过多久,阿拉丁就学坏了,变成了一个不听话的坏孩子。

　　阿拉丁很聪明,但也很任性。他爸爸劝他脱离那些坏伙伴,打算教他学一门手艺,长大了好养活自己。可他不听劝告,结果他爸爸下的工夫都白费了。

　　穆斯塔发只好使用武力来管教儿子,但一切打骂都不起作用,他依然我行我素①,穆斯塔发非常失望。

　　最后,穆斯塔发又采用了一个新的办法。他把阿拉丁带到店里,手把手地教他裁剪和缝纫,用全部心力引导他喜爱这一行业;但只要穆斯塔发离开店铺——哪怕是一会儿工夫——阿拉丁就会跑到外面去,和伙伴们玩到天黑。

　　穆斯塔发意识到这个孩子不能教育好了,只有听凭命运的摆布②。他相信,残酷的生活会把这个孩子改造成人的。因为俗话说:"父母不能教育的人,生活能够教育。"

　　过了些日子,阿拉丁的爸爸患了重病,不久就死了,他是在儿子没有希望变好的悲叹声中离开人世的。

　　穆斯塔发给妻子和儿子留下的,只有一间小小的店铺。阿拉丁的母

---

　　① 我行我素:不管人家怎样说,仍旧按照自己平时的一套去做。
　　② 摆布:这里指操纵、支配、安排。

亲见阿拉丁每日只是游手好闲，什么也不学，便把店铺卖了，靠卖掉店铺的钱维持生活。

不久，钱用光了。为了不至于饿死，母亲只好找点儿活做。她开始织布，然后拿到市场上去卖，以此勉强度日。

阿拉丁在他爸爸去世以后，就像一匹脱缰的野马，终日玩耍，这样一直长到十五岁。

魔 法 师

一天，阿拉丁像往常一样和伙伴们在外面玩耍，一个陌生人走了过来，从他的模样和穿戴上看，他不像中国人。当陌生人看见阿拉丁的时候，突然站住不走了，只是上下打量他。

这个男人是谁呢？原来，他是个著名的魔法师，生长在非洲的一个国家里。他从小就学习魔法，掌握了各种法术，人称非洲魔法师。他是两天前来到中国的，当他见到阿拉丁的时候，就从他的相貌上和眉宇之间发现了什么迹象，于是便向一个孩子打听他的名字。当他知道他叫阿拉丁时，非常喜悦，他确信他没找错对象，他的努力就要成功了。

原来，这位非洲魔法师曾经在一本魔法书上读到，中国有一座世界上独一无二的宝库。在这座宝库中，有一盏神灯，上面刻有很多奇妙的符箓，如果哪个人用手把它擦拭一下，神灯的仆人就会满足他提出的各种要求。非洲魔法师知道，神灯的仆人就是权势无比、威力无穷的天神；同时他还知道，世界上没有人能够打开这座宝库进到里面，只有一个名叫阿拉丁、父亲叫穆斯塔发的中国少年才能办到。于是，非洲魔法师便来到中国。当他看见和孩子们一起玩耍的阿拉丁时，就发现他的相貌与他在魔法书上读到的标志相符，他打听到他的名字以后，更加相信他找到了此人。

于是，他走到阿拉丁面前，问道："你是叫阿拉丁吗？"

"是的，这是我父母给我起的名字。"

"你是裁缝穆斯塔发的儿子吗？"魔法师又问。

"是的，先生，他在几年前去世了。"

魔法师突然哭起来："真主啊，难道穆斯塔发死了吗？多可惜啊！怎么我还没见到他，他就死了呢？"

然后,他把阿拉丁抱在怀里,一边亲吻,一边恸哭。

他的哭声引起了阿拉丁对爸爸的思念,也禁不住陪着魔法师伤心地流起泪来。

阿拉丁对这个陌生人的痛哭感到奇怪,于是便问其中的原因。非洲魔法师说:"你爸爸穆斯塔发是我的哥哥,你是我的侄子。多年以来,我一直航海,周游各国。现在我回到家乡,想见一见我的哥哥,但是真主却没有让我见到他。啊,你长得多像他呀!你的模样给我带来了安慰。"

阿拉丁被他的话哄住了,他相信了魔法师所说的一切。他吻了魔法师的手,对他的感情和爱怜表示感谢。魔法师问他:"孩子,你家住哪儿?"

阿拉丁把他和妈妈住的地址告诉了他。

魔法师拿出两枚金币,说:"回去告诉你妈妈,如果可能的话,明天傍晚我将去看望你们母子,去看看我哥哥生前居住的地方。"

阿拉丁回到家里,好奇地问母亲:"请你告诉我,妈妈,你知道我还有个叔叔吗?"

母亲很是惊讶,说:"孩子,你既没叔叔,也没舅舅。"

阿拉丁便把魔法师的话告诉了母亲,并交给她两枚金币。

母亲又一阵惊讶,说道:"你爸爸曾经对我说他有个兄弟已经死了,他从来没有见过他。也许这个人就是你爸爸以为死去的那个兄弟?"

第二天,正当阿拉丁和孩子们在外面玩的时候,魔法师来了,他又给阿拉丁两枚金币,对他说:"侄子,回家告诉你母亲,就说我晚上到你们家去。"

阿拉丁飞快地跑回家,把两枚金币交给妈妈,并把魔法师的话告诉给她。

母亲到邻居家借了些贵重的餐具,准备晚上给客人做一顿丰盛的晚饭。

晚上,魔法师来了,还随身带来一只大篮子,里面装满了各色水果。他一见到阿拉丁的母亲,便假装悲哀地哭起来,并连声问:"啊,我亲爱的嫂子,请你告诉我,我那个亡故了的哥哥生前坐在什么地方?"

阿拉丁的母亲把放在角落里的一张长腿凳子指给他,他哭得更伤心了。女主人让他坐在那张凳子上,他痛苦地说:

"不,我不能坐在这里。看到这张凳子,我就感到我哥哥和我们坐在一起,他圣洁的灵魂正在注视着我们。愿真主保佑他!他从前很爱我,我也很爱他;但真主没有给我们机会让我们在他死前见一面,谈一次话。"然后他对阿拉丁母子讲,他是四十年前离开哥哥到印度、波斯①、巴格达去旅行的,他曾踏遍了非洲各地,一生中绝大部分时间是在跋涉、周游中度过的。

然后,非洲魔法师问阿拉丁:"侄子,你学会了什么手艺?"

阿拉丁很害臊,不愿回答。他母亲说:"他什么手艺也没学,每天从早到晚就知道和坏孩子们一起玩闹。本来他爸爸想教他一门手艺,长大了好自谋生计,但他不肯学。后来,我劝他好好干点儿事情,他也听不进去。"

魔法师便和蔼地劝他掌握一门手艺,并列举了各种手艺,叫他挑选。阿拉丁一言不发。魔法师又说:"如果你厌烦手艺,那么我想你一定喜欢经商吧?倘若你愿意成为一个商人,侄子,那么后天,我将带你到市场上去买一家商店,然后再给你买几套漂亮的衣服。"

阿拉丁非常高兴,对魔法师的关心表示感谢,他也渴望摆脱这种庸庸碌碌的境况,开始真正的成年人生活。

阿拉丁的母亲本来怀疑这个男人不是她丈夫的兄弟,这会儿她见他这样关心自己的儿子,并积极为他的前途着想,她的疑虑逐渐打消了。

到了晚饭时间,他们一起进餐,魔法师一直想着他的计划,坐了一会儿,便告辞离去了。

次日,魔法师把阿拉丁带到市场上,为他买了几套豪华的衣衫。然后,他把商人头目邀到自己下榻的旅馆里,为他们举行了一次丰盛的酒宴。席间,他把阿拉丁介绍给他们。

宴会后,魔法师又把阿拉丁送回家。母亲看到满身新装的儿子,高兴得合不拢嘴,连声感谢魔法师的恩德。她赞美真主,确信是真主回答了她多次为儿子做的祈祷;是他派一个慷慨的天神下凡来变祸为福、变穷为富,她嘱咐儿子一定要听这位叔叔的话。

魔法师对她说:"本来我打算明天去给你儿子购买商店,但明天是聚礼日,商人不办公,我想后天带他一起到郊区去买。"

这一天,魔法师来到阿拉丁家,他见阿拉丁正为出门做准备,非常高

---

① 波斯:是伊朗的旧称,中国历史上亦称安息,位于西南亚,南临波斯湾和阿曼湾,波斯是众多古代文明中发展程度较高的民族。

兴。他带阿拉丁走出家门,逛美丽的花园,游巍峨的宫殿,以此迷惑他。当两人都感到累了的时候,才坐下来吃魔法师随身带来的食物。然后,他俩继续赶路。他们走到城市的郊区,又在空旷的荒野里行走了很长时间。

阿拉丁累得筋疲力尽,要魔法师带他回家。魔法师对他说:"过一会儿,我让你看一件你从来没有见过的东西。"阿拉丁不敢违抗他,魔法师便一边走一边给他讲稀奇古怪的故事,以此减轻他行路的疲乏。

他俩走啊,走啊,一直来到两座不高的山之间,再往前走,便是狭窄的山谷。魔法师对阿拉丁说:"一会儿你将见到一件你想不到的东西。"他命阿拉丁捡些干草。他用火把干草点燃,往上面扔了些香料,然后嘴里念念有词地诵读了几段阿拉丁听不懂的咒语。突然,大地震动起来,随即裂开,他们面前出现了一块大石头,石头中间有一个铁环。

阿拉丁见此情景,吓得要命,企图逃跑。魔法师给了他一记耳光,威胁他说:"如果你逃跑,我就把你弄死!"阿拉丁浑身颤抖,他对魔法师的突然残暴非常奇怪,哭着问:"我做错了什么,叔叔,你干吗这样对待我?"

魔法师说:"难道我不是你的叔叔吗?你为什么不听从我的指挥?"然后他又假装温和地安慰他:"我带你到这么远的地方来,是要指给你一座宝库,它可以使你终生富足。世间只有你一个人能够进入这座宝库。你为什么要抛弃幸福呢?你不是一直梦想着得到幸福吗?"

阿拉丁听了这番话转忧为喜,他吻着魔法师的手,感谢他的指点。

神奇的灯

魔法师对阿拉丁说:"把这块石头拿起来! 你高声说出你父亲和你祖父的名字,等你说完后,你就可以轻而易举地拿起它来了。"

阿拉丁毫不迟疑地听从了魔法师的吩咐,果然他把石头拿起来了,眼前出现了通往宝库的台阶。魔法师又对他说:"你记住我对你说的每句话,否则,你就会遭到不幸:在这个台阶的尽头,有一扇敞开的门,你走进去,就会看见三个大房间,每个房间的两边,都有很多袋子和坛子,里面装满了珍珠、宝石、翡翠等金银财宝。你一定要很快地走过去,千万不要用手摸它们,或让衣服碰到它们,否则你会即刻丧命! 你走过去以后,会看到一座美丽的花园,园里有金色的树,上面结满了稀有的果实。你穿过树木,就会见到一个阳台,阳台的中央,有一扇小窗户,窗台上放着一盏燃着的灯。你拿起灯,把它熄灭,拔去灯芯,倒掉灯油,然后拿来交给我。如果你喜欢花园里的果实,你可以随意摘采,没人阻止你。"

接着,魔法师从他的手上取下一枚戒指,戴在阿拉丁的手上,说戒指能保护他的安全。

阿拉丁在宝库里走啊,走啊,他牢牢记住魔法师的话,一直走到那盏灯前。他拿起灯,去掉灯芯,倒掉灯油,然后返回花园里。他随心所欲地摘了些果实,拿了些喜欢的各色钻石、宝石和珍珠,便向洞口走去。这些宝贝使他几乎迈不动脚步了。

一到洞口,他就高喊:"叔叔,拉我一把,让我上去!"

魔法师正等得不耐烦,见他来了,便说:"先把灯给我,侄子!这样,你就轻松了!"

"不!叔叔,它轻得很!"阿拉丁说。

魔法师坚持一定要先把灯给他,再拉阿拉丁。而他越这样,阿拉丁就越发怀疑这里面有问题,便坚持在上来之前,绝不把灯交给他。

魔法师对阿拉丁的做法非常生气,决心报复他。他点燃一堆火,往里面放了香料,然后念起咒语来,石头即刻便将宝库封闭了。

随后,魔法师扬长而去。

当大地动荡的时候,阿拉丁很后悔他的固执,他连声高喊:"让我出去,叔叔,给你灯!"

没有人应声。周围一片黑暗,阿拉丁害怕起来。他企图返回花园,但当他转过身去时,发现路口被堵死了。阿拉丁想:完了,这座宝库将成为他的坟墓。一切就靠真主安排了。

阿拉丁在洞里这样待了整整两天。他想起,由于他的不听话和顽固,曾经给父母惹了很多麻烦。他很后悔。他想,如今要困死在这个狭隘的洞口内,准是真主对他过去的惩罚。

第三天,阿拉丁感到又饿又渴。他悲痛万分,越加后悔自己的过错,他伤心地哭了。他抬起双手,祈求真主宽恕他,保佑他摆脱困境。

他的一只手无意中触到了魔法师戴在他手上的戒指,突然,他眼前出现了一个高大的长得像妖怪一样的巨人,对他说:"我来了,主人!您有什么吩咐?我是您忠实的奴仆,我为一切据有这枚戒指的人服务!"

阿拉丁很惊讶,他绝望地说:"如果你能做到的话,我求你把我从这里带出去!"戒指的仆人很快把他带出了地面。

阿拉丁向家中走去,由于几天的干渴、饥饿和不眠,他疲惫不堪,费了很大的劲儿才返回家中。

在阿拉丁离开家的几天里,他母亲一直为他担惊受怕,几夜不曾合眼。她见阿拉丁回来,高兴得不得了。可是阿拉丁却由于过度疲劳晕倒了。母亲想尽办法,才把他叫醒。

他一睁眼,就急切地对母亲说:"妈妈,给我点儿吃的,我快饿死了。"母亲递给他一盘面包屑——这是她家唯一的食物,他贪婪地大口大口地嚼起来。母亲问他为何这么久才回来,阿拉丁向她讲述了所发生的一切。母亲极为惊愕,对奸诈的魔法师的背信弃义尤为诧异。她感谢真主把她的儿子从死亡中解救了出来。

阿拉丁把他带回来的财宝交给母亲,母亲以为它们都是些五颜六色的玻璃块,便随便地放进箱子里。

这天晚上,阿拉丁酣睡了整整一夜;第二天醒来,才恢复了元气。

阿拉丁想吃饭,母亲没有东西。她想到市场上去把织的布卖掉,换些吃的来。阿拉丁对母亲说:"妈妈,你把我给你的那盏灯拿出来,我去市场上卖掉它。你织的布等到需要的时候再卖吧。"

母亲拿出灯。她见灯上沾满了污垢,便拿来一些沙子擦拭。她的手刚一摩擦灯身,一个高大的神仆就出现在她面前,用雷鸣一般的声音说:"我来了,夫人!您想要什么?我听从您的吩咐,我是您的仆人,一切据有这盏灯的人都是我的主人。"

母亲吓得魂不附体,晕倒在地。阿拉丁没有害怕,因为他在宝库里曾经见过这样一个巨人。他快步走到母亲跟前,拿起灯,毫不迟疑地说:"仁慈的神仆,我们饿了,请你给我们弄些吃的来!"

神仆消失了。一会儿工夫,他就带来了一桌丰盛的饭菜,上面有十二只银盘,盘子里放着各种食物和水果,旁边有六个面包。神仆把桌子放在阿拉丁面前,便不见了。

阿拉丁把母亲叫醒。母亲睁眼看见一桌食物,惊奇地问:"这是怎么来的?"阿拉丁对她讲了刚才的事情,她越发感到奇怪。

母亲和阿拉丁坐在桌前吃起来。吃饱后,还剩下许多,他们便留下以后再吃。

母亲不敢看那盏灯,害怕貌似妖怪的神仆再次出现,她要求儿子到市场上把它卖掉或者藏在什么地方。阿拉丁答应了母亲,就把灯藏了起来。为了以后不再惊吓母亲,他把一个盘子卖给珠宝商,用换来的一块金币,买了些食物。过了几天,他又卖掉一个盘子。母子俩就这样维持了一段时间,最后实在没有什么可卖了,他们只好挨饿。

一天,阿拉丁见母亲不在家,便把灯找出来,在上面轻轻地擦了擦。神仆出现在他的面前。他向神仆要食物,神仆给他拿来了一桌与上次相同的饭菜。

这时候,阿拉丁已经讨厌了他原来的那些坏朋友,他感到,他应该对母亲和自己负责,便结识了一些高尚善良的人。

在和他们的交往中,阿拉丁逐渐明白,那个珠宝商廉价买了他的盘子,从中捞了大笔钱。第二次,他把盘子卖给另一个珠宝商,结果是一个盘子卖了三十块金币。从此,阿拉丁和母亲过着满意的生活。好运向他们微笑,美好生活向他们招手。几年以后,阿拉丁在当地便成为一个远近闻名的富翁。

人们都很喜欢阿拉丁,因为他温和、善良、有礼貌。

白德尔·布杜尔

一天,阿拉丁正在城里游逛,听人们说皇帝的女儿白德尔·布杜尔一会儿要出来去澡堂洗澡,于是就想见见这位公主。在这以前他还从未见过她。

一会儿,公主从宫里出来了,走在通往澡堂的路上,她的周围跟着许多卫兵。阿拉丁看见了公主,对她的美丽和活泼爱慕不已。

阿拉丁回到家里,总是想着公主的身影。一个大胆的念头突然闯入他的大脑:娶白德尔·布杜尔公主为妻。

他对这门婚事考虑了许久,那曾经多次创造奇迹的神灯鼓起了他的勇气。他相信凭着自己的努力,一定能实现这个愿望。

如今在本地他已成为一个有地位有名望的人，是有资格向皇帝求婚的。倘若有什么困难阻碍他，他的神灯会出来帮助他。

阿拉丁的母亲见儿子每日冥思苦想^①，便关切地问他："孩子，你在想什么？"

阿拉丁很不好意思，害羞地低下了头。

母亲再三问他，他才支支吾吾地说："妈妈，我向你隐瞒我的苦恼，为的是不想让你以为我疯了，你一再追问，我就不能向你隐瞒了。是这样，有一天，我在街上看见了皇帝的女儿，我第一眼就爱上了她。我想娶她做妻子。"

母亲惊讶地喊起来："伟大的中国皇帝的女儿？穷裁缝穆斯塔发的儿子——小小的阿拉丁想娶她做妻子？真的，孩子，你疯了！"

"不！我没疯！妈妈，我非常清醒。我只求你替我办一件简单的事：你到皇宫去，向皇帝求婚，说我要娶他的女儿白德尔·布杜尔公主。"阿拉丁说。

母亲更加束手无策^②，她说："你不要这样想了，孩子！这是不可能的！假如皇帝听见了你的话，会立刻令人把我们钉在十字架上的。我们是什么人，竟敢向伟大的皇帝求婚？孩子，你挑个别的姑娘吧，我给你娶她。娶皇帝的女儿是不可能的，不要惹皇帝生气和外人讥笑吧！"

"请你相信吧，妈妈，无论付出多么大的代价，我都绝不会改变主意。我只求你到皇宫去，请求皇帝把他女儿嫁给我！如果他答应了你的请求，我最大的愿望就实现了；倘若他拒绝了你，你也为我尽了心力。"

"我去试试吧，不知道是否能够成功。"母亲没有办法，只好答应了。

"孩子，你向皇帝求婚，能够送给他什么礼物吗？"过了一会儿，母亲问道。

"我可以送给皇帝最珍贵的礼物。我有许多无价的稀世珍宝。"阿拉丁说。

母亲嘲讽地说："孩子，你有什么？你梦想的这些稀世珍宝在哪儿呢？"

---

① 冥思苦想：指绞尽脑汁，苦思苦想。
② 束手无策：泛指对遇到的麻烦没有办法解决，一筹莫展。

"你还记得吗?妈妈,我从宝库里带回来的那些东西,都是些无价之宝啊!皇帝的金库里的珠宝也没有这些珍贵!这不是我一个人的看法,大珠宝商、大富商们都这样认为。"

母亲说:"你送了这些礼品之后,皇帝再跟你要彩礼怎么办?如果你和公主结婚,你让她住在哪儿?难道公主会愿意和你住在这间寒酸的房子里吗?你没有办法满足她的要求!"

阿拉丁说:"你不要担心,妈妈,我的神灯会帮助我实现皇帝提出的各种要求的。"

阿拉丁的母亲见儿子执意要娶皇帝的女儿,她知道说服他是不可能的,只能使他更加固执,便答应尽力帮助他实现愿望。

阿拉丁很高兴,连连亲吻母亲的双手。那天夜里他睡得很香,还做了一个美梦。

第二天早晨,阿拉丁很早就起来叫醒母亲,催促她到皇宫去。母亲不能拒绝,便穿上最好的衣服,拿上阿拉丁从宝库里带回的珠宝往皇宫走去,但心里一直忐忑不安。

她进入皇宫,见皇帝左右围满了大臣和侍从,前面还有很多执掌司法的长官。她站在人群的最后,心里害怕,不敢迈动一步。她这样一直站到中午,人们散了,说第二天再来结案,她只好闷闷不乐地走回家。

阿拉丁见母亲回来,急切地问:"怎么样,妈妈?"

她对他讲了所见到的一切,答应第二天再去皇宫。可是第二天和第一天一样,一无所获。这样的情况一直持续了一个星期。

皇帝见一个妇人每天在人群后面徘徊,便命令宰相,她再来的时候就把她带到前面来。这一天,阿拉丁的母亲又进了皇宫,宰相把她带到皇帝面前。皇帝问:

"尊敬的夫人,你要干什么?"

阿拉丁的母亲走上前,双腿跪下,恭敬地说:"伟大的皇上,如能承蒙您听一听我的故事,我将永世不忘您的恩德,但希望您允许我和您密谈。"

皇帝命令左右退下,身边只留下宰相。

阿拉丁的母亲再一次叩头,然后呈上带来的礼物。

皇帝对这些稀世珍宝赞叹不已,宰相也惊愕不止。皇帝问:"我接受你的贵重礼品,请问,你有什么要求?"

"我的儿子阿拉丁向您的女儿求婚。"

皇帝没有使她失望,他微笑着说:"我答应你的要求,我的女儿将在三个月以后和你的儿子结婚。"

阿拉丁的母亲高兴地叩头拜谢皇帝。她奔回家,把这个消息告诉给儿子,阿拉丁欣喜得几乎跳起来。

公主的婚姻

阿拉丁每日每时都在准备着迎接他与白德尔·布杜尔公主的新婚佳期,这样过了两个月,他心里一直是美滋滋的。但实际情况却出乎他的意料之外。

一天早晨,阿拉丁的母亲出门,发现城里到处装饰一新,街上还搭起了凉篷,她便问行人:"这是怎么回事?"

行人很吃惊:"难道你不是这座城里的人吗?难道你不知道,今天皇帝的女儿白德尔·布杜尔公主将与宰相的儿子举行婚礼?"

母亲听了这话,心情很沉重,同时也很纳闷:怎么皇帝说话不算数?他怎么可以违约?她快步走回家,把听到的话告诉给儿子。阿拉丁非常伤心,但他竭力克制住自己。

他知道,绝望和悲伤丝毫没有用处。他想了一会儿,决定采取果敢行动,达到最终目的。

阿拉丁走到另一个房间,关上门,把他藏在里面的神灯取出来,擦了擦灯身,神仆即刻出现在他面前,和蔼地说:"主人,我听从您的吩咐。"

阿拉丁说:"今夜是宰相之子和白德尔·布杜尔公主的新婚之夜,我只要求你把宰相的儿子弄得远远的,不要让他接近公主。"

"听明白了,遵命就是!"神仆回答道,随后飘然逝去。

当婚礼结束以后,客人散去之时,神仆把宰相之子从公主的房间里抓起来,放进了皇宫的厕所里。为了不使公主受惊,神仆没有在公主面前显现自己。

当公主回身不见了丈夫时,感到非常奇怪,她独自睡到天亮,也不见丈夫转来,心里就越发莫名其妙。

早晨，神仆放了宰相的儿子。他回到公主的房里，公主见他神情恍惚、浑身颤抖，问他是怎么回事。他支支吾吾，自己也不明白在那漆黑的夜晚发生了什么。

一会儿，皇帝和皇后来看望女儿，他们见女儿脸色不好，便询问其中的原因。公主抑制住感情，没有告诉他们事情的原委。

第二天夜里，如同第一天夜里一样，神仆又抓走了新郎。第三天夜里依然如此。

公主实在忍受不住了，便向母亲吐露了秘密。皇后对皇帝叙述了女儿的不快，皇帝大发雷霆，派人把宰相和他儿子带来，追问事实真相。

宰相的儿子见事情不能再隐瞒，便跪在皇帝面前大哭，求皇帝解除自己和公主的婚姻。

皇帝对这个请求很不高兴。突然，他想起了与阿拉丁母亲的约言，这才相信，他女儿的不幸，原来是真主对他食言的惩罚。

阿拉丁从神仆那里知道了一切，很是高兴。

阿拉丁耐心地等过了第三个月，便催母亲进宫，提醒皇帝。

皇帝一见到她，就招呼她。她恭敬地走上前，双膝跪下对皇帝说："皇上，我到您这儿来，是想提醒您，三个月已过，您女儿和我儿子的婚期到了。"

皇帝对她说，他会履行诺言的。他回身征求宰相的意见，宰相说："我认为皇上不应该把公主嫁给一个身份不明的男人，他不配和中国当今高贵的皇室缔结姻缘。我看我们从这个窘境中逃脱的最好办法就是向他要各种彩礼，以此为难他，迫使他放弃这一要求，而我们也不能算是违约。"

于是，皇帝对阿拉丁的母亲说："夫人，我同意他们结婚，但是你要拿来上等彩礼，我才能将女儿嫁过去，这恐怕是你儿子难以做到的。你回去对他讲，就说我提出，公主要四十盘上次你送来的那种珠宝作为彩礼。否则他不能娶我的女儿！"

母亲忧伤地走回家，她想，儿子无法满足皇帝的这一要求，娶公主为妻的愿望只能成为泡影了。

母亲将皇帝的要求告诉给儿子，阿拉丁并不发愁，反而很高兴。他跑到藏有神灯的房间，拿起灯来擦拭一下，神仆出现。阿拉丁命他拿来四十盘上等珠宝。并带来四十个端盘的仆人。神仆按要求如数送到，母亲见了惊诧不已,阿拉丁要她即刻给皇帝送去。

母亲带着衣冠楚楚的仆人们走在街上,他们每人手里捧着一盘珠宝。过路行人又是羡慕,又是惊异。但是最感到震惊的还是皇帝,他万万没有想到,他的要求竟在如此短暂的时间内就能达到!他看了看宰相,征询他的意见。宰相张口结舌,说不出话来。尽管他十分嫉恨阿拉丁,但此时也找不出理由阻碍他和公主的婚事了。皇帝呢,也感到无话可说,便转向阿拉丁的母亲说:

"好吧,我接受你的请求,允许我的女儿和你的儿子结婚。不过,在举行婚礼之前,我想见见你的儿子。"

母亲表示谢意,退出皇宫,三步并作两步地跑回家,将好消息告诉给儿子。阿拉丁听了,欣喜若狂,赶快跑到内屋,拿出神灯,唤出神仆。神仆毕恭毕敬地问:"主人,您有何吩咐?"

阿拉丁说:"今日皇帝邀我进宫。现在,我命你给我预备一间浴室,我要在里面洗个澡,再为我预备一套豪华衣袍,我进宫时穿。"

话音一落,神仆便把他放在背上,飞出窗外。眨眼间,他们便降落在一间由各色名贵大理石筑成的漂亮浴室里。

阿拉丁脱去衣服,痛快地洗起来,神仆在一旁侍候。洗毕,神仆拿来一套用珍珠点缀的华丽绸衣给他穿上。

阿拉丁很满意。接着,他又命神仆给他准备一匹高头大马、四十个奴仆和六个婢女,再准备四十盘珠宝和十袋金币。

神仆一一照办,当他再一次出现时,已经一切准备就绪。阿拉丁跨上马,母亲坐上轿,队伍就出发了。走在阿拉丁前面和后面的,是四十个端着珠宝盘的奴仆。那六个婢女,走在母亲的轿旁。

他们走在街上,道路两旁聚满了百姓,喝彩声和赞叹声不时传来。阿拉丁命奴仆将金币撒给他们,百姓们连声叫好,一直跟到皇宫。

到了皇宫,皇帝的文臣武将步出门外欢迎,他们陪阿拉丁进入正殿,来到御座前。

阿拉丁想跪下去吻地面,皇帝一把抱住他,让他坐在身边。阿拉丁非常激动,恭敬地对皇帝说:"我永远不能忘记陛下对我的这一特殊礼遇,我将一生一世做您忠诚的仆人和孩子。"

皇帝很高兴。两人聊了一会儿,到了正午时分,皇帝邀请阿拉丁与他共进午餐。于是,在众臣的簇拥下,阿拉丁和皇帝步入金碧辉煌的餐厅。席间,宾主之间随便交谈,笑语频频。阿拉丁的聪慧、机智、敏捷和对许多事物的独到见解博得了皇帝的赏识。午餐毕,皇帝立即派人请来法官,为阿拉丁和公主白德尔·布杜尔写了婚书。

然后,皇帝吩咐人准备婚礼,他征求阿拉丁的意见说,倘若他同意,婚礼就在皇宫举行。阿拉丁说:"请陛下允许我在您的宫前为公主建筑一座新宫殿。"

皇帝表示同意。阿拉丁见时间不早,便起身告辞,带着随从返回家中。

一到家,阿拉丁就拿出那盏神灯。擦拭后神仆出现,阿拉丁对他说:"我命你在最短的时间内,在皇宫前为我盖一座无比堂皇的宫殿,材料要选最上等的大理石。宫殿的最高层为一间大厅,四周开二十四扇窗和门。宫前要建造一座大花园,园内要有喷泉,花草树木样样俱全。宫内的每个房间里,还要给我摆上各式考究家具。仆人和使女也要安排好。"

"是,遵命!"神仆答应一声,隐去了。

当时,太阳已经落山,阿拉丁回想着自己的经历,心里非常兴奋。这一夜,他睡得很甜。清晨,他刚睁开眼,神仆就来到他床前,报告说:"主人,宫殿已竣工,请您前去观看。"

只有眨眼的工夫,神仆便把阿拉丁带到了一座巍峨的宫殿前。阿拉丁惊呆了,他发现这座宫殿比他要求的还要壮观。他揉揉眼睛,以为自己看错了,可是耳旁又分明听到神仆在问:"主人,您还需要什么?"

阿拉丁如梦初醒,想了想说:"拿一块地毯来,铺在皇宫与这座宫殿之间。"

一会儿,神仆便搬来一块昂贵的大地毯。

"您还需要什么?"神仆又问。阿拉丁说没事了,他就不见了。

阿拉丁回到家里,把神灯端进新宫。他在宫内视察一番,觉得一切都很满意,便转身去见皇帝,请他前来参观为他女儿白德尔公主盖的新居。

皇帝和他的宰相这时正站在皇宫的一间房里隔窗仰望阿拉丁的宫殿。一夜之间,门前建起了一座豪华的大厦,这着实令人惊奇和狐疑!由于阿拉丁抢去宰相儿子驸马的位置,宰相把阿拉丁恨得咬牙切齿。他乘此机会对皇帝说："陛下，毫无疑问，这小子一定是个巫师。一个正常人，无论他多么富有和能干，也不可能在一夜之间就盖起这样一座宫殿！"

皇帝不以为然，他说："从他能够送给我这么多任何一个王国的宝库都没有的珠宝来看，他在一夜之间盖起这座宫殿并不稀奇！"

阿拉丁的到来打断了他们的谈话，皇帝高兴地迎上去，热情地拉住了阿拉丁的手。

阿拉丁邀请皇帝参观新宫，皇帝欣然与他同往。一出皇宫大门，皇帝便被那华丽的天鹅绒地毯惊呆了。当他步入宫内时，又被那豪华的摆设迷住了双眼。随即他们登上宫殿的最高层，进入那间拥有二十四扇门窗的大厅休息。

皇帝对大厅的建筑和装饰工艺赞不绝口。不知不觉到了午饭时间，仆人送来一桌上等佳肴，都是皇帝平生没有见过的。

下午，阿拉丁陪皇帝返回皇宫，皇帝立即下令全城敲锣打鼓、张灯结彩，庆贺公主和阿拉丁成婚。

晚上，全城灯火通明，新娘白德尔公主打扮得如花似玉，在悠扬的鼓乐声中由一群宫女陪同，向阿拉丁为她建造的新宫走去，新郎在宫前迎候。从此，一对青年夫妇开始了互敬互爱的幸福生活。

婚后，阿拉丁爱好出外郊游狩猎，每当归来，他都在途中施舍穷苦百姓和孤儿寡母。皇帝每日早晨都去看望心爱的女儿，他为女儿的幸福而欣慰。

这样过了一年。

卷土重来的非洲魔法师

我们在第一章中曾经说过，非洲魔法师见阿拉丁不愿给他神灯，盛怒之下关上宝库大门扬长而去。他深信阿拉丁会困死在宝库中。就这样，几天过去了，继而几个月过去了，他把阿拉丁忘到了九霄云外。

一天夜里，非洲魔法师突然在梦中见到阿拉丁已成为皇帝的东床快婿。他大惊失色，惴惴不安，赶忙拿出沙子占卜，施展法术，并从占卜中了解了一切。

魔法师大发雷霆，立即预备马匹和干粮，日夜兼程向中国境地奔驰。

到达目的地后,魔法师将马拴在旅馆的院子里,随后信步走到街上,混入人群中,探听有关阿拉丁的消息。他刚在游人熙攘的地方坐定,就听见有人在赞扬驸马①阿拉丁的善良和慷慨,感叹他的富有和气派。他还听见有人说:"真奇怪,阿拉丁怎么能在一夜之间盖起一座世间没有的豪华宫殿呢?"

非洲魔法师心惊肉跳,稍微休息了一会儿,他才勉强按捺住自己激动的情绪,走到人们跟前,装模作样地问:"阿拉丁是谁?"

他的提问使得人们非常惊奇,他们瞪大眼睛打量着这个消息如此不灵通的人。当他们得知他是外乡人时,就将近来所发生的有关阿拉丁的事情全部告诉了他。

魔法师表明自己渴望看一看那座神奇的宫殿,一个好心人给他指了路。他一见到宫殿,马上断定出,这是阿拉丁借助神灯仆人之手建筑的。否则,一个穷裁缝的儿子,哪里有这样的资财和能力。

第二天,魔法师又来到宫前,向门房打听主人。门房告诉他说,阿拉丁打猎去了,已经走了三天,五天以后才能回来。魔法师知道,报仇的时机到了。

魔法师回到旅馆,用沙子占卜出,神灯放在白德尔公主卧室的隔壁房间里。

魔法师苦思冥想,最后想出一个获得神灯的办法:他到商店买了十盏新灯,放在一个大篮子里,然后提着篮子走到阿拉丁宫殿旁边,高声叫喊:"哎,谁用旧灯换新灯?一盏旧灯换一盏新灯!"

喊声引得街上的孩子们哄然大笑,他们认为此人不是傻子也是神经错乱,于是跟在魔法师身后做出各种恶作剧。

孩子们的喊声、笑声、嬉闹声,把白德尔公主引到窗前,她发现一群孩子在围观一个提篮子的外乡人,便派一个使女下去探个究竟。使女回来,笑着说:"这个人要用自己的新灯换旧灯!"

公主和身旁的使女们都觉得这个傻子的行为实在可笑,其中一个使女说:"我根本不相信他的话!"另一个说:"在我们公主这间房子的隔壁

---

① 驸马:古代帝王女婿的称谓。

就有一盏旧灯,让我们用它去证实一下这个傻瓜的话吧!"公主也认为这个主意不错,于是使女便拿着阿拉丁的那盏神灯跑下宫殿,来到魔法师跟前。魔法师立即换给她一盏新灯,使女很得意。

魔法师得到神灯,高兴得几乎发疯,立即停止了买卖,飞快地跑出了城。到了夜里,魔法师从怀里掏出神灯,轻轻地擦一下,神仆出现,恭敬地问:"主人,有何吩咐?我和我的伙伴们都是这盏灯的仆人,我们都愿为您效劳!"

"我命令你和你的伙伴马上将阿拉丁的宫殿以及里面的一切搬到非洲一个人迹罕见的地方去,同时把我也带去!"

"是,遵命,主人!"

不到一个时辰,魔法师连同宫殿就落到了非洲的土地上。

次日清晨,国王照例早早起床。他踱到窗前,无意中向外一望,发现竟不见了女儿的宫殿!他想这可能是幻觉,于是揉了揉眼睛,仔细察看,仍然没有看见。他很奇怪,急忙跑到原来宫殿的地址,那里除了一片平地外,什么也没有。

"到底是地面裂开吞没了它,还是它飞入空中隐在了云间?"他怎么想也找不到答案,只好命人把宰相找来。宰相也很惊奇,但他马上想到向阿拉丁报复的时刻到了,便说:"我早就对陛下说过,宫殿是用魔法变来的,阿拉丁是个巫师,您还不相信,现在证实我的话了吧?"

皇帝大发雷霆,命令侍从去找阿拉丁,然后用枷锁把他押来。侍从们在离城三里多的旷野中找到阿拉丁,侍卫官走到阿拉丁面前对他说:"皇帝大发脾气,命令我们前来捉拿你。"

阿拉丁莫名其妙,急忙询问原因。侍卫官说:"我们也不知道是怎么回事。"

阿拉丁只好任他们给戴上枷锁,押进城去。

街上的百姓见阿拉丁戴着手铐和脚镣被一群皇宫侍卫押着,非常惊讶。消息像长了翅膀一样,一会儿便传遍了全城。

前面我们曾经讲过,阿拉丁善良而慷慨,经常接济穷人和孤寡,因此百姓都很爱戴他。现在他们见阿拉丁被侍卫押进皇宫,一个个难过得痛哭流涕。一些德高望重的老人急忙凑在一起,分析皇帝对阿拉丁发怒的原因,然后相约去谒见皇帝,为阿拉丁求情。

这时皇帝正在盛怒之中,阿拉丁刚一迈进皇宫,他便不容分说地命刽子手就地将阿拉丁斩首。刽子手先卸掉阿拉丁身上的镣铐,命他跪在地上,然后用布蒙上他的眼睛。接着,刽子手抽出砍刀,立在阿拉丁两侧,等候皇帝下达行刑的命令。

当刽子手就要举刀向阿拉丁的脖子砍下去的时候,一个大臣匆忙跪在皇帝面前为阿拉丁求情,接着左右侍从也都一个个地跪下去请求皇帝宽恕阿拉丁。正值宫内乱作一团时,地方上一个代表团前来拜谒皇帝,他们见过阿拉丁,都为他的聪明、慷慨和高雅的谈吐而倾倒。他们见此情景,也连忙跪在御座前,请求皇帝看在他们的面上赦免阿拉丁。

宰相见人们都为阿拉丁求情,知道强行行刑没有好处,便劝皇帝改日再杀阿拉丁。皇帝为了平息民心和军心,也觉得延缓处置阿拉丁是上策,于是命令刽子手为阿拉丁松绑。

阿拉丁站起身来,走到皇帝面前,恭敬地说:"陛下,谢谢您的宽恕,同时我希望您让我明白您发怒的原因。直到现在,我还不明白我到底犯了什么罪?"

皇帝没有回答,而是走过去抓住阿拉丁的手,把他一直拉到窗前,愤愤地问:"你说,你的宫殿哪里去了?我的女儿哪里去了?"

阿拉丁看了看左右,宫殿果然无影无踪,他茫然不知所措,无法回答。皇帝连着问了几声,阿拉丁才无可奈何地回答:"我也不知道宫殿哪里去了,陛下!现在我很痛苦,我失掉妻子的心情与陛下失掉女儿的心情是一样的。我要不惜任何代价去寻找她,请陛下宽限我四十天,倘若在这期间我还找不到她,我甘愿受您制裁!"

"行!"皇帝说,"可是你要记住,如果你在限期内找不到我女儿,也休想逃出我的手掌!"

阿拉丁神情恍惚地走出皇宫,像疯子一样地在城内徘徊,逢人就问:"我的宫殿哪里去了?我的妻子哪里去了?"

认识他的人都为他的不幸伤心哀叹,不认识他的人都以为他疯了。

阿拉丁报仇

阿拉丁神不守舍地在城里转了三天，也没有找到他的宫殿。他想，不能继续在城里待下去了，昔日的光荣与尊严已经失去，取而代之的是被人怜悯与奚落①，这种突如其来的打击太残酷了！

他茫然地向郊外走去，自己也不知道目标在哪里，心里充满痛苦与惆怅。他想投河，但又觉得屈服不是大丈夫的性格，大丈夫不应在灾难面前气馁，而是应该想方设法渡过难关、取得胜利。于是他祈求真主原谅他的一时糊涂，在冥冥中给他指出一条光明大路。

他打算到河里洗个澡，清醒清醒头脑，可是不小心滑了个跤，跌进水里，差点儿淹死。他拼命挣扎，见离岸不远处有一块高出水面的岩石，连忙爬了上去。由于用力过猛，他手上的戒指——就是那枚曾经把他从宝库中救出来的戒指——在石头上擦了一下。戒指的仆人出现在他面前，对他说："我来了，主人！您有何吩咐？"

阿拉丁立即记起了这个神仆，他曾经在宝库里见过。

由于有了神灯，戒指的作用就被他遗忘了。这时，他高兴地对神仆说："先把我救上岸！"戒指的仆人立即把他背上了岸。接着，阿拉丁又说："把宫殿给我搬回来！"戒指的仆人为难地回答："这是我做不到的，主人！因为我不能战胜那群神灯的仆人，他们是一些最强大的神仙，他们的首领是一个最大的神王，这些神仆的威力是无穷的。"

没有办法，阿拉丁只好说："那么，你把我带到宫殿现在所在的地方去吧！"戒指的仆人立刻把阿拉丁背到肩上，向非洲飞去。

阿拉丁被戒指的仆人带到他的宫殿前。当时已是深夜，四周漆黑一团，凭着对宫殿的熟悉，阿拉丁举目一望，便知道哪里是白德尔公主的卧室。他站在窗下，回忆起昔日的幸福，再看看眼前的情景，禁不住伤心地痛哭起来。

他已有几昼夜不曾合眼，这会儿他疲惫极了，只想睡觉。他环视一下周围，透过夜色，发现附近有一棵大树。于是走过去，倒在树下睡着了。

---

①奚落：用尖酸刻薄的话揭人短处，使人难堪。

　　黎明时分,他醒来,走到白德尔公主的窗下。这天,白德尔破例醒得特别早。她从窗子里望见阿拉丁,又惊又喜,赶忙跑下楼,打开宫殿的侧门,让阿拉丁进去。

　　两人无比高兴。坐定后,公主向阿拉丁讲述了非洲魔法师的行为,他每天多次来向公主求婚,并威胁说如果公主不同意,他就杀死她。阿拉丁明白了,事隔多年,这个该死的魔法师并没忘记他,而且时刻都在寻机报复。他向公主打听神灯,公主又向他叙述了换灯的经过,最后说:"那个魔法师整天把它揣在怀里。"

　　阿拉丁决心报仇,雪洗耻辱。他与妻子计划了复仇的方案。

　　阿拉丁向街市走去。路上,他碰见一位衣衫褴褛的农民,便将公主刚刚给他穿上的一套华丽服装换给他,自己打扮成一个农民,走进一家药店,买了一些安眠药,随后返回宫里交给公主。

　　晚上,魔法师来到宫里。出乎他的意料,公主快活地迎接了他。他受宠若惊,高兴得发狂,以为公主因彻底绝望而改变了主意。

　　后来,公主端出一碗酒,微笑着递给魔法师。魔法师赶紧接过去,一饮而尽。过了一会儿,魔法师不由自主地倒在椅子上睡着了,阿拉丁立即从隐藏处出来,从魔法师怀里掏出神灯。他擦拭一下,神仆出现,问:"您有何吩咐?"

　　"我命令你将这个人背到野外,从高山顶上把他扔下去,让野兽和秃鹫吃掉他,然后你再把这座宫殿搬回原来的地方去。"

　　没过多长时间,神仆就完成了阿拉丁交给他的任务。

　　次日清晨,皇帝从窗内看见阿拉丁的宫殿又矗立在原地,几乎不相信自己的视觉。他匆忙跑出皇宫,向对面宫殿奔去。这时,白德尔公主也正在凭窗眺望她朝思暮想的皇宫。她一见到父亲的身影,立刻飞也似的奔下楼来,投入父亲的怀抱,父女俩高兴得泪流满面。

　　安静下来以后,皇帝问起了事情的经过,公主前前后后给他讲述了一番。皇帝很惭愧,深感对不起阿拉丁。他又跑进阿拉丁的房间,把他摇醒,并在他眉宇之间热烈亲吻,求他原谅自己以前的过错。

魔法师的弟弟

那个非洲魔法师还有一个在法术上不如他、而在品行上比他更奸诈的弟弟。他们每年在家乡相聚一次，然后分开，各奔东西。

这一年，他们相会的时间又到了，魔法师的弟弟回到家乡，等了许久也不见哥哥到来。他很奇怪，连忙用占卜判断哥哥的所在，在活人中没有发现哥哥的踪迹。他又占卜第二次，知道哥哥已经死去，而且连尸首也被鹭鹰啄食掉了。

他流着眼泪又占卜一次，终于明白了他哥哥所遭遇的一切。他很气愤，决心不惜任何代价，为哥哥复仇。

二法师日夜兼程，奔往中国，下榻于阿拉丁所在的城市。在那里，他周密地安排了一个行动计划。

他听说城边住着一位虔诚的修女，名叫法蒂玛，为人乐善好施，会医各种疾病，曾经救活许多患有不治之症的病人，深得百姓的尊敬。他还得知，这位修女一个人住在一间茅庵里，每礼拜二、五才接待来人。于是在一天夜里，他来到茅庵附近，偷偷地隐藏起来，待到修女睡熟，毫不费力地撬开了门。

修女睡得很熟，她并不担心有人偷东西，因为她知道，在她这个凄苦的茅庵里，任何盗贼都不会有什么收获。

二法师走进屋，发现修女睡在一条破旧的板凳上。屋子没有房顶，月光射进屋内，四周一片明亮。他走近修女，拔出匕首，将她推醒。修女睁开眼睛，看见跟前站着一个举着匕首的高大男人，惊恐地赶忙坐起身。二法师喝道："起来！照我说的去做。如果你叫喊或者不服从我的命令，我就立即杀死你！如果你乖乖地听话，我绝不会亏待你！"

修女定了定神，见眼前无路可走，只好问："你打算让我干什么？"

"把你的衣服脱给我！"

法蒂玛只好照办。二法师穿上修女的服装，接着又吩咐道："照你的模样给我打扮一下。我发誓，事情成功了，我要重重地酬谢你！"

修女把他带进一间小屋，点燃油灯，然后拿出各色染料，给他修饰打扮起来。一会儿工夫，二法师就变得和修女一模一样了。法蒂玛又把一串长长的念珠挂在他的脖子上,将一根长棍放在他的手里,接着递给他一面镜子。二法师在镜子里看见自己和法蒂玛一模一样,心里非常高兴,法蒂玛以为这样做,面前这位凶狠的男人会饶过她;可是她完全想错了,就在她转身收拾化妆品的瞬间,二法师突然双手紧紧地掐住了她的脖子。随后,二法师把她的尸体扔进了附近的一口深井里。

二法师干完这一罪恶勾当,躺在茅庵里一直睡到天亮。

早晨,二法师穿戴齐整地走在街上,路人都以为他就是虔诚的法蒂玛,纷纷走过去吻他的双手和衣角,向他致意。当他走到阿拉丁的宫殿前时,人们把他围个水泄不通。白德尔望见这一情景,连忙叫使女下去看个究竟。使女回来报告:修女①法蒂玛在门前经过,人们出于尊敬围住了她。很久以来公主就想见见这位虔诚的修女,于是派人请她上来。

伪装成修女的二法师刚一进宫,公主便迎上去亲切地吻他的手,并热情地邀他在宫内小住。二法师假装推辞,经公主再三邀请,他才答应下来,并假惺惺地为自己在宫里选了一间条件最差的房间居住。正午时分,公主请他一起吃饭,他害怕摘下面纱会暴露真相,于是便拒绝说:"我是一个修女,不习惯吃你们的山珍海味,给我一点儿椰枣或苹果,我自己在房间里吃就行了。"

公主没有强求,让人把他要的东西端到他的房间里。

第二天,公主邀他参观楼上那有着二十四扇门窗的豪华大厅。二法师看了,装出对厅内的摆设和装饰很欣赏的样子,说:"这间大厅只缺一样东西,是唯一的美中不足,如若公主能够弄到,那么真可称得上是十全十美的大厅了。"

"缺什么?"公主急切地问。

"大厅中央如能挂一颗神鹰蛋,这房子就成为天下无双的了。"

"我今天就能办到!"公主说。

白德尔公主去找阿拉丁,要他给她找一颗神鹰蛋。"为了使我们的大厅更讲究更漂亮!"她强调说。

---

①修女:是天主教中离家进修会的女教徒,通常需要发三愿,从事祈祷和协助神甫进行传教。

阿拉丁走到一间僻静的屋子里,从怀里掏出神灯,擦了一下,神仆出现,阿拉丁命他取一颗神鹰蛋来。谁知他却高声怒吼起来,把阿拉丁吓得魂飞魄散。

神仆气势汹汹地说:"您真该死呀! 难道这就是我对您的忠诚所得的报答吗?我给您带来的一切好处,难道还不能使您满足吗? 以至于您竟要神鹰蛋?您知道吗,所有的神仙都尊崇神鹰为圣鸟,为保护它宁愿牺牲自己的性命。如果这个主意是您想出来的,我会立刻掐死您,然后烧掉您的宫殿! 可是我知道这是那个作恶多端的非洲魔法师的弟弟,为了加害于您而施展的计谋! "

阿拉丁听了,恍然大悟,温和地问:"非洲魔法师的弟弟是谁?"

神仆向他讲述了一切,阿拉丁如梦方醒,连忙道歉。神仆原谅了他,飘然逝去。

一会儿,阿拉丁倒在床上装病,白德尔公主赶紧派人把假法蒂玛请来,为丈夫治病。在这以前,公主已经告诉阿拉丁,修女法蒂玛正在宫中作客。

二法师走到阿拉丁床前,靠近他假装探视,阿拉丁一眼就看见他的手正伸向腰间。说时迟那时快,阿拉丁以罕见的速度从腰中拔出匕首,一跃而起,将二法师摔倒在地,随即把匕首插进了他的心脏。

白德尔公主看见这一情景,失声喊道:"真主啊! 你怎么能杀死法蒂玛?她是一个廉洁的修女呀!"

阿拉丁微笑着揭开了二法师脸上的面纱,然后给她讲述了事情的原委。公主高声赞美真主,是他从坏人手里拯救了她和丈夫的生命。

结　局

这件事发生以后两年,皇帝驾崩[①],治理国家的重任从此落在了阿拉丁和他妻子的肩上。他们总结了先王治国的经验教训,公正地治理国家。

幸福在向他们微笑,未来在向他们招手,他们的严明和公正换来了百姓的拥戴和国家的繁荣富强。

---

① 驾崩:古代称皇帝或皇太后的死亡为"驾崩"。

阿里巴巴和四十大盗

很久以前,在波斯国的某城市里住着俩兄弟,哥哥叫戈西母,弟弟叫阿里巴巴。

父亲去世后,他俩各自分得了有限的一点儿财产,分家自立,各谋生路。不久他们的财产便花光了,生活日益艰难。为了解决吃穿,糊口度日,兄弟俩不得不日夜奔波,吃苦耐劳。

后来戈西母幸运地与一个富商的女儿结了婚,他继承了岳父①的产业,开始走上做生意的道路。由于生意兴隆,发展迅速,戈西母很快就成为远近闻名的大富商了。

阿里巴巴娶了一个穷苦人家的女儿,夫妻俩过着贫苦的生活。全部家当除了一间破屋外,就只有三头毛驴。阿里巴巴靠卖柴火为生,每天赶着毛驴去丛林中砍柴,再驮到集市②去卖,以此维持生活。

有一天,阿里巴巴赶着三头毛驴,上山砍柴。他将砍下的枯树和干木柴收集起来,捆绑成驮子,让毛驴驮着。砍好柴准备下山的时候,远处突然出现一股烟尘,弥漫着直向上空飞扬,朝他这儿卷过来,而且越来越近。靠近以后,他才看清原来是一支马队,正急速向这个方向冲来。

阿里巴巴心里害怕,因为若是碰到一伙歹徒,那么毛驴会被抢走,而且自身性命也难保。他心里充满恐惧,想拔腿逃跑;但是由于那帮人马越来越近,要想逃出森林,已是不可能的了。他只得把驮着柴火的毛驴赶到丛林的小道里,自己爬到一棵大树上躲避起来。

那棵大树生长在一块巨大险峭的石头旁边。他把身体藏在茂密的枝叶间,从上面可以看清楚下面的一切,而下面的人却看不见他。

---

① 岳父:对妻子的父亲的称呼。
② 集市:指在商品经济不发达的时代和地区普遍存在的一种贸易组织形式。

这时候，那帮人马已经跑到那棵树旁，勒马停步，在大石头前站定。他们共有四十人，一个个年轻力壮、行动敏捷。阿里巴巴仔细打量，看起来，这是一伙拦路抢劫的强盗，显然是刚刚抢劫了满载货物的商队，到这里来分赃的，或者准备将抢来之物隐藏起来。

阿里巴巴心里这样想着，决心探个究竟。

匪徒们在树下拴好马，取下沉甸甸的鞍袋，里面果然装着金银珠宝。

这时，一个首领模样的人背负沉重的鞍袋，从丛林中一直来到那块大石头跟前，喃喃地说道："芝麻，开门吧！"随着那个头目的喊声，大石头前突然出现一道宽阔的门路，于是强盗们鱼贯而入。那个首领走在最后。

首领刚进入洞内，那道大门便自动关上了。

由于洞中有强盗，阿里巴巴躲在树上窥探，不敢下树，他怕他们突然从洞中出来，自己落到他们手中，会遭到杀害。最后，他决心偷一匹马并赶着自己的毛驴溜回城去。就在他刚要下树的时候，山洞的门突然开了，强盗头目首先走出洞来。他站在门前，清点他的喽啰，见人已出来完了，便开始念咒语，说道：

"芝麻，关门吧！"

随着他的喊声，洞门自动关了起来。

经过首领的清点、检查后，没有发现问题，喽啰们便各自走到自己的马前，把空了的鞍袋提上马鞍，接着一个一个地纵身上马，跟随首领，扬长而去。

阿里巴巴待在树上观察他们，直到他们走得无影无踪之后，才从树上下来。当初他之所以不敢贸然从树上下来，是害怕强盗当中会有人突然又返回来。

此刻，他暗自道："我要试验一下这句咒语的作用，看我能否也将这个洞门打开。"于是他大声喊道："芝麻，开门吧！"他的喊声刚落，洞门立刻打开了。

他小心翼翼地走了进去，举目一看，那是一个有穹顶的大洞，从洞顶的通气孔透进的光线，犹如点着一盏灯一样。开始，他以为既然是一个强盗穴，除了一片阴暗外，不会有其他的东西。可是事实出乎他的意料，洞中堆满了财物，让他目瞪口呆。一堆堆的丝绸、锦缎和绣花衣服，一堆堆彩色毡毯,还有多得无法计数的金币银币,有的散堆在地上,有的盛在皮袋中。猛一下看见这么多的金银财宝,阿里巴巴深信这肯定是一个强盗们数代经营、掠夺所积累起来的宝窟。

阿里巴巴进入山洞后,洞门又自动关闭了。

他无所顾虑,满不在乎,因为他已掌握了这道门的启动方法,不怕出不了洞。

他对洞里的财宝并不感兴趣,他迫切需要金钱。因此,考虑到毛驴的运载能力,他想好,只弄几袋金币,捆在柴火里面,扔上驴子运走。这样,人们不会看见钱袋,只会仍然将他视作砍柴度日的樵夫。

想好了这一切,阿里巴巴才大声说道:"芝麻,开门吧!"

随着声音,洞门打开了,阿里巴巴把收来的金币带出洞外,随即说道:"芝麻,关门吧!"

洞门应声关闭。

阿里巴巴驮着金钱,赶着毛驴很快返回城中。到家后,他急忙卸下驴子,解开柴捆,把装着金币的袋子搬进房内,摆在老婆面前。他老婆看见袋中装的全是金币,便以为阿里巴巴铤而走险抢劫了别人,所以开口便骂,责怪他不该见利忘义,不该去做坏事。

"难道我是强盗?你应该知道我的品性。我从不做坏事。"阿里巴巴申辩几句,然后把山中的遭遇和这些金币的来历告诉了老婆之后,把金币倒了出来,一股脑儿堆在她的面前。

阿里巴巴的老婆听了,惊喜万分,光灿灿的金币使她眼花缭乱。她一屁股坐下来,忙着去数那些金币。阿里巴巴说:"瞧你!这么数下去,什么时候才数得完呢?若是有人闯进来见到这种情况,那就糟糕了。这样吧,我们先把这些金币埋藏起来吧。"

"好吧,说干就干。但是我还是要量一量这些金币到底有多少,心里也好有个数。"

"这件事是值得高兴,但你千万要注意,别对任何人说,否则会引来麻烦的。"

阿里巴巴的老婆急忙到戈西母家中借量器。戈西母不在家,她便对他老婆说:

"嫂嫂,能把你家的量器借我用一下吗？"

"行呀,不过你要借什么量器呢？"

"借给我小升就行了。"

"你稍微等一下,我这就去给你拿。"戈西母的老婆答应了。

戈西母的老婆是个好奇心特别重的人,一心想了解阿里巴巴的老婆借升量什么,于是她在升内的底部,刷上一点儿蜜蜡,因为她相信无论量什么,总会粘一点儿在蜜蜡上。她想用这样的方法满足自己的好奇心。

阿里巴巴的老婆不懂这种技巧,她拿着升急忙回到家中,立刻开始用升量起金币来。

阿里巴巴只管挖洞,待她老婆量完金币,他的地洞也挖好了,他们两人一起动手,把金币搬进地洞,小心翼翼地盖上土,埋藏了起来。

升底的蜜蜡上粘着一枚金币,他们却一点儿也没有察觉。于是当这个好心肠的女人把升送还她嫂子时,戈西母的老婆马上就发现了升内竟粘着一枚金币,顿生羡慕、嫉妒之心,她自言自语说：

"哎呀！原来他们借我的升是去量金币啊！"

她心想,阿里巴巴这样一个穷光蛋,怎么会用升去量金币呢？

这里面一定有什么秘密。

戈西母的老婆左思右想,不得其解。直到日暮,戈西母游罢归来,她立即迫不及待地对他说："你这个人呀！你一向以为自己是富商巨贾,是最有钱的人了。现在你睁眼看一看吧,你兄弟阿里巴巴表面上穷得叮当响,暗地里却富得如同王公贵族。我敢说他的财富比你多得多,他积蓄的金币多到需要斗量的程度。而你的金币,只是过目一看,便知其数目了。"

"你是从哪儿听说的？"戈西母将信将疑地反问一句。

戈西母的老婆立刻把阿里巴巴的老婆前来借升还升的经过以及自己发现粘在升内的一枚金币等事,一五一十说了一遍,然后把那枚铸有古帝王姓名、年号等标志的金币拿给他看。

戈西母知道这事后,顿觉惊奇,同时也产生了羡慕、猜疑之心。这一夜,由于贪婪的念头一直萦绕着他,因而他整夜辗转不眠。次日天刚亮他就急忙起床,前去找阿里巴巴,说道：

"兄弟啊！你表面装得很穷、很可怜,其实你真人不露相。我知道你积蓄了无数的金币，数目之多，已经达到要用斗量才能数清的地步了。"

"你能把话说清楚些吗？我一点儿也不明白你在说些什么。"

"你别装糊涂！你非常清楚我在说什么。"戈西母怒气冲冲地把那枚金币拿给他看，"像这样的金币，你有成千上万，这不过是你量金币时粘在升底被我老婆发现的一枚罢了。"

阿里巴巴恍然大悟，此事已被戈西母和他的老婆知道了，暗想：此事已无法再保守秘密了。既然这样，索性将它全盘托出。虽然明知这会招来不幸和灾难，但处在这样的情况下，他也实在是没有办法，只得被迫把发现强盗们在山洞中收藏财宝的事，毫无保留地讲给他哥哥听了。

戈西母听了，声色俱厉地说："你必须把你看见的一切告诉我，尤其是那个储存金币的山洞的确切地址，还有开、关洞门的那两句魔咒暗语。现在我要警告你，如果你不肯把这一切全部告诉我，我就上官府告发你，他们会没收你的金钱，抓你去坐牢，你会落得人财两空的。"

阿里巴巴在哥哥的威逼下，只好把山洞的所在地和开、关洞门的暗语，一字不漏地讲了一遍。戈西母仔细听着，把一切细节都牢记在心头。

第二天一大早，戈西母赶着雇来的十匹骡子，来到山中。他按照阿里巴巴的讲述，首先找到阿里巴巴藏身的那棵大树，并顺利地找到了那神秘的洞口。眼前的情景和阿里巴巴所说的差不多，他相信自己已经到达目的地，于是高声喊道："芝麻，开门吧！"

随着戈西母的喊声，洞门豁然打开了，戈西母走进山洞，刚站定，洞门便自动关起来。对此，他没有在意，因为他的注意力完全被堆积如山的财宝吸引住了。面对这么多的金银财宝，他激动万分，有些不知所措。待镇定了一下自己的情绪后，才急忙大肆收集金币，并把它们一一装在袋中，然后一袋一袋挪到门口，预备搬运出洞外，驮回家去。待一切准备妥当后，他才来到那紧闭的洞门前。但由于先前他兴奋过度，竟忘记了那句开门的暗语，却大喊："大麦，开门吧！"洞门依然紧闭。

这一来，他慌了神。一口气喊出属于豆麦谷物的各种名称，唯独"芝麻"这个名称，他怎么样也想不起来了。他顿感恐惧，坐立不安，不停地在洞中打转，对摆在门后预备带走的金币也失去兴趣了。

由于戈西母过度地贪婪和嫉妒，招致了意想不到的灾难，致使他已步入上天无路、入地无门的绝望境地。如今性命都难保,当然就更不可能圆他的发财梦了。

这天半夜,强盗们抢劫归来,在月光下,老远便看见成群的牲口在洞口前,他们感到奇怪:这些牲口是怎么到这里来的?

强盗首领带着喽啰①来到山洞前,大家从马上下来,说了那句暗语,洞门便应声而开。戈西母在洞中早已听到马蹄的嘚嘚声,从远到近,知道强盗们回来了。他感到性命难保,一下子吓瘫了。但他还抱着侥幸②的心理,鼓足勇气,趁洞门开启的时候,猛冲出去,期望死里逃生。但强盗们的刀剑把他挡了回来。强盗首领不管三七二十一,一剑把戈西母刺倒。而他身边的一个喽啰立刻抽出宝剑,把戈西母拦腰一剑,砍为两截,结果了他的性命。

强盗们涌入山洞,急忙进行检查。

他们把戈西母的尸首装在袋中,把他预备带走的一袋袋金币放回老地方,并仔细清点了所有物品。强盗们不在乎被阿里巴巴拿走的金币,可是对于外人能闯进山洞这件事,他们都感到震惊、迷惑。因为这是个天险绝地,山高路远,地势峻峭,人很难越过重重险阻攀援到这里,尤其是若不知道开关洞门那句暗语,谁也休想闯进洞来。

想到这里,他们把怒气都出在戈西母的身上,大家七手八脚地肢解了他的尸体,分别挂在门内左右两侧,以此来作为警告,让敢于来这里的人,知道其下场。

做完了这一切,他们走出洞来,关闭好洞门,跨马而去。

这天晚上,戈西母没有回家,他老婆预感到事情有些不妙,焦急万分地跑到阿里巴巴家去询问:"兄弟,你哥哥从早上出去,到现在还没有回家来。他的行踪你是知道的,现在我非常担心,只怕他发生什么不测。若真是这样,那我可怎么办呀?"

阿里巴巴也预感到发生了什么不幸的事,不然,戈西母不可能现在还不回家。

---

① 喽啰:旧称占有固定地盘的强人部众,现在多比喻追随恶人的人。

② 侥幸:由于偶然的原因而得到成功、免去灾害,很幸运。

他越想越觉不安,但他稳住自己的情绪,仍然平静地安慰着嫂嫂:"嫂嫂,大概戈西母害怕外人知道他的行踪,因而绕道回城,以至于到现在还没有回到家吧。我想等会儿他会回来的。"

戈西母的老婆听了后,才稍感慰藉,抱着一线希望回到了家中,耐心地等待丈夫归来。

时至夜半三更,仍不见人影。她终于坐卧不安起来,最终由于紧张、恐怖而忍不住失声痛哭了起来。她悔恨地自语道:"我把阿里巴巴的秘密泄露了给他,引起他的羡慕和嫉妒,这才给他招来了杀身之祸呀!"

戈西母的老婆心烦意乱、如坐针毡,好不容易才熬到天亮,便急急忙忙跑到阿里巴巴家中,恳求他立即出去寻找他哥哥。

阿里巴巴安慰了嫂子一番,然后赶着三头毛驴,前往山洞而去。来到那个洞口附近,一眼就看到了洒在地上的斑斑血迹,他哥哥和十匹骡子却不见踪影,显然凶多吉少。想到此,他不禁不寒而栗。他战战兢兢地来到洞口,说道:"芝麻,开门吧!"洞门应声而开。

他急忙跨进山洞,一进洞门就看见戈西母的尸首被分成几块,两块挂在左侧,两块挂在右侧。阿里巴巴惊恐万状,但是不得不硬着头皮收拾哥哥的尸首,并用一头毛驴来驮运。然后他又装了几袋金币,用柴棒小心掩盖起来,绑成两个驮子,用另两头毛驴驮运。做好这一切后,他念着暗语把洞门关上,赶着毛驴下山了。一路上他拼命克制住紧张的心情,集中精力,把尸首和金币安全地运回了家。

回家后,他把驮着金币的两头毛驴牵到自己家,交给老婆,吩咐她藏好;关于戈西母遇害的事,他却只字不提。接着他把运载尸首的那头毛驴牵往戈西母的家。

戈西母的使女马尔基娜前来开门,让阿里巴巴把毛驴赶进庭院。

阿里巴巴从驴背上卸下戈西母的尸首,然后对使女说:"马尔基娜,赶快为你的老爷准备善后吧。现在我先去给嫂子报告噩耗,然后就来帮你的忙。"这时,戈西母的老婆从窗户里看见阿里巴巴,问道:

"阿里巴巴,情况怎么样?有你哥哥的消息吗?看你愁眉苦脸的样子,莫非他遭遇了灾难?"

阿里巴巴忙把戈西母的遭遇和怎样把他的尸首偷运回来的经过,从头到尾对嫂子说了一遍。

阿里巴巴详细叙述完事情的经过后，接着对嫂嫂说道："嫂子，事情已经发生了，要想改变这一切已是不可能的了。这事件固然惨痛，但是我们应该引以为戒、保守秘密，不然我们的身家性命将没有保障的。"

戈西母的老婆知道丈夫已惨遭杀害，现在埋怨也无济于事，因此她泪流满面地对阿里巴巴说："我丈夫的命是前生注定的，我现在也只好认命了。只是为了你的安全和我的将来，我答应为你严格保守秘密，决不向外泄露半点儿。"

"安拉的惩罚是无法抗拒的，现在你安心休息吧。待丧期一过，我便会娶你为妾，一辈子供养你，你会生活得愉快幸福的。至于我的夫人，她心地善良，决不会嫉妒你，这一点你尽管放心好了。"

"既然你认为这样做较为妥当，就照你的意思办吧。"她说着又忍不住痛哭起来。

阿里巴巴因为哥哥的死感到很伤心，他离开嫂嫂，回到女仆马尔基娜身边，与她商量哥哥的后事，做完这一切后，才牵着毛驴回家。

阿里巴巴一走，马尔基娜立刻来到一家药店，装出若无其事的样子，跟老板交谈起来，打听给垂死的病人吃什么药才有效。

"是谁病入膏肓，要服这种药呢？"老板向马尔基娜反问。

"我家老爷戈西母病得厉害，快要死了。这几天，他既不能说话，也不能吃东西，所以我们对他的生死已不报什么希望了。"

说完，她带着买来的药回家了。

第二天，马尔基娜再上药店去买药，她装着忧愁苦闷的样子，唉声叹气地说：

"我担心他连药都吃不下去了，这会儿怕是已经咽气了。"

就在马尔基娜买药的同时，阿里巴巴也做好了一切准备。他待在家中，耐心地等待着戈西母家发出悲哀、哭泣的声音，以便装着悲痛的样子去帮忙治丧。

第三天一大早，马尔基娜便戴上面纱，去找高明的老裁缝巴巴穆司塔。她给了裁缝一枚金币，说道："你愿意用一块布蒙住眼睛，然后跟我上我家去一趟吗？"

巴巴穆司塔不愿这样做。马尔基娜又拿出一枚金币塞在他的手里，并再三恳求他去一趟。

巴巴穆司塔是一个贪图小恩小惠的财迷鬼，见到金币，立即答应了这个要求，拿手巾蒙住自己的眼睛，让马尔基娜牵着他，走进了戈西母停尸的那间黑房。这时马尔基娜才解掉蒙在巴巴穆司塔眼睛上的手巾，告诉他："你把这具尸首按原样拼在一起，缝合起来，然后再比着死人身材的长短，给他缝一套寿衣。做完这些事后，我会给你一份丰厚的工钱的。"

巴巴穆司塔按照马尔基娜的吩咐，把尸首缝了起来，寿衣也做成了。马尔基娜感到很满意，又给了巴巴穆司塔一枚金币，再一次蒙住他的眼睛，然后牵着他，把他送回了裁缝铺。

马尔基娜很快回到家中，在阿里巴巴的协助下，用热水洗净了戈西母的尸体，装殓起来，摆在干净的地方，把埋葬前应做的事都准备妥当，然后去清真寺，向教长报丧，说丧者等候他前去送葬，请他给死者祷告。

教长应邀随马尔基娜来到戈西母家中，替死者进行祷告，按惯例举行了仪式，然后由四人抬着装有戈西母尸首的棺材离开家，送往坟地进行安葬。马尔基娜走在送葬行列的前面，披头散发，捶胸顿足，号啕痛哭。

阿里巴巴和其他亲友跟在后面，一个个面露悲伤。

埋葬完毕后，各自归去。

戈西母的老婆独自待在家中，悲哀哭泣。

阿里巴巴躲在家中，悄悄地为哥哥服丧，以示哀悼。

由于马尔基娜和阿里巴巴善于应付、考虑周全，所以戈西母死亡的真相，除他二人和戈西母的老婆之外，其余的人都不知底细。

四十天的丧期过了，阿里巴巴拿出部分财产作聘礼，公开娶他的嫂嫂为妾，并要戈西母的大儿子继承他父亲的遗产，把关闭的铺子重新开了起来。戈西母的大儿子曾跟一个富商经营生意，耳濡目染，练就了一些本领，在生意场上显得得心应手。

这一天，强盗们照例返回洞中，发现戈西母的尸首已不在洞中，而且洞中又少了许多金币，这使他们感到非常诧异，不知所措。首领说："这件事必须认真追查清楚，否则，我们长年累月攒下来的积蓄，就会被一点一点偷光。"

匪徒们听了首领的话后，都感到此事不宜迟延，因为他们知道，除了被他们砍死的那个人知道开关洞门的暗语外，那个搬走尸首并盗窃金币的人，势必也懂得这句暗语。所以必须当机立断地追究这事，只有把那人查出来，才能避免财物继续被盗。他们经过周密的计划，决定派一个机警的人，伪装成外地商人，到城中大街小巷去活动，目的在于探听清楚，最近谁家死了人，住在什么地方。这样就找到了线索，也就能找到他们所要捉拿的人。

"让我进城去探听消息吧。"一个匪徒自告奋勇地向首领请求说，"我会很快把情况打听清楚的。如果完不成任务，随你怎样惩罚我。"

首领同意了这个匪徒的请求。

这个匪徒化好装，当天夜里就溜到城里去了。第二天清晨他就开始了活动，见街上的铺子都关闭着，只是裁缝巴巴穆司塔的铺子例外，他正在做针线活。匪徒怀着好奇心向他问好，并问：

"天才蒙蒙亮，你怎么就开始做起针线活来了？"

"我看你是外乡人吧。别看我上了年纪，眼力可是好得很呢。昨天，我还在一间漆黑的房里，缝合好了一具尸首呢。"

匪徒听到这里，暗自高兴，想："只需通过他，我就能达到目的。"他不动声色地对裁缝说："我想你这是同我开玩笑吧。你的意思是说你给一个死人缝了寿衣吧？"

"你打听此事干啥？这件事跟你有多大关系？"

匪徒忙把一枚金币塞给裁缝，说道："我并不想探听什么秘密。我可是一个忠厚老实的人，我只是想知道，昨天你替谁家做零活？你能把那个地方告诉我，或者带我上那儿去一趟吗？"

裁缝接过金币，不好再拒绝，只好照实向他说："其实我并不知道那家人的住址，因为当时我是由一个女仆用手帕蒙住双眼后带去的。到了地方，她才解掉我眼上的手帕。我按要求将一具砍成几块的尸首缝合起来，为他做好寿衣后，再由那女仆蒙上我的双眼，将我送回来。因此，我无法告诉你那儿的确切地址。"

"哦，太遗憾了！不过不要紧，你虽然不能指出那所住宅的具体位置，但我们可以像上次那样，照你所做的那样，我们也来演习一遍，这样，你一定会回忆点儿什么出来。当然,你若能把这件事办好了,我这儿还有金币给你。"说完匪徒又拿出一枚金币给裁缝。

巴巴穆司塔把两枚金币装在衣袋里,离开铺子,带着匪徒来到马尔基娜给他蒙眼睛的地方,让匪徒拿手帕蒙住他的眼睛,牵着他走。巴巴穆司塔原是头脑清楚、感觉灵敏的人,在匪徒的牵引下,一会儿便进入马尔基娜带他经过的那条胡同里。

他边走边揣测,并计算着一步一步向前移动。他走着走着,突然停下脚步,说道:

"前次我跟那个女仆好像就走到这儿的。"

这时候巴巴穆司塔和匪徒已经站在戈西母的住宅前,如今这里已是阿里巴巴的住宅了。

匪徒找到戈西母的家后,用白粉笔在大门上画了一个记号,免得下次来报复时找错了门。他满心欢喜,即刻解掉巴巴穆司塔眼上的手帕,说道:"巴巴穆司塔,你帮了我的大忙,我很感激,愿伟大的安拉保佑你。现在请你告诉我,是谁住在这所屋子里?"

"说实在的,我一点儿也不知道。这一带我不熟悉。"

匪徒知道无法再从裁缝口中打听到更多的消息,于是再三感谢裁缝,叫他回去。

他自己也急急忙忙赶回山洞,报告消息。

裁缝和匪徒走后,马尔基娜外出办事,刚跨出大门,便看见了门上的那个白色记号,不禁大吃一惊。她沉思一会,料到这是有人故意做的识别标记,目的何在,尚不清楚;但这样不声不响偷偷摸摸的,肯定不怀好意。于是她就用粉笔在所有邻居的大门上画上了同样的记号。她严守秘密,对谁也没有说,连男主人、女主人也不例外。

匪徒回到山中,向匪首和伙伴们报告了寻找线索的经过。首领和其他匪徒听到消息后,便溜到城中,要对盗窃财物的人进行报复。那个在阿里巴巴家的大门上做过记号的匪徒,直接将首领带到了阿里巴巴的家附近,说:"哎!我们所要寻找的人,就住在这里。"

首领先看了那里的房子,再四下看了看,发现每家的大门上都画着同样的记号,觉得奇怪,问道:"这里的房屋,每家的大门上都有同样的记号,你所说的到底是哪家呢？"

带路的匪徒顿时糊涂起来，不知所措。他发誓说："我只是在一间房子的大门上做过记号，不知这些门上的记号是从哪儿来的，现在我也不敢肯定哪个记号是我所画的了。"

首领沉思了一会儿，对匪徒们说："由于他没有把事情做好，我们要寻找的那所房屋没找到，使得我们白辛苦一场，现在暂且回山，以后再做打算。"

匪徒们乘兴而来、败兴而归地返回山洞后，首领便拿那个带路的匪徒出气，将他痛打一顿后，再命手下把他绑起来，并说："你们中谁再愿到城中去打探消息？如能把盗窃财物的人抓到，我就加倍赏赐他。"

听了匪首的话，又有一个匪徒自告奋勇道："我愿前去探听，相信我能满足你的要求。"

匪首同意派他去完成这项使命。于是这个匪徒又找到裁缝铺里的巴巴穆司塔，用金币买通裁缝，利用他找到了阿里巴巴的家，在阿里巴巴屋子的门柱上，用红粉笔画了一个记号，这才赶忙返回山洞，向匪首报告。他得意地说道："报告首领，我已经找到那所房屋，这次我用红粉笔在门柱上打了记号。我可以轻易将其分辨出来。"

马尔基娜出房门时，发现门柱上又有个红色记号，便又在邻近人家的门柱上也画了同样的记号。

匪首派的第二个匪徒很快完成了任务，但情况却与第一次一样。当匪徒们进城去报复时，发现附近每家住宅门柱上都有红色记号，他们感到又被捉弄了，一个个只得垂头丧气地返回山洞。匪首怒不可遏，大发雷霆，又把第二个匪徒绑了起来，叹道："我的部下都是些酒囊饭袋，看来此事得由我亲自出马，才能解决问题。"

匪首打定主意，单枪匹马来到了城中，照例找到了裁缝巴巴穆司塔。在他的帮助下，顺利地来到阿里巴巴的家门前。他吸取前两个匪徒的教训，不再做任何记号，只是把那住宅坐落的位置和四周的景象记在心里，然后他马上赶回山洞，对匪徒们说：

"那个地点我已铭刻在心里，下次去找就很容易了。现在你们马上给我买十九匹骡子和一大皮袋菜，以及形状、体积一致的瓦瓮三十八个。再把这些瓮绑在驮子上，用十九匹骡马驮着，每骡驮两瓮。我扮成卖油商人，趁天黑时到那个坏蛋的家门前，求他容我在他家暂住一宿。然后，到晚上我们一起动手，结果他的性命，夺回被盗窃的财物。"

他提出的方案受到了匪徒们的拥护，一个个怀着喜悦的心情，分头前去购买骡子①、皮囊、瓦瓮等物。经过三天的奔波，把所需要的东西全部备齐了，还在瓦瓮的外表涂上一些油腻。他们在匪首的指挥下，拿菜油灌满一个大瓮，全副武装的匪徒分别潜伏在三十七个瓮中，用十九匹骡子驮运。匪首扮成商人，赶着骡子，大模大样地运油进城，趁天黑时赶到阿里巴巴家的门外。

阿里巴巴刚吃过晚饭，还在屋前散步。匪首趁机走近他，向他请安问好，说道：

"我是从外地进城来贩油的，经常到这里来做生意。今天太晚了，我找不到合适的住处，恳求你发发慈悲，让我在你院中暂住一夜吧，也好减轻一下牲口的负担，当然也麻烦你为它们添些饲料充饥。"

阿里巴巴虽然曾见过匪首的面，但由于他伪装得很巧妙，加之天黑，一时竟没有分辨出来，因而同意了匪首的请求，为他安排了一间空闲的柴房，作堆放货物和关牲口之用，并吩咐女仆马尔基娜：

"家中来了客人，请给他预备些饲料、水，再为客人做点儿晚饭，铺好床让他住一夜。"

匪首卸下驮子，搬到柴房中，给牲口提水拿饲料，他本人也受到主人的殷勤招待。阿里巴巴叫来马尔基娜，吩咐道："你要好生招待客人，不要大意，满足客人的需要。明天一早我上澡堂沐浴，你预备一套干净的白衣服，以便沐浴后穿。此外，在我回来前，为我准备一锅肉汤。"

"明白了，一定按老爷说的去做。"

阿里巴巴说了之后进寝室休息去了。

匪首吃过晚饭，随即上柴房照料牲口。他趁夜深人静、阿里巴巴全家休息时，压低嗓音，告诉躲在瓮中的匪徒们："今晚半夜，当你们听到我的信号时，就迅速出来。"匪首交代完毕后，走出柴房，由马尔基娜引着，来到

---

① 骡子：一种动物，有雌雄之分，但是没有生育的能力，它是马和驴交配产下的后代，分为驴骡和马骡。

为他准备的寝室里。

马尔基娜放下手中的油灯,说:"如还需要什么,请吩咐吧。"

"谢谢,不需要什么了。"匪首回答说,待马尔基娜走后,才灭灯上床休息。

马尔基娜按主人的吩咐,拿出一套干净的衣服,交给另一个男仆阿卜杜拉,以便主人沐后穿用。随后她给主人烧好肉汤。过了一会儿,她想看一看罐里的肉汤,但油灯已灭,一时又没油可添。阿卜杜拉看着马尔基娜为难的样子,便前来解围,提醒道:

"不必为难,柴房中有菜油呀!为何不取些来用?"

马尔基娜拿着油壶去柴房中,见到成排的油瓮。她来到第一个瓦瓮前,这时躲在瓮中的匪徒听到脚步声,以为是匪首来叫他们,便轻声问道:"是行动的时候了吗?"

马尔基娜突然听见瓦瓮中的说话声,吓得倒退一步;但她本是一个机智勇敢的人,当即应道:"还不到时候呢。"她暗想道:"原来这些瓮中装的不是菜油,而是人。看来这个贩油商人存心不良,也许想打什么坏主意,施展阴谋诡计。慈悲的安拉①啊!求您保佑,别让咱们上他的圈套吧。"她挨到第二个瓮前,仍然压低嗓音,把"现在还不到时候呢"这句话重说了一遍。

她就这样一个挨一个地顺序从头说到尾。她暗自道:"赞美安拉!我的主人还蒙在鼓里,不知道危险随时可能降临。这个自称卖油的家伙,一定是这伙匪徒的首领,而此时匪徒们正在等待他发出暗号。"此时她已来到最后一个瓮前,发现这个瓮里装的是菜油,便灌了一壶,拿到厨房,给灯添上油,然后再回到柴房中,从那个瓮中舀了一大锅油,架起柴火,把油烧开,这才拿到柴房中,依次给每瓮里浇进一瓢沸油。潜伏在瓮中的匪徒还不知是怎么回事,就一个个被烫死了。

马尔基娜以过人的智慧悄悄做完了这一切,屋里所有的人都还睡得正酣,无人知晓。她自己高兴地回到厨房,关起门来,给阿里巴巴热汤。

大约过了一个小时,匪首从梦中突然醒来,他打开窗户,见室外一片

---

① 安拉:《古兰经》中宇宙最高的独一实在、应受崇拜的主宰名称。

黑暗，寂静无声，便拍手发出了暗号，叫匪徒们立即出来行动。但四周却毫无动静。过了一会儿，他再次拍手，并出声呼唤，仍无回音。经过第三次拍手、呼唤，还得不到回答后，他才慌了，赶忙走出卧室，奔到柴房中，心想："大概他们一个个都睡熟了，我必须立刻叫醒他们，赶快行动，否则就来不及了。"

他走到第一个油瓮前，立刻嗅到一股熏鼻的油气味，心里非常吃惊，伸手一摸，觉得烫手。他一个个摸过去，发现全部油瓮的情况都是一样。这时候，他明白死亡落到他们这一伙人的头上了，同时对自身的安全也感到担心。他不敢再回到卧室，只得逾墙跳到后花园，怀着恐怖和绝望的心情，逃之夭夭。

马尔基娜待在厨房里，窥探匪首的动静，但不见他从柴房中出来，想是逾墙逃跑了，因为大门是双锁锁着的。不过想到其余的匪徒还一个个静静地躺在瓮中，马尔基娜便安心地睡觉了。

离天亮还有两个小时的时候，阿里巴巴起床去澡堂沐浴。他对当夜家中发生的危险事一无所知，机智的马尔基娜没有惊动他，也没料到事情如此容易应付。原来她认为如果先向主人报告她的计划，然后动手，就可能失去先下手为强的机会，而吃强盗的亏了。

阿里巴巴从澡堂归来已是日上三竿，他见油瓮还原封不动地摆在柴房中，感到惊奇，嘀咕道："这位卖油的客人是怎么搞的！这个时候还不把油驮到市上去卖。"

马尔基娜说："老爷啊，万能之神安拉赐福于你，使你昨晚免受了伤害。那个商人企图干罪恶的勾当，被发现后已逃走，昨晚发生的事情，待一会儿我会慢慢讲给你听。"她引阿里巴巴走进柴房，关了房门，然后指着一个油瓮说："请老爷看吧，到底里面装的是油呢？还是别的东西？"

阿里巴巴打开瓮盖一看，里面躺着一个男人，他一下子吓得回头就跑。马尔基娜立刻安慰他："别害怕！这人已不可能再危害你，他已经死了。"

阿里巴巴听了才安静下来，说道："马尔基娜，咱们遭了大祸，刚安定下来，怎么这个卑鄙的家伙也会来找咱们的麻烦呢？"

"感谢伟大的安拉！事情的经过，我会详细报告老爷的。可是说话要小声，免得被邻居知道，给咱们带来麻烦。现在请老爷查看这些瓮里的东西,从头到尾,每一个都看一看吧。"

阿里巴巴果然依次看了一遍,发现每个瓮中都有一个全副武装的男人,幸亏都被沸油烫死了。这一惊把他吓得哑巴似的说不出话来。过了一会儿,他逐渐恢复常态,才问道:

"那个贩油商人哪儿去了?"

"老爷啊,你还不知道,那个家伙其实并不是生意人,而是个为非作歹的匪首。他满口甜言蜜语,骨子里却想要你的命。他的所作所为,我会详细报告的,不过老爷才从澡堂归来,先喝些肉汤再说吧。"

她伺候阿里巴巴回到屋里,立刻送上饮食。

阿里巴巴吃喝起来,对马尔基娜说:"我急于要知道这桩奇案的始末,你说吧,不要让我始终蒙在鼓里,这样我才会定下心来。"

马尔基娜把昨晚发生的事,从煮肉汤、点灯找油起,到发现匪徒、用油烫死匪徒以及那个匪首逃跑等等,一五一十详细叙述了一遍。最后她说:

"这便是昨晚发生的事的全部经过。此外,几天以前,我对这件事就已有所感觉。我抑制着自己,不敢报告老爷,怕万一事情传开,叫邻居知道,现在不得不让老爷知道了。情况是这样的:有一天我回家时,见咱家大门上有个白粉笔画的记号,当时我虽然不知道是谁画的,有什么用处,但是我估计可能是仇人搞的,存心危害老爷,所以我在周围每家大门上,都画上一模一样的记号,使坏人不容易分辨出来。现在看来,画的记号和昨夜的事,必然有联系,肯定是这伙人以此作为报复的标记,避免走错门路。按四十个强盗的数目计算,他们有两人下落不明,这当中的实际情况,我还不知道,因此不得不提防他们。而匪徒的头子逃跑了,人还活着。老爷必须格外注意,加倍提防;否则会遭他们的毒手,他肯定不会轻易放过你的。为此,我当全力保护老爷的生命财产不受损害,这也是我们奴婢的职责所在。"

阿里巴巴听了非常快慰,说道:"你的这个建议,我很满意,你勇敢果断,我这一辈子也忘不了。告诉我吧:我该怎样赏赐你?"

"这是我应尽的义务。我看目前最急迫的事是,赶快把那些死人埋了,不要把秘密泄露出去。"

阿里巴巴按马尔基娜的指点,亲自带仆人阿卜杜拉到后花园,在一棵树侧，挖了一个大坑，卸下尸体上的武器，再把三十七具尸首掩埋起来，把地面弄得跟先前一模一样，同时还把油瓮和其他什物全都收藏起来。接着阿里巴巴又打发阿卜杜拉每次牵两匹骡子往集市卖掉。这件大事算是处理妥了。不过阿里巴巴并未因此安心，因为他知道匪首和两个匪徒还活着，并且一定会再来报仇，所以他格外地小心谨慎，对消灭匪徒的经过和从山洞中获得财物的情况，他守口如瓶，从不透露。

却说匪首从阿里巴巴家狼狈地逃跑后，悄悄回到了山洞，想着损失的财物和人马，以及洞中最终将被盗走的财宝，他就满腔怒火，异常苦恼。他认为只有杀掉阿里巴巴，才能解除心头之恨。他决心一个人再进城去，打着经营的幌子，在城里住下，以便寻找机会收拾掉阿里巴巴，然后再另起炉灶，招兵买马，继续过劫掠生活，也只有这样，才能把祖传下来的杀人越货的事业代代传下去。

匪首打定主意后，倒身睡觉了。

次日，天刚亮他便起床，像前次那样，把自己乔装打扮一番，然后进城在一家客栈住下。他暗自嘀咕："毫无疑问，一下子杀了这么多人的案件，一定会轰动全城，而阿里巴巴免不了被捕受审，他的住处也一定被毁了，财产一定查抄了。"于是他向客栈的门房打听消息："最近城中发生了什么奇怪的事情吗？"

门房把自己的所见所闻，全部告诉了匪首。

匪首听了既奇怪又失望，门房所谈的，没有一件与他有关，他这才明白阿里巴巴是个机警聪明的人，他不但拿走了山洞中的钱财，还害了这么多人的性命，而他自己却安然无恙。由此匪首联想到自身的安危问题，认为必须充分运用自己的智慧，提高警惕，才不至于落在敌人手中、遭到毁灭。因此他在集市上租了间铺子，从山洞中搬来上好货物，摆设起来，从此待在铺子里，改名盖勒旺吉·哈桑，装模作样地做起生意来。

说来凑巧，匪首的铺子对面，正是已故戈西母的铺子所在地，现在由他的儿子，也就是阿里巴巴的侄子继续经营。匪首以盖勒旺吉·哈桑的名字四处活动，很快就跟附近各商号的老板们混熟了。他待人接物既大方又谦恭，尤其对戈西母的儿子格外亲热，常常与这个漂亮、衣着整齐的小伙子套近乎，经常一起谈天，往往一坐就是几个小时。

这天,阿里巴巴到铺子里去看望侄子,这事被在铺子对面的匪首看见了,匪首一见阿里巴巴便认出他。于是,匪首向小伙子打听阿里巴巴的情况:"告诉我吧,先前到你铺子中来的那位客人是谁呀?"

"他是我的叔父。"

这之后,匪首对阿里巴巴的侄子更加热情,给他许多好处,表面上和蔼可亲,暗地里实施其阴谋诡计。

又过了一些日子,阿里巴巴的侄子考虑到应礼尚往来①,于是想邀请盖勒旺吉·哈桑吃顿饭,但感到自己的住处狭小,接待客人不太方便,尤其是跟盖勒旺吉·哈桑那样考究的排场比起来,未免显得寒酸。于是他便去请教他的叔父阿里巴巴。

阿里巴巴对侄子说:"你的想法是对的,应该请那位朋友来作客。明天是礼拜五休息日,各商家都停业休息,你去约盖勒旺吉·哈桑到处走走,呼吸些新鲜空气。

等你们回来时,不必告诉盖勒旺吉·哈桑知道,你可以顺便带他到我这儿来。我会吩咐马尔基娜预备一桌丰盛的筵席②款待你们,你不用操心,一切由我办理好了。"

第二天,阿里巴巴的侄子按叔父的指示,邀约盖勒旺吉·哈桑一起上公园玩,回家时,就顺便引盖勒旺吉·哈桑走进他叔父住宅所在的那条胡同,一直来到门前。

他一边敲门,一边对盖勒旺吉·哈桑说:"我的朋友,告诉你吧:这是我的另一处住宅。你我之间的交往以及你待人接物所表现出的慷慨大方,我叔父都听说了,因此他非常乐意同你见一面。"

匪首听了暗自欢喜,因为有了这种机会,报仇的愿望就能够很快实现。但是他表面却佯装客气的样子,一再表示推辞。这时候,仆人已将大门打开,阿里巴巴的侄子拉着盖勒旺吉·哈桑的手,一起进屋去。主人阿里巴巴谦恭而礼貌地迎接并问候盖勒旺吉·哈桑道:"欢迎!欢迎!蒙你平时照顾我的侄子,我感激不尽。我知道你像父亲一样地关心他、爱护他。"

---

① 礼尚往来:指礼节上应该有来有往,也指以同样的态度或做法对待对方。

② 筵席:指酒席,宴会;亦指酒宴时的座位和陈设。

"你的侄子为人不错,他的举止言谈给我留下深刻的印象。我很喜欢他。他年纪虽小,可是禀赋很好,聪明过人,前途无量。"盖勒旺吉·哈桑说了这么一些恭维和应酬的话。

这样,他们宾主就一问一答地攀谈起来,显得既客气又亲切,宾主十分投机。

过了一会儿,盖勒旺吉·哈桑说:"主人啊!现在该向你告辞了。若是安拉的意愿,过些时候,我会抽空再来拜访你的。"

阿里巴巴起身挽留他说:"我的朋友,你上哪儿去?我存心招待你,留你吃饭呢。吃过饭再回去吧。我们的饭菜即使不像你家里吃的那样可口,也得请求你接受我的邀请,大家热闹热闹吧。"

"主人啊!承你厚待①,感激不尽。不过我的确有特殊原因,不得不求你原谅。"

"客人啊!你好像心事重重,感到烦躁,这是为什么呢?"

"是这样,近来我吃药治病,大夫嘱咐我,凡是带盐的菜肴都不可以吃。"

"哦,就为这个呀!那不碍事,我可以得到你赏光的。现在厨娘正预备烹调,我吩咐她做无盐的菜肴招待你好了,请你等一等,我一会儿便来。"阿里巴巴说着去到厨房里,吩咐马尔基娜做菜不要放盐。

马尔基娜正在预备饭菜,突然听到这个吩咐,非常惊奇,问道:"这位要吃无盐菜肴的客人是谁?"

"你问他干吗?只管照我的话去做就是了。"

"好的,一切照你的意思去办。"马尔基娜对提出这个要求的人,抱着好奇心,很想看他一眼。

菜肴都办齐了,马尔基娜协助男仆阿卜杜拉去摆桌椅,以便端出饭菜招待客人,因此有机会看到盖勒旺吉·哈桑。当她一看到此人时,立刻认出他的本来面目,虽然他的衣着已装扮成外地商人的模样。马尔基娜仔细打量时,发觉他罩袍下面藏着一把短剑,"原来如此啊!"她忍不住暗自嘀咕,"这个恶棍之所以要吃无盐的菜肴,道理就在这里,目的在寻找机会谋害我的主人,因为主人是他的大仇人。我必须当机立断,先发制人,在

---

① 厚待:给以优厚的待遇、优待。

他逞凶之前找机会除掉他。"

马尔基娜拿出一张白桌布铺在桌上，端上饭菜，趁主人陪客人吃喝之际，从客厅回到厨房，仔细考虑对付匪首的办法。

阿里巴巴和盖勒旺吉·哈桑尽情享受，细嚼慢咽地吃喝完毕，马尔基娜和阿卜杜拉便忙着收拾杯盘碗盏，并端出点心待客。马尔基娜还把鲜果、干果盛在盘中，让阿卜杜拉用托盘端到堂上。她自己拿了一个小三脚茶几放在主人和客人身旁，并把三个酒杯和一瓶醇酒摆在茶几上，供主人和客人自斟自饮。一切布置妥当，马尔基娜和阿卜杜拉才退下，好像吃饭去了。

这时候，匪首觉得机会到了，顿时高兴起来，暗中想道："这是报仇雪恨的好机会，我只要拿这把短剑狠狠地一刀戳过去，就可以结果这个家伙的性命，然后从后花园溜走。他的侄子是不敢阻止我的。即使他有勇气同我对抗，我只需动一个手指或一个脚趾，就足以致他于死地。不过还要稍等一下，等那两个婢仆吃完饭回到房中休息时，再动手也不迟。"

马尔基娜沉住气，暗中监视着匪首的举动，边猜想他的心意，边想道："决不能让这个恶棍有逞凶的机会。我不仅要挫败他的阴谋诡计，还要借机会结果他的性命。"忠实可靠的马尔基娜脱掉衣服，换上一身舞衣似的服装，头上缠了一块鲜艳的头巾，脸上罩一方昂贵的面纱，腰上束一块织锦围腰，围腰下面挂着一把柄上镶嵌金银宝石的匕首。打扮完之后，她吩咐阿卜杜拉：

"带上手鼓，咱俩一块上客厅去，为尊敬的老爷和客人表演吧。"

阿卜杜拉听从马尔基娜的安排，果然带上手鼓，跟她来到客厅。阿卜杜拉把手鼓一敲，马尔基娜便翩翩起舞。两个婢仆表演了一会儿，便停下休息，准备集中精神，继续表演。阿里巴巴很感兴趣，任他俩随意发挥，并吩咐道：

"现在你们随意歌舞吧，最好能表演一些更精彩的节目，让客人高兴愉快。"

"哦，我的东道主啊！承蒙你如此盛情款待，我感到愉快极了。"盖勒旺吉·哈桑表示衷心感谢。

在主人的鼓励和客人的赞赏下，婢仆二人兴致勃勃，劲头儿越来越大。阿卜杜拉把手鼓一敲，马尔基娜大显身手，她那轻盈的步子和婀娜舞姿，给主人和客人以欢乐的感受。正当他们看得出神的时候，马尔基娜突然抽出匕首，捏在手里，从这边旋转到另一边，做出优美的姿势。这时候，她把锐利的匕首紧贴在胸前，霎时停顿下来，右手把阿卜杜拉的手鼓拿过来，继续旋转着，按喜庆场合的惯例，向在座的人乞讨赏钱。她首先停在主人阿里巴巴面前，主人便扔了一枚金币在手鼓中，他的侄子①也同样扔进一枚金币。盖勒旺吉·哈桑眼看马尔基娜舞近时，便掏出钱包，预备给赏钱。这时马尔基娜鼓足勇气，刹那间，把匕首对准盖勒旺吉·哈桑的心窝，猛刺进去，立刻结果了他的性命。

阿里巴巴大吃一惊，吼道："你这是干什么呀？我这一生可叫你毁掉了！"

"不对，"马尔基娜理直气壮地说，"我的主人啊！我刺死这个家伙，是为了救你的性命。如果你不相信，请解开他的外衣，便可发现他包藏的祸心了。"

阿里巴巴忙上前一看，发现他贴身佩着一把锋利的短剑，一时吓得目瞪口呆、哑口无言②。

"这个卑鄙的家伙是你的死敌，"马尔基娜说，"你仔细看看吧，他正是那个所谓的贩油商人，也就是那伙强盗的头子。他说不吃盐，这说明他贼心不死，存心谋害你。当你说他不吃有盐的菜肴时，我就起了疑心。而我第一眼看到他时，便知道他不怀好意，是存心要害你的。现在事实证明，我的猜想是正确的。"

阿里巴巴惊奇万分，非常感谢马尔基娜，重重地赏赐她，说道："你已先后两次从匪首手中救了我的命，我应该报答你。"于是他伸手指着马尔基娜的脖子说：

"现在我恢复你的自由，你从此成为自由民。为了对你表示感谢，我愿为你主持婚事，把你配给我的侄子，使你们成为恩爱夫妻。"

阿里巴巴向马尔基娜表白心愿之后，回头吩咐侄子道："马尔基娜是一个本领高强、聪明机智、诚实可靠的人。如今你看一看躺在地上的这个

---

① 侄子：指弟兄或其他同辈男性亲属的儿子。
② 哑口无言：像哑巴一样说不出话来，形容理屈词穷的样子。

所谓的盖勒旺吉·哈桑吧，他自称是你的朋友，跟你结交往来，其目的不过是借此寻找机会谋害我。而马尔基娜凭她的智慧和机灵，替我们除了一害，从而使我们转危为安了。"

阿里巴巴高兴地看到侄子接受了他的建议，愿与美丽的马尔基娜结为夫妻，于是阿里巴巴带领侄子、马尔基娜和阿卜杜拉，趁着夜色，小心谨慎地把匪首的尸体挪到后花园，挖了个地洞，埋在地下。

此后，他们全都守口如瓶，始终没让外人知道这件事情。

阿里巴巴及其家人在经过精心准备后，选择了吉日，为他的侄子和马尔基娜举行隆重的结婚典礼。他们大摆筵席，盛宴宾客，并安排豪华的仪式，跳各式各样的舞蹈，奏各种流行的乐曲。亲戚、朋友、邻居纷纷前来庆祝，婚礼一片欢乐，热闹空前。

阿里巴巴彻底根除了隐患，从此他安心地经营生意，过着富足的生活。

在这以前，由于顾虑匪徒，也为谨慎起见，阿里巴巴自哥哥戈西母死后，再也没到山洞去过。后来匪首和匪徒一个个伏法被诛。又经过了一段时间，他才在一天清晨，独自骑马进山，来到洞口附近，仔细观察了周围的情况，在证实确实没有人迹、心中有了把握后，他才鼓足勇气，走近山洞，把马拴在树上，来到洞前，说了暗语："芝麻，开门吧！"

同过去一样，洞门随着暗语声而开。阿里巴巴进入山洞，见所有的金银财宝依然存在，原封不动地堆积在那里。由此，他深信所有的强盗都完蛋了。也就是说，现在除了他自己外，没有一个人知道这宝窟的秘密了。于是他又装了一鞍袋金币，运往家中。

后来阿里巴巴把山中宝窟的秘密告诉了他的儿子和孙子们，并教他们开关和进出山洞的方法，让他们代代相承，继续享受宝窟中的无尽财富。就这样，阿里巴巴及其子孙后代一直过着极其富裕的生活，成为这座城市中最富有的人家。

哈希卜

一

从前埃及有个著名学者,名叫达尼亚鲁。他知识非常渊博,不仅懂哲学、数学、天文、地理,还懂医学和文学。他誉满天下,许多人到他门下求学,甚至一些有名望的学者也从各地跑来听他讲学。人们敬佩他的学识,景仰他的才华。

但达尼亚鲁婚后多年没有孩子,这使他很苦恼。他祈求安拉赐给他一个子嗣,将来继承他的事业和学问,安拉终于被感动。在他四十多岁时,妻子怀孕了。

就在妻子怀孕期间,达尼亚鲁外出旅行,身边带着许多书。归途中,海上突然狂风大作,小船被巨浪打得左右摇摆,最后撞在一块礁石上。达尼亚鲁被甩进海里,喝了许多水。他拼命挣扎,抢救书籍,但是只抓到了五页书。正当他难以支持时,一块船板漂到他面前,他抓住船板游到了岸边。

上岸后,他沮丧地走回家,将仅存的五页书锁进箱子里,对妻子说:"我不能不告诉你,我的死期不远了。我死后你可能生下一个男孩儿。我已经给他起好名字,叫哈希卜·克利姆丁,你要好好将他抚养成人。他长大后如果问你:'父亲给我留下了什么?'你就打开箱子,取出这五页书送给他,他读了就会明白其中的含义,以后会成为最有知识的人。"

没过几天,达尼亚鲁就得了病,病势越来越重,不久就离开了人世。

二

达尼亚鲁的妻子妊娠期满,生下一个漂亮的男孩儿,她遵照丈夫的遗嘱,给儿子起名叫哈希卜·克利姆丁。

母亲把哈希卜哺育了两年,然后又抚养到十五岁。孩子很聪明,母亲送他去学手艺,但没有成功,因为哈希卜不感兴趣。母亲很伤心,悲叹自己命苦,倘若丈夫活着,儿子哪能如此?她把苦衷向人们哭诉,人们建议她早日给哈希卜娶妻,也许这样他会懂得生活的不易,从而主动去学门手艺来养活妻室和自己。母亲赞同这个建议,给哈希卜找了一个姑娘。本以为他婚后会变好,但仍无济于事。

哈希卜的左邻右舍中有很多人靠打柴为生,他们见哈希卜家境越来越不好,便走来对他母亲说:

"给你儿子买一头驴、一根绳子和一把斧头,让他跟我们一起上山去砍柴,卖了钱,我们大家平分。"

母亲很高兴,果真去市场给哈希卜买了砍柴用的一切东西,然后把他带到邻居家里,请樵夫们多多帮助他。樵夫们说:"您不用担心,看在他父亲的面上,我们也会很好地照顾他的。"

从此,哈希卜和樵夫们每日早晨上山砍柴,傍晚回到城里卖掉柴,分下钱,买些粮食和日用品回家。

一天,樵夫们正忙着砍柴,忽然天边出现一片乌云,接着电闪雷鸣,天空变得格外阴沉。顷刻间①,滂沱大雨向人们头上浇来。樵夫们赶紧放下手中活计,找个地方避雨。他们发现一个山洞,便一起钻了进去。

山洞很大,能容纳几十人。哈希卜见正中有一块方石,便坐在上面。他漫不经心地摆弄着斧子,不时地拿它在周围的地面上砍来砍去。突然他听见面前的地下发出咚咚的响声,猜测下面一定是空的,于是连砍几下。地下露出了一个带环的圆石盖子。他高兴地赶忙招呼伙伴们。众人围拢过来,齐心协力揭开盖子,眼前出现一扇大门,他们用力将它推开,发现一口装满蜂蜜的井。

樵夫们你看看我、我看看你,被这意外的发现弄得惊喜异常。他们商量:回城里去取家什,然后把蜂蜜运到市场上去卖,得到钱后大家平分。他们又担心走后别人会发现这口井,于是决定部分人回去取家什,部分人留下守着井。哈希卜说:"我一个人守着就行了,你们都回去取东西吧!"

---

① 顷刻间:短时间之内,形容速度很快。

雨过天晴，樵夫们跑回城去，哈希卜一个人守在洞口。

没过多久，樵夫们就拿着家什器皿回来了，他们将蜂蜜装进桶里，放在驴背上，运进城去。到了晚上，井里的蜂蜜只减少了一小部分。樵夫们便在山洞里过夜，第二天继续装运。这样往返装运了几天，才露出井底。这天，樵夫中的一部分人对另一部分人说：

"发现这口蜜井的是哈希卜，他早晚要回到城里。那时候他会说蜜井是他发现的，他当然是蜂蜜的主人，卖得的钱应全部归他，只分给我们装运蜂蜜的钱。我们只有用计把他干掉才能痛痛快快地享受这笔钱财。"

于是他们谋划了干掉哈希卜的计策。

"克利姆丁，"他们回到井旁，对哈希卜说，"井里剩下的蜂蜜不多了，你下去把它都给我们装进桶里吧。"

哈希卜顺着一条绳子滑到井底，将剩余的蜂蜜全部装进桶里，然后让上面的人将桶吊上去。最后一桶吊上去以后，他喊道："井里没有东西了，请把我拉上去吧！"

没人回答。原来樵夫们已经将桶架上驴背，扬长而去了。宽大的山洞中回荡着哈希卜从井底发出的撕心裂肺的哭泣声和呼救声。

樵夫们进入城里，卖掉蜂蜜，然后一起到哈希卜家里去。

"大婶，您的儿子不幸死了。"他们哭着说。

"他怎么死的？"母亲惊呆了。

"我们在山上砍柴时，天突然下起大雨，我们便跑进一个山洞里避雨。哈希卜的毛驴却向山谷中跑去，哈希卜跟在后面追。突然一条大狼扑来，把他和毛驴都吃了。开始我们不知道，一直等他归来，后来见他总不露面便下山去找。这才发现他和他的驴都遭了难。我们吓得魂飞魄散，赶紧跑回来了。"

母亲恸哭不已，又揪头发又抓脸颊。她就这么一个儿子，如今就剩下她孤零零的一个人了。好心的邻居见她可怜，都来安慰她。

樵夫们的日子从此好过起来。但是他们总觉得良心有愧。便商量着经常给哈希卜的母亲送去一些吃食和日用品。

再说哈希卜。正当他坐在井底悲叹自己不幸的命运、琢磨着如何逃出去时，突然看见一条长长的虫子从他面前爬过。他跳起来，察看井壁，发现一处松软的地方。还没等他来得及细想是怎么回事，一道亮光突然从里面射出来。他喜出望外，拼命扒开泥土。不大工夫，一个一人高的洞口就展现出来。他跨进洞里，看见是一条长长的走廊。他沿廊向前走去，一直来到一扇黑色的大铁门前，门上挂着锁，锁上插着钥匙。他上前扒着门缝观看，见那面有亮光。他很高兴，以为门外就是天地，便用钥匙打开门，迈了过去。这里是一个宽敞的地方，不远处有什么东西泛着光彩。他以为是个池塘，兴奋地朝它奔去。原来是一个绿玉堆积的小丘，上面有一个用各种宝石垒成的晶光锃亮的平台。台子周围分布着许多椅子，有金制的，有银制的。哈希卜无比惊异，他好奇地登上小丘，走近台子，在一把椅子上坐下，瞪大眼睛环顾着这个不见人影的神奇境地。

过了一会儿，瞌睡袭来，哈希卜闭上了眼睛。

可是，还没等他入睡，一阵咝咝声夹杂着呼哨声突然传入他的耳中。他睁开双眼，呼地站起身。啊！他看见，眼前的每张椅子上都盘着一条巨蛇，而那一双双炭火般的眼睛正望着他！他害怕极了，不禁毛骨悚然、浑身哆嗦。他不敢再看它们，把目光投向远处。啊！空场的每个角落都有蛇，只不过那是些小蛇。他认定自己必死无疑了。他万万没有想到，自己非但没有逃离困境，反而落得比困死枯井更悲惨的下场！

他浑身瘫软，几乎动弹不得。

这时，他突然看到，一条巨大的公蛇向中间蠕动，它的背上有一只金色的托盘，盘中卧着一条怪蛇，长着一个女人的脑袋，一副女人的面孔，全身晶莹闪光。当公蛇爬到哈希卜面前时，那条怪蛇突然用标准的阿拉伯语说："你好！"

哈希卜听了，不寒而栗，用颤抖的声音回问一声："你——好……"

怪蛇从蛇身上爬下，将托盘叼到一把椅子上，然后用力打着盘子，盘子发出清脆的响声。众蛇听到盘声，立即从椅子上爬下，匍匐在地上，毕恭毕敬地看着她。

怪蛇转向哈希卜说：

"年轻人，你不要怕。我是蛇女王。"说罢，她命令众蛇去给哈希卜拿食物。

一会儿，众蛇驮来各色水果，放在哈希卜面前。蛇女王对他说：

"我们欢迎你到这里来,年轻人。你叫什么名字?"

"我叫哈希卜·克利姆丁。"

"哈希卜,你吃吧!除了水果,我们没有别的食物。你不要怕,快吃吧!"

哈希卜早已饿得饥肠辘辘①,容不得多想,便不顾一切地吃起来。

吃罢,蛇女王问他道:"哈希卜,请你告诉我,你是干什么的?是从什么地方来到这里的?"

哈希卜向蛇女王讲述了自己的身世、经历,以及伙伴们如何把他抛弃在井中,他又如何穿过铁门来到这里。最后他希望蛇女王送他回到家乡亲人们身旁。

"别害怕,哈希卜。"蛇女王说,"我们不会伤害你的。你先在这里住一段时间,我将给你讲讲我的经历,你会发现那都是些惊险甚至可怕的故事,比你见过的任何怪事都离奇。"

"好吧。"

哈希卜住了下来。每天蛇女王都给他讲几个故事,这些故事确实古怪离奇。

蛇女王不停地给哈希卜讲故事。每讲完一个,哈希卜都请求把他送回家。蛇女王说再等一等,因为她还有更有趣的故事要讲给他听。

哈希卜担心蛇女王用这话搪塞②,是为了拖延时间,直到他腻烦了自己的要求,习惯了这里的生活,安心留下来为止。不,他不能这样做,让他过着一种远离家乡、远离亲人的生活,他受不了。

他很烦恼。他不再觉得蛇女王的声音婉转悦耳,也不再觉得她的故事像以前那样引人入胜,甚至都不想再听。

蛇女王理解他的不安,笑着说:

"你怎么了,哈希卜,你厌烦了我们的友谊吗?"

哈希卜哭了,他抽泣道:"没别的,我只是可怜我那孤苦伶仃的母亲,她只有我一个孩子呀!"

沉默片刻,蛇女王道:"我不阻拦你出去,只是你一出去,我就完了。"

---

① 饥肠辘辘:肚子饿得咕咕直响,形容十分饥饿。

② 搪塞:敷衍塞责,随便应付。

"为什么?"哈希卜惊奇地喊道。

"因为你回去,就要进浴池洗澡。你洗澡之日,便是我死亡临头之时。没办法,这是命中注定。"

哈希卜越发奇怪。他向蛇女王发誓说,他出去后,一辈子不踏进浴池的门槛。

"我担心你回到故乡,见了亲人以后便忘记诺言。"

哈希卜指天指地地又一次发誓,他绝不跨进澡堂!

蛇女王流泪了,哽咽着与哈希卜告别。她命身边的一条大蛇将哈希卜送出地面。大蛇背上他,越过铁门,穿过长廊,飞出了枯井。

三

哈希卜发现自己待在一个荒凉的旷野中,四周除了碎石残木,别无他物。他开始寻找道路,辨认行人的踪迹。他终于找到了归途。

太阳落山时,哈希卜走进城。就要与亲人见面了,他心头不觉一阵兴奋,便加快了脚步。原来他曾担心家里的人会因失去他而死去,现在想起来是多么可笑!

到了家,他急不可耐地敲门。母亲走出来,看了他一眼,突然猛地关上门,大叫一声,晕倒在地。

哈希卜上前去抱住母亲痛哭不已。母亲渐渐苏醒过来,瞪着双眼反复打量眼前这个酷似儿子的青年。她不敢相信自己的视觉,使劲揉擦眼睛。当她听见这青年不停地呼唤她"母亲"时,她才相信这是事实,欢喜的眼泪禁不住夺眶而出。

哈希卜的妻子乍一见到他,也不敢相信自己的眼睛,愣了好一会儿才如梦初醒,高兴得不知如何是好。

吃罢饭,休息片刻,哈希卜向母亲打听樵夫们的近况。母亲把那天他们如何从山上回来,又如何给她带来了不幸的消息讲述给他。最后她说:"现在他们都富啦,一个个都成了老板,还时常接济我们呢。"接着问起儿子失踪的真实原因。

哈希卜向母亲和妻子简单谈了自己的经历。他对母亲说:"明天您去告诉那些伙伴们,就说我旅行归来了。"

第二天,樵夫们听说哈希卜回来的消息,一个个惊慌失措,暗中叫苦。他们想:哈希卜一定会到法院去控告他们。

怎样躲开这场灾祸呢?他们凑在一起,一时拿不定主意。后来他们请来一些朋友帮他们想办法。

朋友们得知他们曾经坑害过哈希卜,便提议他们每个人将卖蜜所得的钱拿出一半给哈希卜送去。次日,樵夫们(现在是老板们)拿着礼物和钱来到哈希卜家。他们将东西摆在他面前说:

"哈希卜,你心地善良,我们远不如你。我们曾做下对不起你的事,如今后悔莫及。这些钱和东西是我们的一点心意,希望你收下,我们听候你的处置。"

"我宽恕你们,希望你们今后再不要干这种损人利己的事情了。"

"唉!"樵夫们高兴了。

"走,和我们一起洗澡去,然后换上我们送给你的漂亮衣服"。

"我已经发过誓,我活着的时候绝不进澡堂!"

"那么就到我们各家去作客吧!"

哈希卜同意了。樵夫们轮流每人请他一天。他们拿出家中最好的食物款待哈希卜。

光阴荏苒,不觉过了几年,哈希卜成为当地著名商人。由于他诚实可信,人们尊他为商界领袖。

一个假日里,哈希卜在市内游逛。他从澡堂前经过,老板隔窗望见了他。这位老板早就仰慕哈希卜的大名,一直期望着与他相识。这次他见机会难得,立即飞也似的跑出来向哈希卜致意,并请他进澡堂沐浴。哈希卜抱歉地摆摆手,说:"我已经发过誓这辈子不再进澡堂。"

没想到浴池老板大声喊起来,说他也发誓,今日哈希卜如果不进澡堂,他就与老婆离婚!

看热闹的人们聚拢过来。店里的伙计们也都跑出来,再三邀请哈希卜进内观光。哈希卜坚决拒绝。

"难道你不怕长虱子吗?"他们开玩笑说。

浴池老板恳求哈希卜看在他当众发誓的面子上赏他脸,然后众人乱哄哄地将哈希卜拥进了浴池。

伙计们几下就剥掉了哈希卜的衣服,往他身上撩水。正洗着,王宫里的几个差役走到哈希卜面前说:"喂,起来!国王有请。"

哈希卜莫名其妙,只好跟着他们走出浴池,总督已在门外等候。

总督向他致意,然后请他骑上一匹马,随他们一起向总督府走去。行前,总督给浴池老板一百金币。

哈希卜在总督府受到了上宾礼遇。总督用丰盛的筵席招待他,还送给他一套华丽的衣衫。哈希卜被如此盛情的款待弄得茫然不知所措。

总督终于说明了他的意图。

"你知道吗?是安拉把你赐给了我们。我们的国王长年来身染癞病^①,现在已到了后期,多方延请名医治疗也不曾见效,病情只是日益加重。后来我们从一本书上得知,国王的命运掌握在你的手里。"

哈希卜被总督一番近似荒唐的话搞得糊里糊涂。

总督见哈希卜一言不发,只是傻呆呆地望着他,便决定带他去王宫。

在众随从的簇拥下,一行人来到王宫。经过七道门的询问和盘查,总督和哈希卜被请进了国王寝室。

哈希卜看到,在一张金制的床上,躺着骨瘦如柴的国王。他的脸被绷带裹着,只露出两只微闭的眼睛和一张不断呻吟的嘴巴。满面愁容的宰相坐在他的身旁。

宰相一见哈希卜,如获至宝,一把将他拉到身边说:

"我们都愿为你效劳,先生!只要你救活国王,你要什么有什么,哪怕要半个国家,我们都双手奉送。"说着,把哈希卜拉到国王床前,揭开绷带让他看。

这是一张长满烂疮、脓血模糊、皱皱巴巴、死人一般的脸!

哈希卜那颗天生善良的心被震动了。他怜悯国王,后悔以前没有把父亲的医术学到手。他对眼前的病人一筹莫展,不明白人们为什么将他这个丝毫没有医学知识的人请来给国王治病。他想弄清这个谜。

"是的,我是医学家达尼亚鲁的儿子,可是我本人不懂医学。假如我

---

① 癞病:又名"大风""疠风",为慢性传染性皮肤病,主要因体虚感受暴疠风毒,或者解除传染源。

懂,一定全力治愈国王。"他对宰相说。

"不要多说了,"宰相沉不住气了,"即使把东西方各国的医师都召来也难以治愈国王的不治之症,只有你能!"

"这怎么可能呢?我既不会诊病也不会开药呀!"

"治愈国王的药就在你手里!"

"假如这是真的,我会毫不犹豫地拿出来!"

"这药就是蛇女王!你知道她在哪里,你曾见过她,还在她那里住过一些时日!"

啊!事情终于真相大白!一切都清楚了!蛇女王担心他进澡堂的话应验了!哈希卜后悔莫及,痛不欲生!他用颤抖的声音,结结巴巴地问:

"什么——蛇——女王?我不知道……我——从来没有听说过!"

"你不要否认!我这里有证据,你不仅认识她,还在她那里住过两年!"

"我没见过她,更不认识她,我还是头一次听说什么蛇女王呢!"

宰相拿来一本书,打开念道:

蛇女王在她的地宫里碰到一男人。此男人在那里居住了两年,然后被送出地面。从这时起,此男人一旦进入澡堂,他的腹部①就要变黑……

哈希卜听后,不寒而栗②。

"掀开衣服,看看你的肚子!"宰相命令道。

果然是黑的!哈希卜不禁暗暗叫苦。

"我从生下来就是这样的!"他辩解道。

宰相摇摇头,表示不相信。

"我早在每个浴池安插下我的人。他们一看见肚皮变黑的人就会来报告。今天你走进浴池后,他们亲眼看见你的肚皮变黑,于是跑来报告,我们才派人把你带来。现在你就带我们到蛇女王居住的那个地方去吧。之后,我们才能放走你。"

哈希卜沉默不语。他悔恨交加,悲痛不已。他这是被迫违背誓约的呀!现在他怎么办呢?

---

① 腹部:是骨盆和胸部之间的身体部分。

② 不寒而栗:不冷而发抖,形容非常恐惧。

王宫中的文武百官陆续来到他面前,劝他,安慰他,轻声细语地问他,有的甚至乞求他。众人只有一个话题——叫他指出蛇女王的地宫在哪里。他们认真地问,他也认真地答:

"我没有见过,更不知道地宫在哪儿!"

官员们大失所望。宰相突然变了脸。他唤来刽子手,命他们剥光哈希卜的衣服,用鞭子狠狠地抽打。皮鞭雨点般打在哈希卜身上,顿时皮开肉绽,哈希卜疼得昏过去。尽管如此,他仍守口如瓶,什么也没说。

眼看哈希卜快死了,宰相才命刽子手停住,并叫一个仆人将他背走,找御医给他医治伤口。哈希卜渐渐苏醒过来,宰相又来对他说:

"我们这里有书证明你知道蛇女王所在的地方,为什么你还矢口否认?我们的要求并不高,只要你把我们领到你进出过的那个洞口就行了。然后我们可以满足你的一切要求,再也不会麻烦你。"

说完,宰相命令仆人给哈希卜拿来一套贵重的衣服以及许多金银珠宝,哈希卜仍旧一言不发。宰相勃然大怒,命刽子手重重加刑,哈希卜被折磨得体无完肤。最后他实在熬不住酷刑,终于屈服了。

"我只能告诉你们我出来的那个洞口,别的我就不知道了。"

"好吧,这就行了。"

众人骑上马,把哈希卜也抱到马上,向目的地出发了。一路上,哈希卜想,他们知道这个地方也没用,不管谁,只要进到那个井里就别想再出来,他们不可能如愿以偿!

到了那个山洞,哈希卜把井口指给来人。他本以为他们会蜂拥而下,捉拿蛇女王。那样,他们就会一败涂地,永远再见不着天日。可是,他万万没有想到,宰相是魔法很高的方士。他走到井旁,点燃几支香,然后坐下来念咒语,接着吐唾沫,小声嘀咕。一排香燃尽,他又点起一排,口中不断念念有词。过了一会儿,他突然高声喊道:

"出来吧,蛇女王!"

话音刚落,大地猛烈震动起来,枯井也剧烈摇撼,接着井中的大门砰的一声打开,从里面传来一阵雷鸣般的"隆隆"巨响。在场者一个个站立不稳,被吓得目瞪口呆。他们以为井要塌陷,于是互相紧紧地抱在一起。其中有一部分人被吓得晕倒在地。只有宰相面不改色、旁若无人地继续念着咒语。

过了一会儿,一条两眼放光、口喷火舌的巨蛇从井中跃出,它的背上驮着一只硕大的、周边镶着珍珠宝石的金盘,金盘上卧着浑身晶光闪亮、长有女人头的蛇女王。

蛇女王摆着头左右环顾,最后将目光落在哈希卜身上。

"你跟我立的誓言哪里去了?你说你绝不进浴池的誓言怎么不算数了?"

滚滚泪水模糊了哈希卜的双眼,他向蛇女王道歉,解释事情的原委,并掀开衣服让她看身上累累的鞭伤。

泪水从蛇女王的眼中簌簌①落下,她哽咽着说:"命中注定的事就无法逃脱,既然安拉让我死在你手里,你就把我杀了,去救国王吧!"

宰相走近蛇女王,伸手要抓她。

"躲开!臭男人,不要碰我!否则我吹一口气,让你化成灰!"

她转向哈希卜说:

"过来!用手把我抓起,放在你们带来的罐子里,然后把它举到头上!上天安排我死在你手里,你就无法推托了!"

哈希卜按照蛇女王的吩咐,把她放在罐子里,顶在头上,随之枯井恢复了原状。

归途中,蛇女王在罐子里小声对哈希卜说:

"听着,哈希卜!我们到达相府以后,宰相会叫你执刀杀我。你就对他说:'我不知道怎么杀。'这样他就会亲自动刀。他杀了我以后,把我剁成三块,这时国王的使臣来唤他火速进宫。他将我的肉放在锅里,端到火上,然后对你说:'你看着,我去一会儿就来。锅开后,你把汤表面的那层泡沫捞到一只杯子里,等它冷却后喝掉。这样你会身体健康、精力旺盛。当锅里再出现一层泡沫时,你把它捞到另外一只杯子里,等我回来喝它,治我的老年病。'他说完递给你两只杯子,然后去王宫。可你千万别听他的话,而是要按照我的指示去办:当锅里第一次出现泡沫时,你把它捞到杯子里,但不能喝,如果你喝了,就会大难临头,宰相让你喝的目的就是要置你于死地。当锅里第二次出现泡沫时,你把它捞到一个别的

---

① 簌簌:形容流泪的样子。

器皿里，放在不显眼的地方。宰相从王宫回来后，就会向你要装有第二次泡沫的杯子，你将装有第一次泡沫的杯子给他，你喝第二次的。你喝下后，就会变成一个知识渊博的人。你把煮好的肉给国王端去，他吃下后就会药到病除。"

蛇女王说完，又嘱咐道："千万记住我的话呀，哈希卜！"

哈希卜被感动得热泪纵横，他哭泣着说："我都记住了，谢谢你的恩德！"

到达相府，宰相对哈希卜说："你去把蛇女王杀了！"

"我不会杀！"哈希卜回答。宰相拿来一把快刀，把蛇女王剁成三段。哈希卜在旁痛哭不止。宰相大笑道：

"傻瓜，为一条蛇你还至于这样哭吗？"

然后，宰相把蛇肉放在锅里煮。这时国王使臣来召宰相进宫，他嘱咐一番，与蛇女王事先告诉哈希卜的一样，便离开了。宰相走后，哈希卜便按照蛇女王的嘱咐一一做了。

宰相回来，问起两只杯子。哈希卜说："我遵照您的指示把第一只杯里的汤喝了。"说着，举起空杯让宰相看。

宰相疑惑地望着他，说："是吗？你怎么好像什么感觉都没有？""我感到浑身火辣辣的。"

宰相一听，心中暗喜，说道："那么，快把第二只杯子里的汤端来让我喝了吧。"

哈希卜把装有第一次泡沫的杯子递给宰相，宰相一饮而尽。最后一口刚刚入肚，杯子便从宰相颤抖的手中落下。只见宰相的身体逐渐肿胀，接着摇晃一下摔倒在地，断了气。

哈希卜被眼前的情景吓坏了！他知道，这个可怕的结局本来是宰相给他安排的，是蛇女王救了他。这不能不使他对蛇女王越发感激！

他看了看那只曾经装过蛇女王的罐子，现在里面装着他趁宰相不在时偷偷倒进去的第二次泡沫。他想把它倒掉，因为他怕喝了也遭到不幸。可是他又想："如果第二次的泡沫有害，那为什么宰相还要喝它呢？为什么蛇女王还要我偷偷保存它呢？"想到这里，他端起碗，一口气喝下去，然后端起蛇肉锅向王宫走去。

四

哈希卜走在路上。只感到浑身轻松、大脑清爽。他举头望望天空，竟能看清整个天穹，而且还知道了天体星球的数字，它们运行的速度、什么时候有月食、什么星球离我们近、什么星球离我们远，它们什么时候升起、什么时候降落，它们给人类带来的是灾还是福。

他再低头看看地面，他竟知道哪里有矿藏、哪里有森林、哪里长有贵重的植物，他还懂得了它们的特性、用途，哪些可以作药，哪些可以经过提炼、成为对人们有益的原料。

同时他还懂得了建筑学、法学和占星术①。

他赞颂真主！感谢真主！

哈希卜来到国王面前，报告了宰相暴卒②的消息。国王大吃一惊，甚至怀疑有人暗害宰相。他说："怎么死的？他刚才在我这儿还好好的啊！他说去给我端蛇肉，怎么到那儿就死了？他遇到了什么不幸？"

哈希卜向国王说明了事实，然后说："陛下，您不必忧郁，我将在最短的时间内治好您的病。"

国王一听自己的身体很快就会痊愈，心中很是快慰，他要哈希卜大胆按照自己的想法医治。

哈希卜让国王吃下一块蛇肉，然后安顿他睡觉。待国王醒后，哈希卜又喂他一碗蛇肉汤，接着又让他入睡。这样连续了三天，直到国王把第三块蛇肉吃完。

第四天早晨，国王从梦中醒来，觉得浑身轻松、精力旺盛，疾病和痛苦一扫而光，往日的癞疮已经愈合，旧日的伤痕也已消失。国王又惊又喜，忙把好消息告诉给哈希卜。哈希卜又把国王带往浴池，给他擦肩搓背。国王的皮肤变得光滑滋润，和没得过病一样。

国王穿上他多日没穿的华丽朝服，登上离开两年的御座，招呼哈希卜坐在身旁，然后精神焕发地召见文武百官。大臣们纷纷祝福国王身体健康。

---

① 占星术：根据天象来预卜人间吉、凶、祸、福的一种方术。
② 暴卒：突然死亡。

消息很快传遍全城,百姓们敲锣打鼓,装饰城郭,祝贺国王龙体康复。国王指着哈希卜对手下的大臣们说:

"各位爱卿①,这位叫哈希卜·克利姆丁,是他医好了我的不治之症。现在我决定让他做我的宰相。今后,爱我者必须爱他,敬我者必须敬他,服从我者必须服从他。"

"遵命!"文武百官异口同声地回答。随即他们一个个走到哈希卜面前,吻他的手,向他致敬,向他祝贺。

五

不久,哈希卜成为当时最聪明、最有才智、最有名望的人。

一天,他问母亲:"母亲,父亲生前是一个知识渊博的学者,他没有留下什么书籍吗?"

母亲拿来箱子,取出五页书递给哈希卜。

"怎么就这几页?整部书呢?"哈希卜惊奇地问。

于是母亲给哈希卜讲起了丢书的经过以及父亲交给她保存这五页书时的嘱托。哈希卜仔细地听着。听罢,他埋头阅读五页书。他发现书上记载的竟是他从蛇女王那里出来以后发生的事情!

哈希卜更加惊奇。他明白了,父亲早就知道儿子的命运,早就知道他会碰上什么意外。他想通过此事,启发、教育和锻炼儿子,因此没将真情告诉妻子,而是待儿子经过一番艰难经历以后,再让他看书上的记载。他希望儿子从此变成有出息的人。

同时哈希卜也明白,假如没有蛇女王的好心相助,他也绝不会有今天。

哈希卜的余生过得安逸快乐,但他从未忘记过把他从死难中解救出来,又给他带来幸福和知识的蛇女王!

---

① 爱卿:即为君主对大臣的爱称,表示敬重、亲近之意。

懒 汉

　　阿拉伯帝国时期,巴士拉①城有个出名的懒汉,他叫穆罕默汗,人们却干脆称他为懒汉。他每天躺在小屋里,吃饱喝足后就是睡觉,什么活都不想干。

　　一天,他母亲取出五枚金币,让他去找大商人麦兹尔,托他带回点儿中国的东西做买卖。

　　懒汉起初懒得动弹,见母亲发怒了,只好跟着母亲来到海边。

　　麦兹尔答应帮这个忙,经过数月航行,到达中国沿海城市,赚了好大一笔钱。当船离开中国三天后,麦兹尔才想起懒汉的委托,心里很是不安。船长建议人人凑点儿钱给懒汉,竟凑了一千多个金币。后来,船停泊在一座海边城市,麦兹尔花八个金币买下一只很丑陋的猴子。

　　他把猴子带到船上,猴子瞧见潜水员们正在打捞珠宝,就学着他们的样子跳进水里。当它露出水面时,前爪竟高举着几颗大珍珠。

　　他们航行数日,停泊在一个叫黑人岛的地方。岛上的黑人以吃活人肉为生,他们包围了商船,将麦兹尔他们俘虏了。半夜时分,那猴子解开了麦兹尔的绳子,麦兹尔提议一人给猴子一千金币。猴子为众人解开绳子,他们撬开牢门,跑到海边,驾船远离了海岛。商人们很守信用,各自拿出说好的一千金币。

　　商船到达巴士拉。懒汉和母亲来到麦兹尔家,麦兹尔把猴子交给懒汉,说忙完手头的活计再找他。

　　懒汉和母亲带着丑陋的猴子回到家,他们闷闷不乐,因为弄不明白是福是祸。

_____

　　①巴士拉:伊拉克最大海港,巴士拉省首府,曾被称为"东方的威尼斯"。巴士拉是阿拉伯文化、科学、商业和金融中心。

两天之后，麦兹尔派人把懒汉请去，交给他一只大箱子，说这些就是五枚金币赚的利润。

懒汉欢天喜地地跟着提箱子的脚夫回到家，告诉母亲这一喜讯。母亲告诫他改掉懒病，好好生活。

懒汉从此改掉了懒病，用箱子里的钱开了个店铺，学着做起了买卖。那只丑猴很通人性，而且每次回来，总要带给懒汉一千金币。懒汉用这些钱买了田地、房屋，还买了仆人，成为巴士拉有名的富人。

现在，懒汉该叫穆罕默汗老爷了。这天，他一个人在店里忙生意，却听有人叫他的名字，原来竟是猴子。猴子对他说："我的主人，你的年龄不小了，我要帮你娶一个如花似玉的姑娘。她的父亲叫椰利夫，是饲料场的老板。他很贪财，如果你给他一千金币，他还嫌少的话，你尽可能满足他的要求。"

穆罕默汗穿着华贵的衣服，骑着高头大马到椰利夫那儿求婚。

椰利夫果然嫌一千金币太少，穆罕默汗就拿出了三千金币。椰利夫便同意了这门亲事，让十日后在女方家成婚。

结婚的前一天，猴子对穆罕默汗说："主人，我求你件事。这件事需在新婚之夜办。在洞房前面有间贮藏室，铜环下面有把钥匙。你打开门后，会看到屋中间有只铁箱子，四角插着四面小旗。小旗上写着符箓。箱子里有只公鸡，旁边有把短刀。请你用刀杀死公鸡、砍断旗子、弄翻箱子，然后你就回到你的新娘那儿去。"

穆罕默汗爽快地答应下来。新婚之夜，他就照着猴子的嘱咐那样做了。可当他推开洞房门时，却听到新娘的惊叫："穆罕默汗，妖怪抓我来了！"

只见一个青面獠牙的妖怪抱起新娘，忽地一下就不见了。椰利夫老人明白了所发生的事，叫苦不迭。原来，这妖怪六年前就打算抢走新娘，老人设置那些符箓是用来保护她的。

此刻，穆罕默汗才恍然大悟，那只猴子正是抢走新娘的妖怪。痛苦之余，他发誓一定要找回新娘。

他骑马来到空旷的荒原上，看到一条粗壮的棕蛇正与一条细小的白蛇打架。他很同情白蛇，就用石头砸死了棕蛇。

在他躺在地上休息时，隐约听到一个声音说："想开点儿，穆罕默汗，真主会帮你找回你的妻子的。"

这时，一位英俊少年出现在他的面前，自我介绍他是神的儿子，是穆罕默汗救过的那条小白蛇的哥哥。他告诉穆罕默汗，抢走新娘的妖怪就是猴子，它是住在铜城的妖怪，他愿意带穆罕默汗去铜城擒妖。

神仙背起穆罕默汗在空中飞行，不让他发出声音。正在这时，一位面目狰狞的人出现在他的面前，穆罕默汗吓得叫了一声，仙人便不见了。穆罕默汗一头栽进了大海，幸亏被渔民搭救。于是，他就跟渔民来到他们居住的城市，给这儿的国王当了随从。

一天，一位骑士上前与穆罕默汗搭话。他定睛一看，正是旷野遇到的英俊少年。他给穆罕默汗一身衣服，两人骑马风驰电掣般来到铜城之后，英俊少年就骑马离开了。

穆罕默汗发现铜城果真是用黄铜制成的，非常壮观；但他没有兴致观赏，只想进去找到妻子。就在他不知从何处才能入城时，那位骑士又出现了，送给他一把刻有符箓的宝剑，并指点他怎样进城。

穆罕默汗通过护城河水进入城中，在一座由黄金、宝石和翡翠筑成的花园里发现了他的新娘。他俩惊喜不已，互诉别离之苦。新娘说："这妖怪很狡猾，把我看守得很严。那儿有根柱子，上面有幅画，周围有符箓。你取下画后，用麝香熏一下，就会有好多神怪出来，他们绝对听从你的命令，你就命他们降伏妖怪，送我们回家。"

穆罕默汗依计而行，命令众神怪将那妖怪擒获，然后让他们把妖怪囚禁在一只铜瓶里，扔进大海，永远不见天日。

穆罕默汗等众神仙离去后，就领着妻子按原路出了铜城。那位骑士正在城外等候他们，见夫妻俩平安归来，非常高兴。他们一起回到了巴士拉，家人和邻居们都欢欣鼓舞，一同庆贺。

过了些天，穆罕默汗又用麝香将那幅画熏烤，命众神怪将铜城的金银珠宝送到巴士拉。他把这些珠宝分送给家乡父老，希望乡亲们跟他一样过上富裕的生活。

睡着的国王

从前,赫鲁纳·拉德执掌哈里发权政时,有个商人的儿子,叫爱坡·哈桑。老商人死后,留下万贯家产。爱坡·哈桑把父亲遗留下的钱财分作两份:一份隐秘地收存起来,另一份则尽情花用。他挥金如土,和一群花花公子们一起花天酒地、吃喝玩乐,过着游荡生活,终于一天天地花光了那份钱财。他两手空空地去找常在一起玩乐的那些酒肉朋友,并告诉他们自己境遇贫困,已没有钱花,但这时却再没人理睬他。他们不屑看他一眼,毫不关心他。

哈桑痛心疾首,回到家中,向母亲痛诉世态炎凉①。

"哈桑儿啊!"他母亲说,"如今,人情世故本就这样。你有钱,大家奉承你,接近你;等你时运较坏,他们会以飞跑的速度抛弃你呀!"他母亲说着,不禁为他的日子发愁。他自己也伤心地叹息、饮泣,吟道:

"我的钱少了,亲友远离我去;我的钱多时,人人亲近我。朋友啊,亲属啊,为钱交我;一旦钱尽财空,只剩孤独的我。"

哈桑在经历这次教训后,抛掉烦恼,振奋起来。他刨出埋在地里的另一份钱财,开始勤勤勉勉地做人。他断绝了花天酒地的交友方式,过着平静的生活,从此只同陌生人来往。由于教训深刻,他发誓,即使和陌生人交往,也只能有一夜的聚合,次日便各走各的,再也不相往来。

爱坡·哈桑打定主意之后,每天傍晚,总是在桥头待上一阵,打量来来往往的行人。如果碰到陌生人,他会非常热情地请他们到家中,设席款待,陪客人痛饮、欢聚一夜。到了清晨,他总是客客气气地送走客人;但以后,即使双方见了面他也不打招呼,绝不再往来。如此,他天天招待陌生人,持续了一年。

---

① 世态炎凉:指看人的起落做事,形容世界冷淡。

有一天，哈桑照例坐在桥头，打量过往的行人，准备邀请陌生人到他家去。这时，大国王赫鲁纳·拉德和他的掌刑官马什伦两人，穿着便衣，从桥上经过。哈桑一见他们是陌生人，便向前打招呼，说道："两位肯到寒舍去吃顿便饭、喝几杯淡酒吗？寒舍备有新鲜馍馍、肥美肉食和很好的陈酒。"

大国王婉言谢绝。

哈桑继续恳切地说："以安拉的名义起誓，二位先生千万不要客气，请一定光临寒舍。你们今晚能去做我的客人，我会非常高兴的，别让我失望吧。"他显得格外诚恳、热情，大国王终于同意到他家做客，于是他欢欣鼓舞，有说有笑地陪大国王回家。

到了家中，国王吩咐马什伦坐在门前侍候，自己随哈桑一起到客厅坐定。主人摆上宴酒，陪同客人一块儿尽欢。宾主尽情地吃，哈桑斟满一杯酒奉承客人，两人一边喝酒一边谈心。国王对主人的慷慨行为感到惊奇，因而问道：

"青年人，你是谁？告诉我，我会报答你的。"

"先生，要消逝的何必恢复呢。我们这次分手之后，再要聚首，那可是不容易呢！"

"这是为什么？你能把这里的原因告诉我吗？"

"要知道，先生，我的境遇使我这样。这其中是有缘故的。"

"什么缘故呀？"

"就像一条尾巴的缘故呀。我拿无赖汉和厨子的关于一条尾巴的故事向你解释好了。"

从前有个无赖汉，又穷又懒，一无所有。贫困使他饥寒交迫、走投无路，整日里苦闷到了极点。一天，他直睡到太阳照在屁股上才起床，肚子饿得不行，馋得心直发慌。由于手里一分钱也没有，无法填饱肚子，没办法，他只好漫无目的地在街上逛游。经过一家饭店门前，他看见锅中热气蒸腾、香味扑鼻，堂子里收拾得干干净净，厨子站在锅旁洗擦杯盘，安排餐桌餐具，于是，他便大摇大摆地走了进去。

他像模像样地跟厨子打个招呼，说道：

"给我来五角钱的肉、五角钱的饭。"

厨子秤好肉,预备好饭菜,端去摆在无赖汉面前。无赖汉毫无顾忌地开怀大吃大喝,一会儿就把全部食物吃得干干净净、点滴不剩。

肚子吃饱了,他感到尴尬窘迫,他怎样付这餐饭菜的钱呢?他晃动脑袋,东张西望,仔细打量饭店中各式各样的物件,最后发现翻扑在地上的一个火炉。在好奇心的驱使下,他伸手准备扶正那个火炉,却发现下面露出一条血淋淋的马尾巴。因此他发现厨子在卖牛肉时,却混入了马肉。

抓住了厨子的把柄,他悬起的心立刻掉下来,他怡然自得,满心欢喜。于是他洗了手,大模大样地点点头,径直走出饭店。厨子见他吃白食不付钱,居然还逍遥自在地拔脚就走,便喊道:

"站住,你这个混蛋!"

无赖汉马上停脚站住,瞪厨子一眼,说道:"你敢这样呼唤我吗?鬼家伙!"

厨子怒气冲冲,走出饭店,说道:"哼!你说什么?你吃白食不付钱,还想摆架子?"

"你这个坏种,胡说八道!"

厨子一把揪住无赖汉的衣领,大声喊道:"各位穆斯林弟兄们!你们来评评理吧,我才开门,这个倒霉家伙居然就来吃白食。"人们闻声赶来看热闹。大家围着厨子和无赖汉,众人都指责无赖汉,说道:

"凭什么吃了饭不付钱,赶快把钱付给人家吧。"

"我已经付过一块钱了。"

"你要是付过半文钱,以安拉的名义起誓,我今天的全部收入都算不义之财。弟兄们!他确实想吃我的白食,分文不付就想走。"

"我当然给过你一块钱。"无赖汉说着,开始大骂厨子。两人吵起来。他打了厨子一拳,两人便互相打起来,滚作一团,不可开交。人们忙着劝架,在两人中调解,有人劝道:

"怎么可以打架?把原因说清楚吧。"

"嗯!以安拉的名义起誓,"无赖汉说,"这自然是有缘故的,这是为了一条马尾巴的缘故。"

听无赖汉提起马尾巴,厨子一下明白自己被抓住了把柄,忙说道:"哦!对了对了,现在你提醒我了,你果然付过一块钱,这没有错。我还应找给你钱,来吧,我把钱退给你。"

爱坡·哈桑讲了无赖汉和厨子的故事,接着对大国王哈里发说:"我自己的情况,弟兄! 就像我对你所讲的故事一样,其中有不好讲出的缘故呢。"

国王笑了一笑,说道:"以安拉的名义起誓,这个故事真是奇妙,但还是请你把你的故事和所谓的缘故告诉我吧。"

"好的,我这就告诉你,客人! 我叫爱坡·哈桑,先父去世时,留给我一大笔财产。我把这些钱财分为两份,一份藏起来,另一份作为日常开支。我大吃大喝,挥霍无度,经常与一班少爷公子、纨绔子弟往来,不管什么人,我都去和他亲近,在一起花天酒地、挥金如土。结果,我手中的那份钱很快就花光了。当我两手空空时,再去找旧日交往的那班朋友,却没有一个人肯帮助我,甚至连他们吃剩的残汤剩馍都不分给我一点儿,我真是痛心疾首呀! 我回到家中向老母诉苦,母亲安慰我说:'朋友就是这样的。你富有的时候,他们来奉承你、花你的、吃你的;等你钱财耗光,他们便背弃你、疏远你。只有共同享福的,哪有一起患难的呢?'这次教训太深刻了,我从此洗心革面,重新做人,把那份藏着的钱拿出来,小心开支。以后与人往来,只尽一夜之欢,次日便各走东西,永不往来。因此先前我对你说:'要消逝的何必恢复呢。'因为过了这一夜,我们再也不能聚首一堂了。"

大国王哈里发听了哈桑的谈话,哈哈大笑起来,说道:"以安拉的名义起誓,弟兄! 我听了你的故事,觉得你是应该受到原谅的。凭着安拉的意愿,我一定要经常和你结交往来的。"

"朋友! 我不是已经说了吗,要消逝的何必恢复呢? 我可再不愿和谁成为常交往的朋友了。"

哈桑和大国王正谈着,仆人又端出一桌丰盛的饭菜来,有烤鹅肉和各种美味可口的菜肴。哈桑用刀子切开肉,殷勤地款待客人,宾主开怀大嚼。饭后仆人送上盆壶和皂角供客人洗手,继而为客人点燃三盏灯、三支烛,摆出浓香扑鼻的美酒。哈桑给两人斟上了第一杯,对国王说:

"朋友,别客气,我们不必拘束,痛痛快快地喝一次吧! 现在我是你的奴仆,主仆之间即使喝得酩酊大醉,也没什么关系。"他们干了杯后,随即又斟满了第二杯。

国王为哈桑的言谈和慷慨行为感到惊奇,暗想:"以安拉的名义起誓,他的慷慨和好意应该得到报答。"

哈桑把第二杯酒递给客人,吟道:

"我们洒下心血和眼泪,迎接你们光临,用身体作铺垫,请踩着我的额走来。"

大国王哈里发为答谢主人,接过酒杯,一饮而尽,然后把酒杯递给主人。哈桑接过来,满斟一杯,也是一饮而尽,接着又斟给客人第三杯酒,吟道:

"你的光临,我无比的荣幸。我承认:若不是你的光临,有谁能带来如此荣光? 你是唯一的使者。"

哈桑和大国王哈里发一面斟、一面饮,两人情投意合,一直谈到更残夜静。大国王哈里发问道:"兄弟,请告诉我,你有什么急需实现的愿望? 有什么需要解决的问题?"

"问题倒没有什么。不过我要是得势掌权,我会发泄一下心中的愤恨。"

"凭安拉的名义,兄弟哟,你心中有什么不平,告诉我吧!"

"我希望安拉给我一次报复的机会,这是因为我隔壁住的四个老头,老是在我款待客人时给我添麻烦,不但出言粗鲁,而且还经常威胁我,说要到哈里发那里去控告我。他们一次次地亏待我、侮辱我。如果我能得到一天执政的机会,我会当众人的面,打他们每人四百板,并在巴格达城中,当众宣布他们专惹麻烦、破坏他人快乐的罪过。这是我唯一的愿望。"

"安拉会让你实现你的夙愿。来吧,趁天亮时,再喝两杯,然后我就要告辞了,待明天晚上再来打扰你。"

"那可不是我希望的事呀!"

大国王哈里发亲手斟了一杯酒,偷偷在杯中放了一块麻醉剂,把酒递给哈桑,说:"以我的生命起誓,兄弟,我必须回敬你这杯酒,喝了它吧。"

"谢谢你的敬意! 以你生命起誓的这杯酒,我一定喝下。"

哈桑说着,接过酒杯,一饮而尽,随即像死人一样,被迷倒在地上。国王匆匆走到门前,对马什伦说:"你去把年轻的主人背出屋来,出来时掩上门,然后把他背进宫来见我。"

国王吩咐完毕,匆匆回宫去了。

马什伦按大国王的吩咐,把哈桑背出来,掩上门,然后追随国王,一直走回宫中。

当他把哈桑放在大国王哈里发面前时,已是鸡声高鸣、临近天亮的时候了。大国王哈里发望着昏迷中的哈桑笑着,随即差人传宰相张尔凡入宫,对他说:"你仔细认清这个青年,明天他将穿着我的宫服,坐上我的宝座,你必须恭恭敬敬地奉承他,就当他是我。还要吩咐公侯将相、文武百官和奴仆们听他的指示,好生侍候他。告诉大家必须听从他的指示,他嘱咐什么,你们必须恭恭敬敬地去做,谁也不许违背他。"

张尔凡接受任务,退了下去。

国王吩咐完,又进后宫去,召集众宫娥①彩女到哈桑身边,吩咐道:"明天这个睡着的人从梦中醒来时,你们要一齐向他跪拜,围绕着侍候他,给他穿戴我的宫服王冠,像伺候国王一样侍候他。你们对他说:'您是哈里发呀!'"继而他把怎样对哈桑谈话、怎样伺候他的方法,详详细细安排了,然后退到帘后,放下门帘,休息睡觉。

这期间,哈桑一直睡得很死。

至次日太阳初升的时候,一个宫女来到他面前说:"陛下,应该晨祷了。"

哈桑闻声醒来,睁眼一看,见墙壁和天花板漆得金光灿灿,门窗上挂着绣花丝帘,周围陈列着金、玉、陶瓷、水晶器皿和丝绒的摆设,宫娥彩女和奴仆成群结队、来来往往,显得异常热闹。这种情景,使哈桑一时愕然②、糊涂起来,暗自想道:

"哦!以安拉的名义起誓,我这是在梦中呢?还是醒着?难道我进天堂了吗?"

他想不明白,干脆闭上眼。这时一个男仆说:"陛下,平常您从不会睡到这时不起床呀!"继而宫娥彩女们拥到床前,殷勤伺候他,扶他起床。他不明白自己怎么会睡在龙床上,而且被盖和铺垫全是精致丝绸的。他倚在靠枕上,看看金碧辉煌的宫室,又望望周围侍奉他的婢仆,心中暗自好笑,私下忖道:"以安拉的名义起誓,我既不像是醒着,也不像在做梦。"

---

① 宫娥:指宫中嫔妃、侍女。
② 愕然:惊讶的样子。

他站起来,继而又坐下去,无所适从。

宫娥彩女不禁偷偷窃笑。他局促不安地咬了一下手指,很疼,于是越发莫名其妙。大国王躲在帘后,被他的狼狈情形逗得直发笑。哈桑打量一下周围的情形,悄悄唤来一个宫女,对她说:

"以安拉的名义起誓,小奴婢,难道我是大国王哈里发了吗?"

"是呀,以安拉的名义起誓,您的确是哈里发呀!"

"你撒谎呀?"他不相信。

他又唤来一个年纪较大的仆人,仆人走上前来,跪了下去,问道:"陛下有何吩咐?"

"谁是哈里发呢?"

"您就是哈里发呀。"

"你撒谎。"

他再一次向一个侍卫问道:"我的朋友,以安拉的名义起誓,我是哈里发吗?"

"是呀,以安拉的名义起誓。陛下,你确是哈里发,是最高的帝王哩。"

哈桑无可奈何地讪笑,脑子昏沉沉地,这一忽儿发生的事弄得他像个白痴。他迷糊着,自言自语道:"昨天我还是爱坡·哈桑,怎么相隔一夜,就变成大国王了?"

"是的,陛下。"一个年纪较大的仆人说,"以安拉的名义起誓,您是哈里发——最高的万王之王。"

婢仆们簇拥着侍奉他,前呼后拥,热闹快活。这景象愈发使他惶惑、惊诧。继而一个仆人给他送上一双镶金的拖鞋,他接过去,把它套在手上,仆人出声嚷道:

"哟!安拉啊!安拉啊!陛下,这是给您穿在脚上以便进厕所用的拖鞋。"

哈桑感觉羞愧,扔下拖鞋,穿在脚上。

真正的哈里发在帘后看着,笑得几乎喘不过气来。

婢仆们伺候哈桑上厕所。他便溺后,他们端着金盆银壶,叫他盥洗。然后,婢仆们铺下毡毯,供他礼拜。他计算着拜了二十下,暗中想道:"以安拉的名义起誓,也许我真是大国王哈里发了。这不是梦,梦境从来不会这样清楚的。"他终于相信自己是大国王了,心中不再疑惑、惶恐。

礼拜完毕,婢仆们从丝绸包裹中取出国王的宫服服侍他穿上,给他佩御用的宝剑;然后,上等仆人开路,下等仆人跟随,一直簇拥他到了朝廷,坐上宝座。他把宝剑摆在椅前,然后举目一望,看见文武百官站在拱廊的四十道垂帘内,佩着各式各样的宝剑,大家跪下向他朝拜,赞颂他,山呼万岁,仪式非常隆重。最后宰相张尔凡上前来,跪在他面前道:

"主人,祝您万寿无疆,愿安拉的天堂是您安息之所,地狱成叛逆者的归宿。愿天下人都敬爱您,愿幸福的火光永不熄灭地照耀着您。"

张尔凡赞颂毕,哈桑大声喝道:"你这个白勒必家族中的猪狗!我命令你和省长马上去慰问爱坡·哈桑的母亲,赏她一百金币,向她致意;她隔壁有四个老头,我命你把他们全逮起来,每人重责四百板,让他们骑着牲口在城中游行示众。你要派人当众宣布他们的罪状:他们饶舌、扰得邻舍不能安居乐业。"

张尔凡吻了他面前的地面,口称"遵命",惶恐地退下去执行任务。

哈桑坐在宝座上,执掌大国王哈里发的权力,对文武百官发号施令,处理国家大事。一直忙到傍晚,官员朝臣们终于退朝,侍从们从里面涌出祝福他,呼他万岁,为他殷勤地揭起帘子,簇拥着他回宫。宫中灯火辉煌,丝竹管弦之声不绝,景象绮丽。他不禁又迷惑起来,自言自语道:"以安拉的名义起誓,我真是大国王哈里发吗?"

回到后宫,婢仆们欣喜地围着他,拥他到餐厅里,摆出丰盛的筵席。他开怀大嚼,吃得肚圆腹满。然后,他指着一个宫女询问:"你叫什么名字?"

宫女说:"我叫麦丝卡。"

他又问第二个:"你叫什么呢?"

宫女说:"我叫梭尔华。"

他又问第三个:"你呢?"

宫女说:"我叫都卡芬。"

他把宫女的名字一个个问过,这才起立,走到饮酒的地方。抬头一看,一切陈设整洁有序,十个大盘中盛满了各式各样的新鲜果品、甜食,他每种尝了一点儿。接着,三个美丽如满月的歌女姗姗而来,伴着优美动人的乐曲,婉转悠扬地唱起歌来。

众多奇彩异服的宫娥和着歌声，在灯红酒绿中，轻歌曼舞，他感到心旷神怡、无拘无束，仿佛在天堂中尽情享受。他为此重赏了歌女们。这一切的情景，真正的哈里发躲在帘后看着，捧腹大笑。

到了半夜，真正的哈里发走出帘子，吩咐一个宫女把一块麻醉剂放在杯中，斟上酒给哈桑，他一喝，便昏倒了。国王这才笑着现身，唤马什伦到跟前，吩咐道：

"送他回去吧。"

马什伦遵命把他背到他家中，放在客厅，关上门，然后转回宫中。

哈桑在自己的客厅里睡到次日清晨。刚一醒来，他马上喊道："梭尔华！胡诺！麦丝卡！都卡芬！……"他叫着众宫女的名字。他母亲听他不停地喊女人的名字，立刻起床，跑到他面前说道：

"安拉保佑你，哈桑我儿，起来吧，你做梦了！"

他睁眼看见面前站着一个老太婆，一骨碌爬起来，问道："你是谁？"

"我是你母亲呀！"

"你撒谎，老泼妇！我是哈里发呢。"

"你疯了？"他母亲吓得叫起来，"儿啊，你安静下来吧，别嚷了。你的话要是传到哈里发耳中，我们就没命了。"

听了母亲的叫喊，他一打量，见母亲站在身边，他们一块儿待在客厅里，一时感到疑惑，说道："以安拉的名义起誓，妈，我做梦住在王宫里，众婢仆殷勤地侍奉我。我身居哈里发的宝座，执掌大权，发号施令。向安拉起誓，妈，这确是我亲眼所见，可不像一场梦啊。"他思索了一会儿，接着说："真的，我是爱坡·哈桑，那一切肯定是梦中景象，我是梦里的哈里发，权大无边，快乐威严。"但他又迷惘了，自语道："不，这不是梦，我一定是哈里发，我还做了赏善罚恶的事呢。"

"儿啊！别让梦境迷坏你的脑子，那会进疯人院的。你这样胡乱做梦，一定有恶魔在捉弄你。恶魔有自己的魔法迷惑人心呢。儿啊！昨晚你有没有和别人一起吃喝？"

"对！"哈桑思索了一会儿说，"昨夜我曾和另一个人一块儿喝酒过夜，我还对他讲述了自己的境遇呢。毫无疑问，此人就是魔鬼。妈！你说得对，我是爱坡·哈桑呀。"

"儿呀,我给你报个喜讯,昨天宰相张尔凡来慰问我了,还赏我一百金币;隔壁的四个老头被他逮起来,每人打了四百板,宣布他们侵犯邻居的罪名。他们被驱逐出境了。"

"老泼妇哟!"母亲的这番话使哈桑狂叫起来,"你还敢否认我,说我不是哈里发!昨天是我命令张尔凡来惩罚那几个老家伙的,他来慰问你也是我的指令呀!我还让他赏你一百金币。我的确是哈里发呀。你这个老泼妇!竟敢颠倒是非来欺骗我。"他边说边站起来,抽出一根树枝打他母亲,打得她又叫又嚷。邻居们闻声赶到,见哈桑一面打母亲,一面嚷道:"老泼妇!我分明是哈里发呀!你竟敢撒谎捉弄我!"

邻居听了他的话,认为他一定是疯了。他们不加考虑,立刻赶过去捉住他,把他捆绑起来,送进了疯人院。院长问道:"这个青年害什么病呢?"

"他疯了。"邻居说。

"以安拉的名义起誓,"哈桑说,"我不疯,他们全都撒谎。我是哈里发。"

"正是你在撒谎,你这个疯子!"院长立即脱掉他的衣服,用一条粗链套在他脖子上,把他拴在铁窗上,日日鞭挞。哈桑在疯人院中整整受了十天的折磨。之后,母亲去看他,对他说:"哈桑我儿,恢复你的理智吧。这是恶魔在捉弄你呢。"

"是呀,妈,您说得对,现在我忏悔了,我的理智也恢复过来了,求您帮我证明,救我出去吧。再待在这儿,我会丧命的。"

他母亲赶忙去征得院长的同意,然后带他回家休养。

他在家休息了一个月,逐渐恢复了健康之后,又开始盼望招待客人起来。于是他兴致勃勃①,收拾布置客厅,准备好丰盛的饮食,往日的生活仍然吸引着他。他像往常一样,坐在桥头,等待路过的陌生人,以便相约共饮。这回第一个在他面前经过的恰好是大国王哈里发,即赫鲁纳·拉德。哈桑闷闷不乐地对他道:

"我不再欢迎你了。你是魔鬼。"

哈里发走了过去,说道:"兄弟,我不是说过我还要来拜望你吗?"

"我可不需要你了。老话说得好:'对小人要远离。'那天我招待你,可

---

① 兴致勃勃:旺盛的样子,形容兴头很足。

我却为此着了魔,被魔法扰得神魂颠倒,不得安宁。"

"谁是魔鬼呀?"哈里发问。

"你。"

哈里发满面笑容,挽着哈桑坐下,安慰他说:"弟兄,那天夜里我回家时,忘了替你关门。也许魔鬼见门开着,便趁机闯进屋去扰乱你吧。"

"我的遭遇真不幸,你敞开我的门,让魔鬼来扰乱我,这到底是什么居心呢?"

于是哈桑把自己的遭遇讲了一遍,哈里发听了好笑,说道:

"你不是已经恢复健康了吗?赞美安拉,他免去了你的灾难。"

"我再也不和你共饮了。古话说得好:'被石头绊倒的人如果不吸取教训,一准是命该倒霉了。'兄弟,你给我带来灾难,我可不愿意与你交往,不再同你共饮了。"

哈里发耐心地奉承他、夸赞他,说道:"兄弟,我是你的客人,你怎么能拒绝招待客人呢?"哈桑经不起哈里发的磨缠,终于在他的请求下,再次带他到自己家中。他端出饮食,陪他一起吃喝,叙谈他的遭遇。吃毕,仆人收去食物,换上美酒。

哈桑斟满一杯,三口喝了,这才另斟一杯敬国王,说道:

"朋友呀,我以奴婢的身份侍奉您,您能公平以待,您我相对欢饮吧。"随即欢吟道:

"我在黑夜里畅饮直到酩酊大醉。酒呀!你像黎明时的孤光,相伴着喜悦,遣散心中的忧虑。"

大国王为哈桑的谈吐和吟诵而感动,接过酒杯,一饮而尽。继而两人继续饮酒谈心。醉意渐浓时,哈桑开始重复他的老话,说道:"朋友呀,说真的,那事真使我迷惘呢。我确实像做过哈里发,执掌权柄,发号施令,赏善惩恶呢。真的,兄弟,这不像是做梦。"

"这没什么可怀疑的,一定是胡思乱想。"哈里发边说,边又一次偷偷放了一块麻醉剂在酒杯里,说道:"以我的生命起誓,我敬你这杯,喝了它吧。"

"好,我喝就是。"

大国王哈里发欣赏哈桑的行为和性格,私下想道:"我一定想法让他进宫,陪伴我谈心。"

哈桑接过哈里发手中的酒杯，一饮而尽，马上又迷迷糊糊地昏了过去。国王照旧立刻起身，走出大门，吩咐马什伦："快进去，把他背进宫来见我。"

马什伦遵命，把哈桑背到宫中放下。哈里发马上吩咐宫女们在哈桑面前弹奏琴，他自己却藏在哈桑看不见的帘后窥探。

这时，天已近亮，哈桑慢慢苏醒过来，听见音乐和歌唱声，睁开眼来，见自己又一次置身王宫，身边婢仆如云。这一惊非同小可，不禁喟然叹道："毫无办法，只盼万能的安拉拯救了。说老实话，我在疯人院中可是第一次遭受那样残酷的待遇，令我心惊胆战。这魔鬼干吗非要来纠缠我呀？安拉啊！求您把魔鬼消灭了吧。"

他闭上眼，拉过被子盖住自己。只见宫中金碧辉煌，歌声婉转。一个侍从走到他面前说：

"陛下，您能坐起来吗？您的婢仆正等待服侍您。"

"以安拉的名义起誓，我真是哈里发吗？是你们合伙欺哄我吗？昨天我就没有临朝、执政的经历，只是喝了杯酒便突然入睡，后来这个仆人把我唤醒了。"他喃喃地念叨着坐起来，在往事里沉思默想：棒打老母、进疯人院的经历，历历在心头；而且，他身上被疯人院院长鞭笞①的伤痕还依然如新。这一切使他莫名其妙，心绪茫然。末了，他只好又一次喟然叹道：

"以安拉的名义起誓，我全不明白自己的境遇。是谁把我带到这儿来的呢？"

他仔细打量身边的一个宫女，问道：

"我是谁？"

"陛下，您是哈里发呀。"宫女回答。

"女妖，你撒谎。如果我是哈里发，那么你来咬我的手指试试吧。"

宫女听令，走过去咬他的手指。

他感觉疼痛，忙喝道："够了！够了！"继而他对另一个年纪较大的仆人问：

"我是谁？"

---

① 鞭笞：用鞭子抽打。

"您是哈里发,陛下。"仆人回答。

他更加糊涂,茫然不解,像是坠入一团云雾中。他走到一个小仆人面前,吩咐道:"你来咬我的耳朵吧。"说完,他弯下腰,把耳朵凑到他的面前。小仆人年轻不懂事,用牙咬着他的耳朵不放。他痛得要命,喝道:"行了!"小仆人却误听为"使劲!"牙齿一用力,终于咬破了他的耳朵。当时真正的哈里发藏在帘后,看到这种情景,笑得几乎要滚出来。他终于忍不住从帘后走了出来,突然出现在哈桑面前,说道:

"哈桑,你这个滑稽的家伙!简直要让我笑死了。"

哈桑回头一看,认出他来,说道:"以安拉的名义起誓,是你呀!我们母子和隔壁那几个老头子,全都因为你而蒙受灾难了!"

哈里发哈哈大笑起来。

这以后,哈里发优待哈桑,让他在宫中享福,把最受宠的侍女诺罕·卜娃许配给他为妻。从此哈桑住在宫中,随时不离哈里发左右,地位非常高贵。他常陪哈里发和王后祖白绿谈心、宴饮,和娇妻相亲相爱。平日里饮食服饰非常奢华,过着幸福快乐的生活。

哈桑和诺罕·卜娃夫妻恩爱,在哈里发的庇护下生活得舒适幸福。但年深日久,由于追求舒适,手中的钱财逐渐挥霍殆尽,生活窘迫。有一天,哈桑开始想入非非,他唤老婆道:

"诺罕·卜娃!听我说呀!"

"唉!什么事?"诺罕应着。

"我有一个想法。我来想办法骗哈里发,你去想办法骗王后,咱们也许可以骗他们二百金币和两匹丝绸来享受呢。"

"我倒是同意,可是你说该怎么个骗法呢?"

"我们可以用装死来欺骗他们。这样,让我先装死,我现在挺直地躺下,你把我的缠头撒开,盖在我身上,缚住我的双脚,再放一把刀和一些盐巴在我胸上;然后散开你的头发,撕破衣服,打着脸面,哭哭啼啼地奔到王后面前,向她报丧,说我死了。她听了噩耗,必然会因同情可怜你,叫她的管家给你一百金币和一匹丝绸;你把钱带回来。然后你躺下来装死,我撕破衣服,弄乱胡须奔到宫中,去向哈里发报丧。他听了你的死讯,必然可怜我,命他的管家给我一百金币和一匹丝绸。这样我们便可以把钱弄回来了。"

"真的，"诺罕听了哈桑的计划，叫了起来，"这个计策妙极了。"于是她叫丈夫闭眼躺下，束起他的两脚，用缠头盖在他身上，一切照他的指示做了。然后她披散开自己的头发，扯破身上的衣服，哭哭啼啼地奔到内宫。祖白绿王后看见她这种模样，大吃一惊，问道：

"你怎么了？什么事情使你这样伤心？"

"天呀！我这是报丧，"她哭叫着说，"爱坡·哈桑死了。"

"可怜的哈桑哟！"王后因同情而吩咐管家给了诺罕一百金币和一匹绸子，然后嘱咐道："诺罕，给你，用这去好好地安葬他吧。"

诺罕·卜娃带回一百金币和一匹绸子，高兴地把经过告诉丈夫。哈桑一骨碌爬起来，收下一百金币和一匹绸子，喜得手舞足蹈。接着他让老婆躺下，同样地把她摆弄一番，然后扯破自己的缠头和衣服，弄乱胡须，哭哭啼啼地奔上朝廷。哈里发见他那副狼狈相，问道：

"出了什么事情？哈桑，告诉我吧。"

"给陛下报丧，我妻子诺罕·卜娃死了。"

"安拉是唯一的主宰！"哈里发抚襟长叹。伤心之余，他安慰哈桑说："人死不能复生，这是没有办法的事，我再给你一个宫女好了。"接着吩咐管库的取一百金币和一匹绸子给哈桑，吩咐道："给你，哈桑，拿去好好安葬她吧。"

哈桑带着钱和丝绸，喜笑颜开地回到家中，对老婆说："起来吧，我们的目的已经达到了。"

诺罕·卜娃爬起来，收下一百金币、一匹绸子。夫妻高兴异常，两人坐下来，促膝谈心，彼此打趣。

哈桑回去以后，哈里发因诺罕·卜娃之死而感到忧郁，他心神不安地扶着马什伦的肩膀，离开朝廷，回内宫去安慰王后。当时王后正在伤心饮泣，见了哈里发，立即起身迎接，她正想为哈桑之死表示伤心之情，哈里发却先开了口：

"你的使女诺罕·卜娃死了，我丢下国事，特意向你表示伤心之情。"

"陛下，我的侍女倒没事，"王后说，"不过你的酒友爱坡·哈桑突然丧命，我正想向陛下表示伤心呢，陛下可别悲伤过度。"

"马什伦!"哈里发笑了一笑,对马什伦说,"妇女的头脑真简单!以安拉的名义起誓,刚才哈桑不是还在我面前吗?"

"您不该在这种时候取笑呀!"王后苦笑着说,"爱坡·哈桑已经死了,您还非得把我的侍女也咒死吗?您怎么能骂我头脑简单呢?"

"丧了命的是诺罕·卜娃。"哈里发坚决地说。

"您那儿发生了什么,我不清楚;但刚才诺罕·卜娃确实哭哭啼啼地跑来给我报丧。我安慰她,给了她一百金币、一匹绸子备办丧事,而我正准备为您的酒友爱坡·哈桑之死向您表示伤怀。"

"丧命的不是别人,是诺罕·卜娃。"哈里发哈哈大笑。

"不,陛下。丧命的确实是爱坡·哈桑。"

哈里发急了,大声吩咐马什伦:"去,你快去哈桑家看看,到底是谁死了?"

马什伦拔脚就跑。

哈里发对王后说:"你敢同我打赌吗?"

"当然。我说丧命的是爱坡·哈桑。"

"我说是诺罕·卜娃。我们打赌,拿我们各自的两座宫殿来赌吧。"

于是两人静静地坐着,等候马什伦回来。

马什伦奉命,匆匆向哈桑的寓所跑去。当时哈桑靠在窗前,见马什伦踉踉跄跄①跑进巷口,心中有数,对诺罕·卜娃说:"哈里发打发掌刑官马什伦来调查我们的事情。你马上躺下装死,让他看一看。回去报告,以便哈里发相信我的话。"诺罕·卜娃躺了下去,哈桑迅速拿披巾盖在她身上,然后坐在一旁,悲哀哭泣。

马什伦到了哈桑家,见诺罕·卜娃僵躺着,便向哈桑致悼,然后揭开诺罕·卜娃的缠头②,看了一眼,叹道:"安拉是唯一的主宰。我们的姐妹诺罕·卜娃过世了!人的生命多脆弱呀!愿安拉怜悯你,饶恕你的罪孽。"

马什伦探清楚实情,赶回宫去,站在哈里发和王后面前忍不住笑。哈里发骂道:

"你这个狗东西!干吗吃吃傻笑?说吧,他们夫妇到底是谁死了?"

---

① 踉踉跄跄:走路歪歪斜斜的样子。

② 缠头:古时歌舞的人把锦帛缠在头上作妆饰。

"启奏陛下,"马什伦说,"以安拉的名义起誓,哈桑还活着,死的是诺罕·卜娃。"

哈里发忍不住高兴地笑了,他对王后说:"好吧!这个赌,你可输掉一幢宫殿了。"继而他吩咐马什伦:"现在把你看见的情况讲出来听听吧。"

"是这样,"马什伦说,"我一口气跑到哈桑家中,见诺罕·卜娃在家里僵躺着,一动不动,哈桑正坐在她的尸体前,伤心地哭着。我慰问他,向他至哀,并专门察看了诺罕·卜娃的脸,她的脸还肿着。我对哈桑说,赶快准备安葬她吧。他说:'是的,我会好好安葬的。'我这才撇下他,赶快回来报告。现在他正预备安葬她呢。"

哈里发扬扬得意地笑着说:"马什伦,你对这位头脑简单的王后再说详细些。"

王后生气地骂道:"专信奴婢的人,他的头脑才真是简单呢。"

"真的,陛下。"马什伦对哈里发说,"都说妇女头脑简单、信仰脆弱呢。"

王后生气了,对哈里发说:"您奚落我,以致连这个奴才也因此欺凌我,我绝不服气,非派人去弄清楚究竟是谁死了。"她叫来一个管家的老太婆,吩咐道:

"你去诺罕·卜娃家中看明白,弄清死的到底是谁?快去快回。"

老婆子奉命后,一路奔向诺罕·卜娃的住处。她刚进巷口,哈桑便看见她,认出是王后的管家。他对老婆说:"喂!卜娃,这像是王后打发人来察看我们的事情呢。一定是王后不相信马什伦的话,打发她的管家来调查清楚呢。现在我躺下装死,以便王后相信你的话。"于是他躺下去,诺罕·卜娃用布束上他的眼睛、绑起他的双脚,把布盖在他身上,然后坐在他的身旁悲哀哭泣。

管家的老婆子进到屋里,见诺罕·卜娃坐在哈桑的尸体前哭泣,伤心欲死。见到管家婆,她哭喊着诉说道:"我做了什么孽呀!爱坡·哈桑死了,撇下我一个人,孤单寂寞,这日子可怎么过呀!"她撕着衣服,愈哭愈伤心,说道:"大妈哟!你老人家想想看,他一向是个好人呀!"

"可不是吗?"管家婆安慰她,"你们一对好夫妻,你敬他,他爱你,相亲相爱,风流快活。如今遭遇这样的事,怎么能叫人不伤心呢!"

看了这种情景,管家婆认为马什伦有意在哈里发和王后之间搬弄是非,因而对诺罕·卜娃说:"还有更糟糕的!马什伦这个家伙搬弄是非,在哈里发和王后之间差点儿弄出一场是非来。"

"这为什么呢?大妈。"

"马什伦向哈里发和王后谎报你们的情况,他说你死了,是哈桑还活着。"

"可我刚才还去给王后报丧,她还给了我金币和绸子,让我好好安葬哈桑呢。大妈!你瞧,我遇上这种事,正惶惑得很,不知该怎么办。一个人孤苦伶仃,没人帮助,这怎么办呢?如果死的是我自己,让他活着,那才好啊!"她说着哭得更伤心,管家婆也不禁陪着她流泪。管家婆一边流泪,一边走到哈桑面前,揭开盖着的布,见哈桑的眼睛被束得鼓了起来,于是她安慰诺罕·卜娃几句,向她告辞后,回到宫中,向王后报告了情况。

王后听了,一下笑开了,说道:"说我头脑简单、信仰薄弱,现在你讲给他听吧。"

"这老婆子撒谎!"马什伦火了起来,"我亲眼瞧见哈桑活得好好的,诺罕·卜娃的尸体却躺在地上。"

"你这个家伙才撒谎骗人呢,"管家婆不服气,"你是存心在哈里发和王后之间挑拨是非。"

"别人不会撒谎,只有像你这样的泼妇才专门哄人。你的主人信任你,是她盲目愚蠢。"

王后一听,气得号啕大哭。哈里发对她说:"我撒谎,我的仆人也撒谎;你撒谎,你的丫头也撒谎。我们全都撒谎。这笔账可是一时算不清。要想确证此事,还是我们四人一起,到哈桑家亲眼察看,让事实证明,到底谁错了。"

"很好。"马什伦拥护他的主人,"我们马上就去,事情一旦弄清楚,我会收拾这个倒霉的老泼妇,揍她一顿,出出我胸中的闷气。"

"坏蛋!"管家婆回骂马什伦,"你的头脑可真够愚蠢,和老母鸡丝毫没有差别。"

马什伦挨了骂,怒火升腾,冲过去要揍管家婆。王后伸手拦住他说:"别着急。你和她谁在撒谎,谁公正无欺,马上就可以证实。是非终会分明,那时你们再闹不迟。"

于是哈里发、王后、马什伦和管家婆四个人一块儿动身,离开王宫,径直向哈桑的寓所而去。他们一路上发誓赌咒，谁也不服输，吵吵嚷嚷地来到哈桑门前。

哈桑见他们全都赶来，便对老婆说："糟了！瓦罐不是每次都摔不坏的！这肯定是那个老太婆回去以后，报告的情况与马什伦报告的不一样，使他们相互争论、怀疑，不知道我们谁死谁活，因此哈里发、王后、马什伦和老太婆才约齐，到我们家来察看。"

"这怎么办呢？"

"让我们俩一块儿装死，憋住气，挺直地躺着不动。"

诺罕·卜娃按丈夫的意见，夫妻两人随即束起脚，拿布盖着身体，憋着气，合上眼，装死不动。

随即，哈里发、王后、马什伦和管家婆一齐走进屋来，见哈桑和他妻子都死了，两个尸体并排躺着，王后埋怨："都是你们，口口声声咒我的侍女，现在把她咒死了。我相信，她是因为哈桑之死而倍感伤心，是忧愁夺去了她的生命呀！"

"这真是胡扯，"哈里发说，"她当然死在哈桑之前，哈桑刚才还到宫里向我报丧，当时他气得撕衣服、拔胡须、握着两块砖头捶自己的胸。是我安慰他，给了他一百金币、一匹绸子作为埋葬费，叫他回来准备，好生安慰她的尸体，并且答应再给他一个更好的宫女为妻，还嘱咐他不可过于悲哀。事实上是哈桑受不了悲哀，才愁死了。当然是我赌胜了，我应该赢你的东西。"

王后不服气地同哈里发争辩，议论纷纷，道理层出不穷①。两人得不出结果，没奈何，哈里发气得一屁股坐在两个死人旁边，长吁短叹地说：

"嘿！向穆罕默德圣人和我先祖的坟墓起誓，谁能把这两口子谁先死的消息告诉我，那么我愿意赏他一千金币。"

哈桑听了哈里发许的愿，一骨碌爬起来，站到哈里发面前说："陛下，是我先死，请您实现诺言，赏我一千金币吧。"接着诺罕·卜娃也爬起来，没事似的站在哈里发和王后面前。哈里发、王后、马什伦和管家婆眼看这种情景，惊悸之余，知道哈桑和诺罕·卜娃夫妻两人平安地活着，大家转

---

① 层出不穷：接连不断地出现，没有止境。比喻事物变幻之快并且多。

忧为喜。尤其是王后,既生气丫头胡闹,又因为她活着而高兴。哈里发和王后为他们夫妻两人平安活着而庆贺。细问之下,才知两人装死,原来是为了骗钱。

王后道:"卜娃,今后你有什么需要,应该向我索取,可不许用这种办法而使我心焦。"

"王后,"诺罕·卜娃说,"可是我感觉惭愧,不好意思开口呀。"

爱坡·哈桑夫妻俩的计谋被揭穿后,哈里发可乐坏了,东倒西歪,差一点儿跌倒。

之后,他说:"哈桑,你真不害臊,靠耍无赖来搞一些稀奇事。"

"陛下,"哈桑说,"我把您赏的钱花光了,不好意思再来向您要。不得已,用这种办法骗您几个钱。当初我一人独过的时候,钱财还不能量入为出,您又赐给我一个老婆,需要的钱就更多了。因为我手中一个子儿也没有了,才会想出荒唐的办法,骗陛下一百金币和一匹绸子,陛下您就当又给了我一次赏赐吧。现在求陛下实现诺言,把那一千金币赏我吧。"

哈里发和王后不禁哑然失笑[1],然后转回宫去。

哈里发果然赏了哈桑一千金币,说道:"去吧!权当祝你平安的赏钱。"同时,王后也赏赐给诺罕·卜娃一千金币,说道:"给你,拿去吧!我祝你平安之喜。"

后来,哈里发因此事给哈桑添了津贴[2]。哈桑和诺罕·卜娃仍然是一对恩爱夫妻,快乐而幸福地生活着。

---

[1] 哑然失笑:忍不住地笑起来,禁不住笑出声来。
[2] 津贴:补偿职工的劳动消耗及生活费额外支出的工资补充形式。

莱伊拉三姐妹

古时候,波斯有个年轻的国王叫凯斯罗。他非常喜欢出外私访,常常用这种方式了解民间的真实情况。

一天傍晚,他和宰相一同出访。走进一条巷子时,他看到有三个漂亮女子正在一间敞着门的房子里聊天。走近一听,才知她们在畅谈各自的理想。

大姐说她最想嫁给国王的面包师,那样就可以吃到全国最香甜的面包。

二姐说她情愿嫁给王宫的御厨①,那样可以吃到波斯第一流的菜肴。最美的小妹妹说:"我听说国王还没有成婚,真想嫁给他。"

国王让宰相记下了这所房子,让他第二天带三姐妹入宫。

国王对姐妹三人说:"我知道你们聊天的时候说的是什么,现在,我就满足你们的愿望。你们两个可以嫁给我的面包师和厨师。"

说到这儿,他停住了,走到小妹莱伊拉跟前问:"你想嫁给我,并给我生一个聪明漂亮的王子,是吧?"

莱伊拉羞得面红耳赤,慌忙解释说是跟姐妹们开玩笑,不敢有此妄想。国王很满意莱伊拉。于是,三姐妹都如愿以偿了。不过,两个姐姐对莱伊拉产生了妒忌,绞尽脑汁想陷害她。

不久,莱伊拉怀了孕。两个姐姐大献殷勤,说要为妹妹接生。王后生下了一个可爱的男孩,两个姐姐却把男孩用布包好,放进篮子里,丢进了河里,而给王后塞了一只小狗。"

国王听说妻子生了怪胎,很是惊讶,忙跑去安慰妻子。

装小王子的篮子被御花园的园丁打捞上来,他认为这是真主赐给他

---

① 御厨:一是指封建社会给皇帝做饭的地方,二是指在古代专门给皇帝做饭的人。

的,与妻子高高兴兴地将这男婴收养下来。

第二年,王后又分娩了,是个男孩,两个姐姐像上一次一样将孩子装在篮里扔进了河里。篮子再次被园丁打捞上来。

第三年,王后生了个女孩,却又被姐姐们用狗调换了。小女孩又被园丁打捞上来。他给大男孩起名巴曼,小男孩起名伯弗兹,小女孩叫莫丽莎。

国王非常恼火,下令把妻子关在宫门广场的一只铁笼子里。宰相不敢劝阻,只好让人偷偷送给莱伊拉一些吃的喝的。

园丁夫妇把三个孩子抚养成人,但没有把他们的出身告诉他们。后来,两位老人相继去世。从此以后,三个孩子相依为命。

一天,巴曼哥俩出外干活,有位老太婆登门求助,莫丽莎热情地款待了老人。

老太婆对房屋的摆设赞不绝口,但说还缺三样宝物:会说话的鸟、奏乐树和黄金水。

老太婆还说:"这三样东西在印度的国境线上,如果要得到这些东西,就从这儿出发朝东直走,到第二十天的时候会遇到仙人的指点,他会告诉你们下一步该如何走。"

哥俩回来后,莫丽莎就把老太婆讲的话重复了一遍。

巴曼当即决定去寻找三件宝物。等他出发时,妹妹拦住了他,她怕哥哥发生意外。

巴曼解下身上的猎刀交给妹妹,说:"这是把神奇的猎刀,你和伯弗兹要想知道我的情况,就把刀从鞘里抽出来,要是光滑明亮,就说明我一路平安;要是上面有血迹,就说明我遭到了不幸。"

他骑马朝东奔去,翻过十座高山,跨过六条大河,在第二十天的早晨,果真遇到了一位丑陋的老人,他坐在大树下闭目养神。

巴曼恭敬地走上前向老人问好。可是老人胡子太长,说话不太清楚,巴曼就帮他剪了胡子。

老人很是感激,就问巴曼去什么地方。他就说要去印度边境找三件宝物。

老人劝道:"年轻人,你还是回家去吧。凡是我指给路的那些人没有一个能回来的。要是你想好好生活的话,就到此为止吧。"

巴曼态度很坚决，恳请老人指路。

老人见年轻人决心已定，就交给他一个球说："你把这球扔在地上，它会一直朝前滚。你骑马跟着，它会把你带到一座山下。你下马上山，那上面有许多黑石头，它们都是那些寻找宝物的人变的。无论你听到什么声音，都不要回头，否则你也会成为黑石头的。"

巴曼谢过老人，跟着圆球来到了山下。他独自一人上了山，没走几步听到背后传来恐怖的叫声，喊声越来越大、越来越恐怖。他忍不住回过头去，什么也没看清就变成了黑石头。

巴曼走后的第二十一天，莫丽莎抽出刀观看，她见上面沾满了鲜血，知道哥哥身遭不测。伯弗兹决定去找大哥，临走时，他取下脖子上的珍珠交给妹妹说："要是珍珠在线上容易拨动，就表明我很平安；要是珍珠拨不开，就表明我遭到了不测。"

伯弗兹骑马朝东奔去，第二十天时见到了那位老人。老人叮嘱①伯弗兹千万别在爬山的时候回头。他没能做到，也变成了黑石头。

莫丽莎在家拨弄珍珠，忽然拨不动了，她知道二哥也遭了不测。她强忍内心的悲痛，决定自己去找两个哥哥。于是，她女扮男装，骑马上了路。

她在第二十天时也遇到了那位老人，老人再三劝她，她还是坚持要上山。她用棉花堵上耳朵，开始爬山。恐怖的声音越来越大，她以坚定的毅力鼓励着自己，终于爬上了山顶，见到了鸟笼。

"尊贵的小姐，"鸟儿欢快地叫道："祝福你，从今以后你就是我的主人，你有什么要求？"

"请告诉我，奏乐树和黄金水在哪儿？"

"黄金水在一眼神泉里，奏乐树在前面的丛林里。"

莫丽莎按照鸟儿告诉她的位置找到另外两件宝物，她又问如何才能让她的两个哥哥复活。鸟儿说："这很容易，只要你把黄金水洒在黑石头上，他们就能变活。"

莫丽莎不但救活了两个哥哥，还把其余的人都救活了。

兄妹三人回到家中，把屋子收拾得非常漂亮，三件宝物使这个家完完

---

①叮嘱：指叮咛，再三嘱咐。

美美。

过了一段时间,巴曼哥俩相约去郊外打猎,不想与国王凯斯罗不期而遇。国王立刻被对方的相貌吸引住了,就问他们是谁家的孩子。巴曼说:"我们的父亲是国王的园丁^①,现已去世。"国王说:"你们很喜欢打猎吗?那就让我看看你们的本领吧!"

过了一会儿,巴曼射死了一只老虎,伯弗兹射死了一只黑熊。

国王对哥俩很满意,要求他们陪他进宫。

巴曼说要回家告诉妹妹一声,国王同意了。哥俩回到家里,说国王请他们入宫。莫丽莎吃不准,就问小鸟怎么办。"你就让他们去吧,"小鸟说,"另外,你们得用丰盛的筵席回请国王,这样有好处。"

第二天,国王热情款待了巴曼哥俩,还考问了许多问题,很是满意。告别时,哥俩就向国王提出邀请,国王欣然同意。

莫丽莎得知国王要来,不知道该准备什么菜,就去问小鸟。

小鸟说:"国王吃惯了山珍海味,吃百姓家的饭菜反而觉得很香。不过,你还得准备一道嵌满珍珠的黄瓜菜。至于珍珠嘛,明早你在奏乐树下就能找到。"

第二天,莫丽莎果真在奏乐树下找到了珍珠,交给厨师让他嵌在黄瓜上。

国王来到巴曼家后,看到花园里的奏乐树和美丽的喷泉^②,非常吃惊,就问这些稀世珍宝是从哪里来的。于是,莫丽莎就给国王讲了他们寻宝的经历。国王听说还有一只会说话的鸟,高兴地让莫丽莎带他去看。

莫丽莎把国王领到鸟笼前。鸟儿用她清脆的歌声说了声:"您好,国王陛下。"

国王十分惊奇,问:"你怎么知道我是国王?"

"世上的事我都了如指掌,饭后我要给您讲一个离奇的故事。"

大家入座后吃得非常开心,最后,那道嵌满珍珠的黄瓜菜也上来了。国王十分诧异,这时小鸟说话了。

---

① 园丁:专门从事园艺的劳动者,现多比喻教师。

② 喷泉:由地下喷射出地面的泉水,特指人工喷水设备。

"尊敬的陛下,您觉得这菜奇怪,这么普普通通的人家里,怎么会有这样的菜呢?那么王后连生三个怪物您就相信吗?您的妻子那样美丽、善良,怎么可能生下怪物呢?"

"那是她的两个姐姐说的呀!"

"正是她们妒忌妹妹成了王后,才通过您的手陷害王后,她们把真正的婴儿丢进了河里。不过,这几个孩子都很幸运,被园丁救了,他们现在就坐在您的身边。"

国王如梦初醒,拥抱了这几个历经磨难的孩子后,回到王宫,吩咐宰相把王后的两个姐姐抓起来。然后,他跑到王宫前的广场,把莱伊拉扶了出来,把事情的原委①告诉了她。

王后被请进王宫,巴曼兄妹三人也进了王宫,与父母一起生活。不过,无论他们走到哪里,都把黄金水、奏乐树和会说话的小鸟带在身边,因为它们记载着他们一段非凡的经历。

---

① 原委:指事情的始末。

理发匠和洗染匠

很久以前,埃及亚历山大城①里住着两个人,理发匠舒尔和洗染匠吉尔,他俩是邻居。

舒尔心地善良,为人诚恳。吉尔却自私贪婪,尽干坏事,他以吃遍天下美味为荣,绞尽脑汁夺取不义之财。凡是来他店洗衣服的,都得先付钱。吉尔不仅花光这钱,还把顾客的衣服卖掉,然后寻找各种理由花言巧语地哄骗顾客。

时间久了,顾客们不再光顾他的店了。吉尔的生意越来越萧条,但他旧习难改。

一天,来了个魁梧大汉要染衣服。大汉走后,吉尔还是照旧花掉了钱,卖掉了衣服。大汉几乎天天来取衣服,吉尔只好躲进旁边的理发店。恼火的大汉告了官。法官派人搜查洗染店,发现里面除了几只破染缸,什么也没有。于是,法官命人封了洗染店,加盖了大印。封门的人临走时叮嘱理发店的舒尔,让吉尔去法院一趟。

他们走后,舒尔对吉尔说:"老兄,你都干了些什么,快去法院看看吧。"

吉尔哭丧着脸,撒谎说什么衣服被小偷偷走了,后来,他只好承认自己变卖了衣服。在舒尔的劝告下,吉尔去法院认错。

法院罚他赔三千块钱,罚得他倾家荡产,只好住进了舒尔家。他见舒尔的生意也不景气,就鼓动他一起出外闯世界。

舒尔很诚实,从未出过远门,在吉尔天花乱坠的鼓动下,带着理发工具一同上路了。

他俩乘上一条大船,船上有许多乘客和水手。舒尔对吉尔说:"老兄,

①亚历山大城:是埃及在地中海岸的一个港口,也是埃及最重要的海港,埃及的第二大城市和亚历山大港省的省会。

我们带的钱和干粮有限。干脆我到乘客中走走,为他们理发赚点儿钱吧。"吉尔当然高兴。

舒尔为一个旅客理了发,得到了一块面饼、一块奶酪和一杯水。他叫醒呼呼大睡的吉尔,一同分享。

很快,有人来请舒尔理发、刮胡子,他忙得要命。到了晚上,他就有了一堆食物和一笔可观的钱。

舒尔很勤快,而吉尔却整天蒙头大睡,分享舒尔的劳动成果。

一天,舒尔为船长理了发,他不要钱,只求一点儿吃的。船长见舒尔为人厚道,就邀请他一起进餐。舒尔告诉船长,他还有一个伙伴。船长很大度,让他们一起来。舒尔欢喜地去找吉尔,吉尔谎称自己晕船,却私下偷吃食物。

舒尔独自来到船长室,与船长分享丰盛的饭菜之后,还让水手给吉尔送了四大盘菜。吉尔也不客气,风卷残云般一扫而光。

二十天后,船停泊在异国的繁华城市。舒尔他们上了岸,进到城里,他们见这儿各种生意都挺兴隆,很是高兴,就租了一间小屋住下了。

每天一早,舒尔背着理发工具沿街揽生意;而吉尔却总睡不够似的,整天吃了睡,睡了吃。

忽然有一天,舒尔累病了,发起了高烧。三天之后,他的病越发严重。因为没有吃饭,终于支撑不住,昏迷过去。吉尔睡醒后,见找不到食物,才知舒尔病倒了。他不管不顾,翻出舒尔的钱袋,揣在怀里溜走了。

吉尔用钱买了身新衣服,又在饭店里饱餐了一顿,便在街上转悠。他发现这是一座美丽的城市,可人们衣着的色彩十分单调,只有白色和蓝色,就走进一家染坊,与老板攀谈起来。

当他得知这座城市的四十家染坊只会染蓝色时,非常高兴,要求老板雇他染衣服。岂料这儿所有的染坊老板都不接收外乡人。吉尔恼羞成怒,去找国王评理。

他见到国王后,说:"尊敬的陛下,我是异国的染匠,能染出各种颜色的衣服。而这儿只会染蓝色,我想把我的手艺传授给这儿的染匠,他们却不想学。"

国王仔细询问过染布的各项程序之后,高兴地说:"好吧,我会为你建造一座染坊,置办各种用具和染料,希望你能把这座城市打扮得五彩缤纷。"

第二天一早,吉尔骑着高头大马,带着建筑师和工匠们神气活现地出现在街面上,最后选定在市中心一个繁华地界建染坊。建筑师根据吉尔的意思设计了图纸,工匠们当即张罗①起来。不久,一座高大的染坊矗立于市中心。

国王给吉尔四千金币作本钱,他高高兴兴置办了洗染用具和染料,雇了几名伙计就开张了。

不久,他染出了第一批国王送来的布匹,晾在染坊前的绳子上。国王见到这些五颜六色的布料,惊叹不已,就送给吉尔许多贵重礼品。

王公贵族、社会名流们慕名赶到吉尔这儿染布料,并送给他许多钱。

吉尔出了名,就把染坊称为"王家染坊"。城里四十家染坊因此倒闭了。老板们没了生计只好求吉尔给碗饭吃。吉尔趾高气扬②地训斥了一顿后拒绝了他们的请求。

吉尔成了本城的大富翁,不仅有了豪华住宅,还有了许多奴仆。他早已把在困难时救济过他的舒尔忘得一干二净。

可怜的舒尔在旅店里昏睡了三天。店老板见他住的房门紧闭,不见有人进出,以为旅客交不起房钱溜走了。

老板推门查看,见舒尔躺在床上昏睡,连忙上前询问。舒尔指指腰间,示意让老板从钱袋取钱买点儿药,可钱袋却不翼而飞了。

舒尔如梦方醒,后悔不迭,他恨那个忘恩负义的家伙。老板挺同情舒尔,为他熬药端汤。经过一个月的调养,舒尔恢复了健康,他又能上街寻找生计了。

一天,他在闹市中见染坊门前站满了人,打听之后,才知道吉尔在国王帮助下开了染坊,发了大财,就满心欢喜地去找吉尔。

谁知成为富翁的吉尔见到舒尔后,板着面孔说舒尔是个贼,吩咐左右抓住舒尔。

舒尔挣扎着说:"吉尔老兄,你认错人了,我是你的朋友舒尔呀!"

---

① 张罗:这里指筹划、料理、安排。
② 趾高气扬:形容骄傲自满,傲视别人,得意忘形的样子。

吉尔不管不顾,让仆人把舒尔按在地上,抡起手杖狠狠地打起来,他边打边说:"你这不要脸的家伙,要是再来染坊捣乱,我就把你交给国王治你的罪。"

围观的人见他毒打舒尔,就上前询问。吉尔撒谎说舒尔是个贼,经常偷东西。众人信以为真,纷纷指责舒尔。

舒尔回到旅店,精神和肉体都快崩溃了。他在店里休养了些日子,身体慢慢恢复了健康。有一天,他很想痛痛快快洗个澡。可他走了好几条街,也没找见一个澡堂。他走遍全城,才知这个美丽的城市竟然没有一个澡堂。他就去问别人,奇怪的是这儿的人根本不知道澡堂为何物。于是,他就想进宫请求国王的帮助。

舒尔见到国王后,向国王讲述了澡堂的用途和洗澡的好处。国王很感兴趣,就让舒尔建造一座澡堂。

舒尔同样骑着高头大马带着工匠在城里转悠,选定地方后就动工了。不久,一座宽敞美丽的澡堂就建起来了,里面设施齐全、应有尽有。

澡堂的建筑同样吸引了好多人,他们纷纷打听这座建筑物的用途。舒尔就不厌其烦地讲解,并请他们进去享用。

国王光顾澡堂,舒尔就为国王搓背、擦洗、理发、刮脸。国王照着镜子,觉得自己好像年轻了十岁。他高兴极了,就问舒尔如何收费。

舒尔说:"这是国王您的本钱,您决定吧。"

"我想一千金币一次,如何?"

"这太多了,"舒尔说,"您的国家穷人富人都有,我想让他们都能洗上澡。"

国王觉得有理,大臣们也赞同舒尔的建议。

国王说:"舒尔很穷,但他为我的王国创办了第一个澡堂,为百姓做了一件大好事,应该得到相应的报酬。"

"是的,应该得到。"宰相建议道,"但尊重穷人也是陛下的功德,洗澡费用是该少些。"

国王同意了,赏赐给舒尔好多钱,并让人找来王国里最出名的建筑师,让他为舒尔盖了一幢宽敞美丽的房子。

第二天,舒尔就贴出通知:凡是到澡堂洗澡的,量力而行,没钱的可以免费。

人们欢呼着成群结队地进澡堂洗澡，舒尔笑容可掬地站在门前迎接顾客。

后来，王后也想洗澡。舒尔急中生智，规定上午男人洗，下午女人洗。

王后洗过澡后，觉得非常舒服，夸赞舒尔为本城居民办了一件大好事，并希望所有的妇女都来这儿享用。于是，妇女们也成群结队地来到澡堂。

舒尔很快名满全城，成为有头有脸的人物；因此，也结交了许多名门望族。他跟王家游船的卡米尔船长非常要好。

吉尔听说舒尔开了个澡堂，很是吃惊，就前去参观。他见澡堂里人们出出进进，好不热闹。本城的名人贵族都在此光顾。

他来到浴室门口，见到衣着不凡的舒尔正在里面跟顾客聊天，上前好一通数落："我成了本城的洗染大师，与国王和大臣们关系不错，可不见你来看我。我派人四处找你，找得我好苦啊！没想到你却在这安安稳稳地开起了洗澡堂。"

舒尔惊诧道："谁说我没找过你？我还挨了你一顿手杖呢？"

吉尔说那是自己看走了眼，没认出舒尔，还发誓赌咒。舒尔见对方态度诚恳，就原谅了他。

吉尔向舒尔吹嘘自己跟国王关系甚密，不想舒尔也把与国王交往的事儿告诉了他。吉尔没想到舒尔竟成了人物，便产生了妒意，他很想把舒尔打入十八层地狱。有一天，吉尔洗过澡后，对舒尔说："你这儿的确不错，但仍美中不足。如果有净身的药剂，那就锦上添花了。"

"这药剂如何配制呢？"

"用石灰和砒霜配制就行了。"

吉尔告别了舒尔，径直跑进了宫里，向国王说："尊敬的陛下，我是个忠诚的人。听说您建了一所澡堂？"

"不错，是异国人舒尔建议我建的，澡堂的确为我的王国增色不少。"国王说。

吉尔见国王对舒尔赞不绝口，更是嫉妒，就撒起弥天大谎来了——"尊敬的陛下，那家伙不是好东西，他的妻儿被关在基督教国王的监狱里。

那国王很仇视您这伊斯兰的国王，就派舒尔来这儿建澡堂。他配制了一种毒药，准备在您洗澡的时候把毒药倒进去，让毒药渗进身体里，时间不长就会丧命。舒尔所以这样做，是想让基督教①国王放了他的妻儿。"

"我今天去了澡堂，见到了舒尔。我为他获得自由祝贺，他却愁眉苦脸地告诉我，基督教国王是派他来害陛下您的。我问他怎么办？他说他已经备好一种毒药，国王再去洗澡时就把它涂抹在您的身上，谎称这药剂能爽身洁体，以达到谋害陛下的目的。他告诉我是因为不知道陛下有恩于我。"

国王强压怒火，叮嘱吉尔不要声张。第二天，他就带人去了澡堂。

舒尔陪同国王进了澡堂，兴奋地说："尊敬的陛下，我研制了一种爽身洁体的药剂，一定能让国王血脉舒畅的。"

国王不动声色，让舒尔取来药剂嗅到刺鼻的气味时，断定舒尔心怀叵测，就命人将舒尔抓起来。

"陛下，我犯了什么罪？"舒尔问。

"还用我解释吗？"国王说着，命人把舒尔和药剂一同带进宫里。

进到王宫，国王唤来卡米尔船长，让把舒尔塞进麻袋里，丢进海里喂鱼。

卡米尔很了解舒尔，不知这位善良的好人犯了什么罪，但他得奉命行事。

卡米尔用船把舒尔带到一个小岛上，然后问到底犯了什么罪。舒尔说："我对国王忠心耿耿，他为我建造澡堂，让我成了头面人物，我没有理由背叛他。"

卡米尔说："你在国王面前很有面子，肯定是遭人妒忌。你仔细想想，周围有什么人会害你。"

善良的舒尔不怀疑任何人，卡米尔只好让他留在岛上，靠打鱼为生，等有机会回祖国去。卡米尔告诉国王，事情已经办妥。国王说要亲眼看着船长把舒尔丢进海里。他扶窗眺望，不想那枚具有魔力的戒指从手指滑落，掉进了海里。

国王大吃一惊，不敢声张，因为他是靠这枚戒指才得到王国的。他怕

---

①基督教：是以新旧约全书为圣经，信仰人类有原罪，相信耶稣为神子并被钉十字架从而洗清人类原罪、拯救人类的一神论宗教。

戒指丢失的消息传出去,会有人谋反,夺取王位。

舒尔为了生计,就靠打鱼度日。一天,他打了好多鱼,就捡起一条肥大的鱼,剖开鱼腹,准备烧烤。忽然,他的眼前一亮,一枚美丽的戒指出现了。原来,这条大鱼吞食了国王的魔戒。

舒尔将鱼篓装满后,戴上那枚戒指,等待卡米尔船长的到来。

后来,王宫的仆人前来买鱼,舒尔挥了挥手,这两个仆人就倒在地上死了。卡米尔船长赶来,叮嘱舒尔说:"你千万别用戴戒指的手指我,否则我就会死的。"

然后,船长告诉舒尔,这是国王掉进海里的魔戒,也是国王战无不胜的法宝。舒尔很高兴,就让卡米尔带他去见国王,他要将功补过。舒尔进到王宫,见国王正在为丢失戒指愁眉不展,忙上前与国王搭话。国王十分惊讶,认为舒尔早已喂了鱼。舒尔就把卡米尔船长放他上岛和捡到戒指的事情讲述了一遍,并把戒指交还给国王,然后说:"我知道这戒指对陛下非常重要,我要把它送还给您,因为您对我恩重如山①。只是我不明白自己干了什么事情得罪了陛下,您能告诉我吗?"

国王感动了,上前拥抱着舒尔说:"朋友,你是我遇到的最高尚的人。要是旁人捡到这枚戒指是绝不会还给我的,何况你是受冤之人。我是听那个叫吉尔的洗染匠挑拨的。"

然后,他就把吉尔告发的内容说了一遍。舒尔恍然大悟,说:"尊敬的陛下,我和吉尔来自埃及的亚历山大,头一次出远门,至于那个基督教国家在什么地方我都弄不清楚,怎么能成为他们的俘虏呢?"

然后,他就将吉尔在船上如何好吃懒做、在旅店偷走他的钱、还在染坊前羞辱他、又如何教他配制药剂的事儿全盘托出。

国王大为震惊,就找来旅店老板和染坊伙计核实后,又让人把吉尔光头赤脚绑来。吉尔进到宫中,见舒尔坐在国王旁边,就知道凶多吉少,见国王怒气冲冲,就低头垂立不敢说话。

国王问旅店老板:"你认识这个人吗?"

"认识,就是他偷走了舒尔先生的钱。"

---

① 恩重如山:形容恩德重大。

这时,染坊伙计也说话了:"当初老板指着舒尔说他是贼,我们以前从未见过舒尔,也没见他偷过任何东西。"

吉尔理屈词穷①,只好求国王和舒尔宽恕。国王下令道:"把这个无耻小人拉出去游街示众,然后装进麻袋去喂鱼。"

国王要任命舒尔当大臣,被他拒绝了,他说要回故乡去。国王见他回家心切,就答应了他的请求。在一个风和日丽的清晨,舒尔带着他的财产和国王送他的礼物踏上了归途。

舒尔的船到达亚历山大港时,发现沙滩上有只麻袋,打开一看,里面竟是吉尔的尸体。

他感慨万千,眼泪夺眶而出,就亲自安葬了他的伙伴。

舒尔拥有许多钱,又乐善好施、心胸宽广,晚年生活得很幸福。

---

① 理屈词穷:由于理亏而无话可说。

修行者与奶油罐

很久以前,有一位修行者,寄居①在一个大财主家里。每天财主提供他一些奶油,他舍不得吃,就攒在床前的一个瓦罐里。这样日积月累,他居然攒下了满满一大罐奶油。

一天夜里,他躺在床上,为自己拥有一大罐奶油而兴奋不已,睡不着觉。

他想道:"现在奶油很抢手,又值钱,我可以把这罐奶油卖掉,肯定能赚一笔钱。"

于是,他又想起了卖奶油的钱:有了这一笔钱怎么办呢?对了,我可以用它来买只母绵羊。第二年,母羊会生小羊,小羊长大了又会生小羊,这样下去,我很快就会有一大群绵羊。

他看了看自己住的屋子,接着想道:这样,我就可以不再住在这财主施舍的破茅屋里了。我可以卖掉一些羊,用所得的钱买一块土地,然后在上面建一座豪华的宫殿,自己住进去。

他沉浸在自己虚构的美梦里:我要穿世界上最华贵的衣服,请最精明能干的仆人②。然后,我还要结婚,我要娶世界上最美的女子做妻子,再也不用过这独居的苦行僧生活了。

于是,他又设想了自己的婚事:在我结婚的那一天,我要请全国最有名的厨师,买最名贵的糕点来招待我的客人,用最精美的灯饰、最漂亮的鲜花装扮我的客厅,让妻子穿上最高贵的婚纱,举行最隆重的婚礼。

他简直要为自己的幸福陶醉了:婚后,我和妻子一起恩爱地过着,不久,她会为我生下一个可爱的儿子。儿子长大了,我要给他请最好的老师,让他受最好的教育。儿子会很听我的话,努力学习,成为世界上知识

---

① 寄居:在外地或在别人家居住。
② 仆人:指受雇在家供役使的人。

最渊博的学者。

这时候,他忽然又想起一个严重的问题:可是,要是儿子不听我的话怎么办呢?

他为这苦恼不已,又十分生气,一骨碌从床上爬起来,拿起自己的拐杖①,心里说道:"如果他胆敢不听我的话,我就用拐杖狠狠地揍他。于是,他就用拐杖比画着,假想着抽打自己的儿子,边打还边叫唤:"看你以后还听不听话!"

周围住的人全惊醒了,纷纷跑过来。他们明白了事情的缘由后,问道:"你口口声声说打自己的儿子,可你的儿子在哪里呢?"

他这才清醒过来,一看,那只奶油罐竟不知什么时候被自己打破了,奶油流得地上到处都是。

修行者的梦想像泡沫一样破灭了。从此,他依然和往常一样过着贫苦的日子。

---

① 拐杖:一种辅助行走的简单器械,通常是一根木制或金属棍子。

终身不笑者

相传很久以前，有一个财主，有很多田产地业，家里车马、婢仆成群，过着荣华富贵的生活。他死的时候，只有一个年幼的独生子继承祖业。儿子逐渐长大，由于财产如山，他过起了享乐生活，终日沉溺于花天酒地之中。他为人慷慨，乐善好施①，挥金如土。几年下来，父亲留下的钱被他花得干干净净。

于是，他只好出卖婢仆和变卖家产，勉强维持生活。到后来他变得一无所有、缺衣少食。没办法，他只好卖苦力，靠打短工糊口。过了一年，有一天，他坐在一堵墙下，等着别人雇他做工。这时，一个衣冠楚楚、面容慈祥的老人走过来，跟他打招呼。他觉得奇怪，问道："老伯，你认识我吗？"

"不，我不认识你，孩子。可我看你现在虽然落魄，但在你身上却有富贵的迹象呢。"

"老伯，这都是命中注定，你需要雇我做活吗？"

"是的，我可以请你去做一些简单的家务活。"

"什么事，老伯，告诉我吧。"

"我家里有十个老人需要照料。你能吃饱穿好，我除了付你工资，还要给你一些额外的报酬。说不定托安拉的福，你会得到你所失去的一切呢！"

"明白了，谨遵所命。"青年欣然答应。

"我还有一个条件。"

"什么条件，请说吧。"

"你必须保守秘密。如果你看见我们伤心哭泣，不许问我们为什么哭泣。"

---

① 乐善好施：喜欢做善事和施舍，指乐于行善、施舍。

"好的，老伯，我不问就是。"

"托安拉的福，孩子，你跟我来吧。"于是，老人带着青年上澡堂，让他洗掉身上的污秽，换上一套崭新的布衣服，然后带他回家。

老人的家是一幢坚固、宽敞、高大的房屋，里面房间很多，大厅中央有喷泉，养着雀鸟，屋外还有花园。他们来到大厅，厅里彩色云石的地板上铺着丝毯，镶金的天花板灿烂夺目。屋里有十个年迈的老人，他们个个身穿丧服，相对伤心饮泣。

眼看这种情景，他觉得奇怪，很想问明白；但想起老人提出的条件，便默不作声。接着老人给他一个匣子，里面盛着三千金币，对他说："孩子，我把这些钱交给你来维持我们的生活，一切都托付给你了。""是。"他愉快地接受了老人的托付，开始服侍照料这些老人。

他精心安排他们的生活，一切都亲自过问，和他们平安愉快地生活在一起。但没过几天，老人中的一个就害病死了，他们伤心地洗涤、装殓好同伴的尸体，把他葬在后花园中。

以后的几年中，这些老头子一个一个地死去。最后只剩下两人，一老一少，相依为命。又过了几年，这个老头儿也生了病，生命垂危。青年不由得惭愧地对他说："老伯，我可是勤勤恳恳地伺候你们，向来小心谨慎的呀！十二年了，我可没偷懒呢。十二年如一日。"

"不错，我的孩子。你精心照料我们这些年，确实勤恳。现在老人家们先后去世，那不奇怪。我们活着的人，迟早也是要去见安拉的。"

"我的主人哟！你如今卧床不起，病情很沉重。能否在此时告诉我，你们长期苦闷、伤心、哭泣的原因呢？"

"孩子，你别难为我吧，这些事你不需要知道。我向安拉祈祷过，希望他保护人类，别再让人们像我们这样悲哀地生活。你如果不想重蹈我们的覆辙，希望你千万别开那道房门。"他伸手指着一道房门，警告青年："如果你定要知道这其中的原因，就去开那道门吧。门开了，你就明白了，但你也难逃我们那种劫难。到那时候，你懊悔就来不及了。"

老人的病势越发沉重，最后终于瞑目长逝。

青年把他的尸体葬在园中，挨着他的同伴们。这以后，剩下他孤零零的一个人，不知做什么才好。他惶惑不安，老人们的事情吸引、侵扰着他。

他想起老人临终嘱咐他,不许他开那道房门。一时被好奇心驱使,他决心看个究竟。于是他一骨碌爬起来,走了过去,仔细打量,那是一道十分别致的房门,门上上了四把钢锁,门楣上蛛网尘封。

老人临终时的警告警示着他,他不由得离开那道房门。可是,想去开门的心情始终烦扰着他。他彷徨、犹豫了七天,到第八天,他再也坚持不住,自言自语地说:"安拉的判决无法避免,一切都是命中注定,我一定要开门,看它到底能给我带来什么遭遇。"于是他冲到门前,打破锁,推开门。

门开后,出现了一条狭窄的通道,他不顾一切,朝里走去。大约三个钟头后,他来到无边无际的大海边,他感到惊奇,张望着在海滨徘徊。

突然一只大雕从天空扑下来,抓起他飞向高空。飞了一阵,大雕落在一个海岛上,把他扔在那里,飞走了。

他独自在孤岛上,无路可走。有一天,他正坐在海边哀叹,突然看见海面上远远出现一只小船,这使他希望顿生,他心情惶惑地等待小船驶近。

小船终于驶到岸边。他仔细一看,原来是一只用象牙和乌木精制而成的小艇。船身用金属磨得闪闪发光,船上配着檀木①桨舵,里面坐着十个美如天仙的女郎。女郎们一起登岸,吻了他的手,对他说:"你是女王的新郎哪!"接着一个婀娜多姿的女郎走近他,打开手里的丝袋,取出一袭宫服和一顶镶嵌珠宝的金王冠,给他穿戴起来。然后,她们带他上船,起桨出发。

船上铺着各种彩色的丝绸垫子。他看着这一切富丽堂皇的装饰和美丽的女郎,以为自己是在做梦。他想,她们会把船划到哪儿去呢?

划了一阵,小船驶到一处岸边。

他抬头一看,岸上无数兵马列阵,武装齐备,铠甲明灿。已经给他预备了五匹骏马,金鞍银辔,光彩夺目。他跨上其中的一匹,让另四匹跟在后面,于是兵马分成两列,簇拥着他。只见鼓乐喧天、旗帜招展,在隆重的仪式中,他们浩浩荡荡地前进。

---

①檀木:因其木质坚硬,香气芬芳永恒,色彩绚丽多变且百毒不侵,万古不朽,又能避邪,故又称圣檀。

他不禁疑惑迷茫,很难相信这是事实。

走着走着,来到一处广阔的地带,那儿矗立着一座宫殿,周围有庭园和茂密的森林、湍急的小河、盛开的香花以及歌唱的飞禽,景致美丽幽静。

一会儿,一队队人流从宫殿里涌到草坪上,人们都围着他。接着一位国王骑着骏马,带领仆从来到他面前。他赶忙下马,向国王致敬。

国王说:"来吧,现在你是我的客人。"于是两人跨上坐骑,谈笑着来到王宫门前。他们这才双双下马,手牵手地进入宫中。

国王让他坐在一张镶金交椅上,自己挨着他坐下。国王取下头上的面纱,露出本来面目。原来国王是一个满面春风、美丽可爱的巾帼英雄①,她的美丽和富丽堂皇的场面,令这位青年惊奇、羡慕不已。女王对他说:

"你要知道,我是这里的女王,你所看见的那些士兵,其实都是女的。这儿没有一个男子。在我们这个地方,男人负责耕田种地、修房筑屋,妇女则管理国家大事。妇女不但掌权,处理政府的事务,而且还要服兵役。"

青年听了这些,感到十分惊奇。

一会儿,宰相来到女王面前。她头发斑白②、面貌庄重,是个威武的老太婆。女王吩咐她:"给我们请法官、证人来吧。"

宰相领命,匆匆去了。女王亲切和蔼地跟青年谈话,安慰他,问道:"你愿意娶我为妻吗?"

青年立刻站起来,跪下去吻了地面,道:"陛下,我比你的仆人还穷。"

"你看到这些婢仆、人马、财产了吗?"

"是的,看见了。"

"这里的一切,你都可以随便使用。"她说道,又指着一道锁着的房门道:"是的,一切你都可以随便支配使用,只是这道房门不许你开,否则你会懊悔的。"

说罢,宰相带了法官和证人来。青年一看,她们一个个全都是老太婆,长发披肩,摆着庄重严肃的架势。女王吩咐婚礼仪式开始,于是摆下丰盛的筵席,大宴宾客,盛况空前。

---

① 巾帼英雄:指女性英雄。
② 斑白:头发花白,常用来形容年老。

新婚之后,他和女王夫妻恩爱,过着快乐幸福的生活,不知不觉过了七个年头。

有一天,他想起那道锁着的房门,自言自语地说:"里面一定藏着更精美的宝物,要不然,她怎么会禁止我开门呢?"于是他一骨碌爬起来,毅然打开了房门,进去一看,原来里面关着从前把他抓到岛上的那只大雕。

大雕一见他,便对他说:"你这个不听忠告的倒霉家伙!你不再受欢迎了。"

青年听了这话,回头便逃。大雕赶上去一把抓住他,飞腾起来,在空中飞了约一个钟头,把他扔在原先抓他的那处海滨,然后展翅飞去。

青年慢慢醒过来,坐在海边,想着在女王宫中掌权发号施令的荣耀,忍不住伤心后悔。他盼望回到妻子宫中去,便待在海边观望,足足等了两个月。

一天夜里,他在忧愁的缠扰下失眠,忽然不知从什么地方传来一个声音说道:"你只能烦恼了,失去了的,要想得到它,那谈何容易啊!谈何容易啊!"

他听了那声音,知道没有希望重叙旧情了,不由大失所望,悲哀至极。他无可奈何,又回到七年前老头们居住的屋子里,忽然明白了一切。老头们当时的境遇和自己目前的遭遇不是一样吗?这也就是他们忧愁苦恼、伤心哭泣的原因呀。

从此,他住在那幢房子里,寂寞冷落、忧郁苦闷地度日,不停地悲哀哭泣。

那以后,他终身不再言笑,直至瞑目①长逝。

---

① 瞑目:指闭上眼睛,多指人死时无所牵挂。

银匠和歌女

古时候有个银匠，一天，他看到一幅美女的画像，深深地被她的美貌吸引住了。画师告诉他，那画是他根据印度克什米尔①相府里的一个歌女画的。银匠下定决心，一定要去亲眼见见她。

银匠经过长途跋涉，费了不少波折，好不容易才到达了印度克什米尔。他在城里住了下来，四处打听歌女的消息和当地的风土人情。一个交游广泛的商人告诉他说："那歌女如今还住在宰相府中呢？你大老远地跑来，打听她什么？我们的国王很讨厌魔法师，一般装神弄鬼的人，凡是被他抓住的，就会被他投入城外的一个枯井里，活活地饿死，你可要记住这里的法规啊。"银匠又仔细地向他询问了相府的情况，并一一熟记心里。

银匠了解了情况，就花了几天时间准备，终于筹划了一个稳妥的计划。一天深夜，天黑得伸手不见五指。银匠带着工具，悄悄地溜了出来。他来到相府，把梯子靠在围墙上，顺着它爬了进去，摸进了歌女的室内。只见那画中的歌女已经睡了，枕下放着个银质的首饰盒子，床头上燃着一支明亮的蜡烛。银匠走过去，抽出匕首，在她的肩上划了一道长长的口子。

歌女痛得惊醒了。她见银匠正站在她的床前，手里拿着匕首，还以为他是来偷东西的。她不敢高声呼救，只好指着枕下的首饰盒对银匠说："你杀了我也是没什么用处的，那里面有几只首饰，你拿去吧。"银匠就抱起首饰盒，逃离了相府。

第二天，银匠捧着那个首饰盒去求见印度国王。他来到王宫，对国王说："主上，我是仰慕您的威名，前来献宝的。昨天晚上我在城外露宿，正要睡的时候，看见四个弄魔法的女巫。她们有的把扫帚当坐骑，有的乘着

---

①克什米尔：又称喀什米尔，是南亚次大陆西北部的一个地区，曾为英属印度的一个邦，现为印度和巴基斯坦分别控制。

扇子飞来飞去,准备进城。其中的一个一发现我,就跑过来,用狐狸尾巴一样的东西抽打我。我十分生气,抽出匕首,刺中了她的肩膀。她受了伤,慌忙逃了。从她身上掉下了这个首饰盒,里面有些名贵的物品,请您收下吧。"

说完,他把首饰盒献给了国王,恳请国王抓住那个丑恶的女巫,就离开了。

国王打开盒子,发现其中有一条项链,竟是自己以前送给宰相的。他感到非常奇怪,马上叫来宰相问。宰相见了项链也很惊奇,说道:"您给我的这串项链,我赏给了家中的一个歌女,怎么会又转到了您的手中呢?"国王把银匠的话告诉了他,宰相立即派人把歌女带进宫去,扒开她的衣服检查,果然发现肩上有一道新的伤痕。国王大怒,不由分说地命令把歌女捆绑起来,送到城外的枯井中去。银匠知道自己的计谋成功了,非常高兴。到了夜里,他带了一千枚金币,来到城外的枯井边,一看,歌女正在井底伤心地哭泣呢。他把那一千枚金币分给了几个看守的士兵,请求他们让他把歌女带走。士兵们受了他的贿赂①,将歌女救上来,告诉银匠带着她不可在城中逗留,走得越快、逃得越远越好。银匠带着歌女历经辛苦,回到了自己的家乡。歌女见他救了自己的命,很感激他,就嫁给了他。银匠凭着自己高超的技艺和辛勤的劳动,赚了不少钱,夫妻俩一起过着幸福快乐的生活。

---

① 贿赂:用财物收买别人,进行不正当活动。

布鲁吉亚遇险记

很久以前，埃及被以色列统治。埃及有位聪明博学的国王叫布鲁吉亚。他为人正派、爱民如子。百姓安居乐业，国家欣欣向荣。

一天，布鲁吉亚去先王遗物的仓库查看，发现了一间密室。他进去后找到一个乌木盒子，里面是个金盒，最里面是本书，记述着先知穆罕默德①的事情，说他是最后一个被上帝差遣的先知，他将创立一个新教。而在此时，穆罕默德还没有出现。

于是，布鲁吉亚决定周游世界，寻访穆罕默德。他坐船来到一座海岛上，发现这儿的蛇长如桅杆、粗如树干。蛇对布鲁吉亚说："我们原来住在地狱里，是上帝派我们来惩罚坏人的。"

"那你们知道穆罕默德吗？"

"当然，他的名字写在天堂的门上。"

布鲁吉亚更加坚定了寻找穆罕默德的信心，就又来到一座岛屿，并与岛上的蛇女王结识了。蛇女王也知道穆罕默德的名字，希望布鲁吉亚交上好运。

他就乘船继续寻访，来到圣城耶路撒冷。城里有位叫奥弗的著名学者，天文地理无所不晓。他珍藏着几本书，其中一本书上说，所罗门大帝的遗体和他那枚无所不能的戒指被送到七大洋外的地方安葬。而另一本书上说，蛇女王知道有种草药，涂在人脚上人就能在海面上行走。

布鲁吉亚与奥弗一见如故，无话不谈。奥弗得知布鲁吉亚见过蛇女王，就要求布鲁吉亚先带他去找蛇女王，然后他帮布鲁吉亚找穆罕默德。

布鲁吉亚同意了。两人来到蛇女王居住的荒岛上，用酒把蛇女王灌

---

① 穆罕默德：是伊斯兰教的创复兴者，也是伊斯兰教徒公认的伊斯兰教先知，他还统一了阿拉伯的各部落，并以此奠定了后来阿拉伯帝国的基础。

醉后，把她关进了铁笼里。蛇女王醒来后非常生气，骂布鲁吉亚忘恩负义。布鲁吉亚赶忙向蛇女王解释原因，并求她原谅。蛇女王原谅了他们的无理，帮他们找到了那种草药，然后问他们想去干什么？

奥弗说要去找所罗门的戒指，蛇女王说那样做太危险。奥弗自然不肯听劝。

他俩在脚上涂上草药，果然能在海面上行走如履平地。两人渡过七个海洋后，来到一座巍峨秀丽的高山前。

他们爬上山，进了宫殿，果然看到所罗门大帝安详地躺在床上，中指上戴着一枚光芒四射的戒指。

奥弗正想取下戒指，突然从床下窜出一条神蟒，嘴里喷着火焰，不准奥弗靠近。奥弗鬼迷心窍，非要取下那枚无所不能的戒指，结果被巨蟒喷出的火焰化为灰烬。

布鲁吉亚狼狈地逃下山来，涂上草药，历经千辛万苦才跨进了第七个海洋。他来到一座树木茂盛的岛屿，正准备摘果充饥，不想被一位四丈多高的巨人制止住了。

巨人给布鲁吉亚一些食物，等他吃完后又给他指了路。后来，布鲁吉亚正好遇上天神和妖魔之间的战争。最后，胜利的天神把布鲁吉亚带到了神王的宫殿。

神王请布鲁吉亚吃了丰盛的饭菜后，布鲁吉亚就讲了他的旅行见闻，然后问神王的祖先是什么人？

"说来话长，"神王说，"上帝当初创造了七层地狱，一层与一层间相距一千年的路程是专门为坏人准备的。上帝最早在地狱里创造了两个动物的始祖，雄的是狮子，雌的是狼。狮子和狼头胎生的是蛇和蝎。蛇蝎繁殖后布满地狱，惩罚坏人。狮和狼的第二胎是七男七女，兄弟前六人忠诚善良，上帝让他们成为长生不老的天神。老七无恶不作，上帝见他屡教不改，就把他驱逐下凡，他就是妖魔鬼怪的始祖。我们这些天神是六个哥哥的后代。"

布鲁吉亚又问起地狱的情况。神王说："每层地狱各不相同，就说第一层吧，是专门为死不改悔的坏人预备的，里面有千架火山，每架火山下面有十万个火谷，每个火谷中有七万座火城，每座火城中有七万所火屋，每所火屋里有七万张火床,每张火床上有七万种刑罚。"

布鲁吉亚听得心惊肉跳,吓得瞠目结舌①。

神王笑着说:"你别害怕,善良正直的人死后是不会进地狱的。"

布鲁吉亚发誓要终生为人类做好事,然后向神王告辞,准备返回祖国,因为穆罕默德要三百年后才出现。

神王送给布鲁吉亚一颗长生不老药,让他能活着见到穆罕默德;又交给他一匹神马,飞快地把他送回到故乡。

布鲁吉亚与亲人相见,众大臣也闻讯赶来。他们听着国王的一路见闻,非常惊讶。从此,布鲁吉亚专心治理国家,没有做过一件亏心事。

①瞠目结舌:瞪着眼睛说不出话来,形容窘困或惊呆的样子。

铁链和铁棍

从前有个富商，他有个儿子，跟父亲过惯了优裕的生活，从不过问世间之事。

富商快不行时，就把家产兑换成为金币，藏在一间阴暗的房顶上，下面放一块木板，木板上挂着一串铁链，垂到地面。

然后，他叮嘱儿子好好做生意，让儿子勤俭持家，并指着铁链子说："要是你将来生活实在没了着落，就套上这条铁链吧。"

儿子为父亲送终之后，也学着做生意。但他觉得太辛苦，索性坐吃山空①。他的钱很快就花光了。

一无所有的他突然想起了那条铁链，知道父亲是为他走投无路时准备的。他不想年纪轻轻的就死掉，想在外面找个活儿干，可没有一个人愿意帮助他。

他几次想到了死，但都放弃了。他找到以前的哥儿们，说要靠双手挣钱，希望他们给他一碗饭吃。朋友们见他可怜，就给他找了一件差事。

他拼命地干活，那些哥儿们也就不好解雇②他。后来，在一次吃饭时，他发现自己的面包被别人吃掉了大半。

他承受不了这种屈辱，再次想到了那条铁链，泪水夺眶而出。他跟命运抗争了，但毫无结果。眼下，他只能选择这条路了。

他把铁链缠在脖颈上，踢开了脚下的箱子。没想到悬空的他落了地，众多的金币落在了他的头顶上。

此刻，他才恍然大悟，这一切都是父亲的巧妙安排。从此，他用金币购置了货物，做起了买卖，而且很快成为巨商。

---

① 坐吃山空：指光是消费而不从事生产，即使有堆积如山的财富，也要耗尽。
② 解雇：指开除、辞退。

以前的哥儿们听说他又发了财,连忙跑来祝贺。

他取出事先让铁匠去掉一块的铁棍,对他们说:"这是我父亲的遗物。以前相当完整和光滑。最近我发现它缺了一块,细细观看,才知道是被老鼠咬了。"

哥儿们七嘴八舌①地议论,不相信老鼠能把铁棍咬掉。

他问:"朋友们,那么老鼠能咬掉面包吗?"

这些人才恍然大悟,想起从前为捉弄他而吃掉大半面包的事儿。

从此,再没有人来找这位年轻人。他静心地开店做生意,让父亲留下的那笔钱变活,生意越来越兴隆。后来,他比父亲那时还富有了。

---

① 七嘴八舌:形容人多口杂,议论纷纷。

宰相和乡下老人

从前,哈里发带着宰相哲尔藩出巡,途经一处荒无人烟的沙漠①地带时,迎面见一位乡下老人骑驴走来。哈里发就让宰相上前询问。

哲尔藩走近老头儿,问:"老人家,您是从哪儿来的?"

"从巴士拉而来。"老头儿回答。

"准备到哪儿去?"

"去巴格达。"

"您去那儿想干什么?"

"我想治治眼病。"

哈里发听了乡下老人跟宰相的对话,觉得挺不过瘾,就让哲尔藩跟老头儿开个玩笑,逗逗对方。

哲尔藩为难道:"无故跟人家开玩笑,肯定会讨人家骂的。"

哈里发固执己见,哲尔藩不敢不从,就跟老头儿开起了玩笑道:"我如果告诉你一个治眼病的偏方,你拿什么报答我呢?"

"我想安拉会替我报答你的。"

"你要仔细听好,这是秘方,我从未对外人讲过。"

"你快讲吧,是什么良方?"

"这剂良药是用四种东西配成的。你得收集空气、日光、月光和灯光各三两,把它们混合在一起晒上三个月,再花三个月工夫把它们捣成粉末,然后盛在一只有裂缝的大碗里,晾它三个月。你每天睡觉前,取三勺敷在眼上。这样连续敷上三个月,你的眼病就痊愈了。"

乡下老人听完伸个懒腰,把满腹的闷气集中起来排泄出去,放了一个

---

① 沙漠:是指地面完全被沙所覆盖、植物非常稀少、雨水稀少、空气干燥的荒芜地区。

响屁,然后说:"请你收下这个冷屁,作为我给你的报酬吧! 要是用你的偏方治好我的眼病,那时我会送给你一个丫头,叫她一辈子侍奉你,愿安拉借她消磨你的寿命。等你寿终正寝①时,好把你的灵魂一下子带进地狱。你一旦到头,那丫头会打着自己的脸,边哭边说:'白胡子老头儿,你的结局好悲惨啊!'她的悲哀和哭泣,能让你的脸色变得铁黑。"

　　哈里发捧腹大笑,笑得差一点儿从马上摔下来。他给老头儿赏了三千块钱,带着哲尔藩尽欢而去。

---

① 寿终正寝:原指老死在家里,现比喻事物的灭亡。

没有用的本领

从前，有个很厌烦踏踏实实做具体事情的人，名叫朱萍漫。这个朱萍漫，老想做一些新奇事儿，好让大家佩服他。

比如，他很喜欢耍屠刀，但却不去干杀猪宰羊的事，因为这事太平常，他觉得没意思；他准备去学杀牛，可看见杀牛师傅杀牛时那么麻麻利利、得心应手^①，也不过就是那么一回事。就算掌握了杀牛技术，也不见得惊人，没有什么意思。

有一天，他听到有人说，在很远的地方，有一位会杀龙的师傅。他觉得杀龙这事儿太新鲜了，就决定要去学杀龙。

他把自己的家产全变卖了，带了很大一笔钱，要找那位师傅去学杀龙的本领。整整过了三年，他高高兴兴地回来了。

乡亲们问他：

"你花了那么大的本钱，下了那么大的工夫，学会杀龙了吗？"

他神气十足地说：

"那当然！我已经出师了，马上就要正式开业，杀龙！"

他见乡亲们睁大了惊奇的眼睛看他，心里沾沾自喜^②起来，觉得总算学会了一手新奇的本领。

他更加得意地对乡亲们说：

"杀龙说起来轻巧，做起来可不容易呢。"

说着，他便指手画脚地表演起来。怎样按住龙的脖子，怎样踩住龙的尾巴，怎样从龙的脖子弯里下刀子，还加上一句说：

"杀龙可不比杀牛，刀子不能斜着捅，要顺着。这样……这样……"

---

① 得心应手：比喻技艺纯熟或做事情非常顺利。

② 沾沾自喜：形容自以为不错而得意的样子。

乡亲们听得都笑起来了,有人问他:

"你回家乡来杀龙,可是谁家有龙让你杀呢?你说得这么津津有味,今后靠什么生活呢?"

"这……这……"朱萍漫被问得张口结舌①,没话回答。

人群里有位老人走过来拍着朱萍漫的肩头,语重心长地说:

"小伙子,世界上哪里有龙让你宰杀?你学的杀龙技术再高超,有什么用呢!"

---

① 张口结舌:形容由于理屈或紧张、害怕、无奈而发愣说不出话来。

牧羊人的笛声

　　从前，在一个村庄里，住着一对老夫妇，他们很贫穷。他们有一个儿子，名叫伊凡努什卡。伊凡努什卡很聪明，他从小就爱吹笛子，而且吹得非常好。村庄里许多人都爱听他吹笛子，他吹起忧伤的调子，大家就会伤心地落泪；他吹起欢快的调子，大家就会高兴地跳起舞来。

　　有一天，伊凡努什卡对他的父母说："爸爸、妈妈，我已经长大了，我要出去找工作，挣了钱会给你们带回来的。"伊凡努什卡告别了父母，就出外去找工作。他走啊，走啊，终于走到了一个村子里，但村子不需要做工的人；他又走啊，走啊，又走到了一个村子里，那里还是没有人能够雇佣他。伊凡努什卡继续向前走，在很远的地方，他终于走到一个村子里，他挨家挨户①地向有钱人问："你们家需要做工的人吗？"

　　有一位男人从屋里走出来，对伊凡努什卡说："你想不想放羊啊？"伊凡努什卡说："想啊，放羊不是很复杂的事情。"那位男人说："放羊倒不复杂，但是，给我放羊得有一个条件：如果干得好，我加倍结工钱；如果给我放丢了一只羊，那就分文不付，还要被我赶出去！"伊凡努什卡说："我不会给你放丢的。"那位男人说："好吧，那就试试吧！"

　　从那天开始，伊凡努什卡就开始放羊了。每天早晨，天刚刚亮，伊凡努什卡就赶着羊群出发了；到太阳落山时，他又赶着羊群进村了。他早出晚归，天天如此。他每次把羊群赶进院子里时，那位男主人和女主人就站在门口等着数羊："一、二、三……六、七、八……十……二十……三十……"所有的羊都回来了，一只也不少。转眼间，一个月过去了，两个月过去了，三个月也快过去了，很快就到了要给伊凡努什卡结账付工钱的时候了。

---

　　① 挨家挨户：指每家每户，户户不漏。

那位男主人心里想:"这是怎么回事呀?怎么那牧羊人一只羊也不丢失呢?

前些年,凡是赶出去的羊,总是要丢失的。不是被狼偷偷地咬死,就是从山坡上跌下去……这里肯定有问题,我要偷偷看看,一定要搞清楚牧羊人在牧场干的事情。"

第二天,天还没有亮,那位男主人趁大家都没有醒来时,就拿了一件羊皮袄,把毛向外翻出来,穿在身上,偷偷地跑到羊圈里,爬在羊群中间,等待着伊凡努什卡早晨赶着羊群出村去。太阳升起来了,伊凡努什卡赶着羊群出了村,向山坡、草场上走去。羊一只只活蹦乱跳,争先恐后地跑着。那位男主人爬在羊群里,也假装又跳又跑,虽然也感到吃力,但也尽量不暴露自己,也跟着其他羊咩咩地叫着。

那位男主人心里想:"不论怎样,我今天一定要把事情搞个水落石出!"其实,早上赶着羊出圈时,伊凡努什卡就发现了这个异常情况,机警的他顿时明白了男主人的心思,不过他只是假装不知道而已。伊凡努什卡照常赶着羊,不时扬起鞭子抽打羊群,有时,还直接照准男主人的背抽上一鞭子。

羊群来到了树木边上,缓缓地吃着草。伊凡努什卡也坐在山坡上,一边吃着面包,一边注视着羊儿吃草的情况。他如果发现哪一只羊想往树林里跑,就吹起笛子来,羊儿一听到笛声就向他身边跑过来。男主人照样爬在草地上,假装羊儿在吃草的样子。

实际上,他也累得爬不动了,又不敢站起身来露面。他心想:"如果伊凡努什卡把这件事告诉了村子里的人,那他就没有脸面见人啦!"羊儿终于吃饱了,伊凡努什卡对羊群说:"好啦!你们吃饱了,现在可以跳舞了!"

说着,伊凡努什卡就吹起了欢快的舞曲。羊群听到舞曲后,就在草地上跳跃起来,蹄子碰得嗒嗒响。男主人爬在羊群里,肚子饿得咕咕响,但又没有什么办法,只好同样蹲在羊群里不停地跳,脚下乱七八糟地踩踏着……伊凡努什卡的笛子吹得越来越快,那群羊随着笛声跳得也是越来越快,而男主人更是跳得越来越快。

他和羊群跳呀跳呀,终于,男主人累得上气接不上下气,满头大汗、腰酸腿软,他实在支持不住了,忍不住喊了起来:"唉哟,小伙子,你不要再吹了，我一点儿力气也没有了……"但是，伊凡努什卡好像没有听见似的，还是不停地吹着。

最后，他才慢慢地停顿下来，对着男主人说："唉哟，怎么是主人呢？"
"唉，是我呀！"

"你不在家里歇息着，来这里干什么？"

"我呀，这是偶然路过……"

"那为什么还穿着羊皮袄呢？"

"那是……那是因为早上天气有些冷……"男主人真是自找苦吃，无奈地苦笑着回家了。

他回到家后，对妻子说："老婆，我们趁早把那个放羊的家伙解雇了，把工钱付给他，让他快走吧！""怎么能这样呢？我们给谁也没有付过工钱，今天怎么突然给他付工钱？""哎呀，不能不付工钱，他侮辱了我，让我有口难言，简直无脸见人啊！"男主人于是把他在山坡上的事，告诉了老婆：牧羊人怎样逼着他跳舞，几乎把他累死在山上。女主人听后跳了起来："你真是个混蛋，是你爱跳！他吹笛子就没有办法让我跳起来，我就不相信！他如果来了，我让他吹笛子，你看看会怎样？"男主人对老婆说："这样吧，你去试一试。不过，得先把我安置在一个柜子里，把柜子拴在阁楼①的大梁②上，免得我随着你一起跳。就照我说的话办吧！我今天早上跳过头了，现在要好好休息休息……"女主人就按照男主人的意思去做了。她让丈夫坐在一个大柜子里，然后再把大柜子拴在阁楼的大梁上。一切事办妥后，她就等待着伊凡努什卡回来。

傍晚，伊凡努什卡赶着羊群回来了。女主人就问道："你真有一支笛子，吹起来人家就会跟着笛声跳舞吗？""那是真的！"伊凡努什卡肯定地说。"那好吧，我想试试，如果你吹起笛子后我也跳，我就照付你工钱；如果我不跳，那你就得滚蛋！知道吗？"伊凡努什卡说："好吧，那就照你的吩咐办吧！"他说着，就取出笛子，开始吹舞曲。女主人当时手里正拿着一块面团揉面，笛声一响起来，她立刻控制不住自己，也就随着笛声跳了

---

① 阁楼：指位于房屋坡屋顶下部的房间。
② 大梁：即横梁，施加于木头圆柱上一根最主要的木头，以形成屋脊。

起来,把面团在两只手里丢来丢去。

这时,只见伊凡努什卡的笛声越吹越快,女主人也跳得越来越快。拴在阁楼上柜子里的男主人,听到笛声后,手脚也开始在柜子里活动,一阵阵地跳起来。但是,因为柜子里狭窄,脑袋不断地碰到柜顶。他手脚乱动,一会儿柜子就从大梁上掉了下来,头碰破了柜顶,脑袋从柜顶上钻了出来,蹲在里边跳。一会儿柜子把男主人摔在地上,他又接着在屋子里跳。男主人和女主人在屋子里你来我往,跳个不停。伊凡努什卡走到门廊边,坐在台阶上继续吹。只见男主人和女主人又跟着他跳到院子里,在门廊前继续跳个不停。他们跳得很累了,简直就喘不过气来,但是没有办法停止下来。

在笛声中,院子里的鸡呀、牛呀、羊呀,还有狗都跟着跳起舞来。伊凡努什卡吹着笛子,向大门外走去。那些动物也都跟着他向大门外走去。

女主人一看到这种情况,马上感到担心和害怕,赶紧向伊凡努什卡求情说:"哎呀,小伙子,你停停吧,再也不要吹了,千万不要走出院门啊!不要让我们在村子里的众人面前丢人了,我们老老实实地给你算账,按照原来说好的工钱给你付钱。""那不行啊!"伊凡努什卡说,"要让村子里的人看看你们的嘴脸,嘲笑你们!"他说着,就一边走一边吹,笛声更加响亮。男主人和女主人没有办法,在笛声中只能跟着伊凡努什卡向村里跳去。那些鸡呀、牛呀、羊呀、狗呀,都跟着跳。男、女主人一会儿蹲下去,一会儿站起来,好不热闹。

村子里所有的人都出来了,老的、小的、男的、女的,他们都对男、女主人指指点点,指责他们的不义行为。伊凡努什卡一直吹到傍晚,才停了下来。他在男主人那里拿了自己应得的工钱,向家乡走去。而男、女主人却躲在屋子里,羞得再也不敢在村子里抛头露面①了。

---

① 抛头露面:原指妇女出现在大庭广众之中,现指公开露面。

朱德尔与沙麦尔丹宝库

一

很久以前,埃及有个商人叫欧麦尔,生意很发达。他有三个儿子,老大叫萨里姆,老二叫赛利默,老三叫朱德尔。朱德尔生性敦厚,做事勤快,欧麦尔很喜欢他。而两个哥哥则懒惰奸诈,认为父亲对弟弟偏爱,心里十分嫉恨。当欧麦尔年纪渐老的时候,担心死后朱德尔会受两个哥哥的欺负,便立下遗嘱,把财产平均分为四份,妻子和三个儿子各得一份。不久,欧麦尔就去世了。

萨里姆和赛利默得到遗产后很快挥霍一空,而朱德尔继承父业后用心经营,买卖日益兴隆。他们十分眼红朱德尔,便四处告状说父亲分配遗产不公平,给朱德尔留得特别多。尽管他们始终赢不了这场官司,但朱德尔却因为他们这样折腾,生意受到严重影响,也陷入了穷困。

萨里姆和赛利默又去打母亲的主意,不择手段地又骗又抢,把母亲弄得一贫如洗。

朱德尔见母亲生活无着,便把她接到自己家供养。他每天到海边打鱼,再到集市上换来粮食,和母亲相依为命。因为他不辞劳苦,拼命苦干,日子一天天好了起来。可是两个游手好闲的哥哥弄得混不下去了,又来纠缠母亲。母亲毕竟心疼儿子,常背着朱德尔偷偷接济他们。一次,朱德尔撞见母亲正在给两个哥哥拿食物,他不但不介意,反而宽厚地请他们同自己一起生活。不过因为两个哥哥好逸恶劳,生活重担全落在朱德尔身上,他们的日子也变得艰难起来。

朱德尔只得拼命打鱼,换得食物来维持一家人的生计。

一天,朱德尔到海边撒了一网又一网,到太阳落山也没能打上一条鱼。他只好叹口气,沮丧地往家里走。当他像往常一样经过一家面包店的时候,他望了店铺一眼就低头继续走路,而没有像平时那样进去买面包。老板觉得奇怪,再一看,发现朱德尔的鱼篓里空空如也,立即明白了其中的原委。因为朱德尔的善良和孝心赢得了所有乡亲的尊敬,老板叫住朱德尔,送给他一大块面包和一些钱。

不幸的是,朱德尔一连七天都没有打到一条鱼。每天他经过面包店回家的时候,老板都好心地送给他面包和钱。朱德尔虽然心里很感激,但觉得这样接受别人的帮助而不能偿还内心有愧,决心到离家更远的地方去碰碰运气。

第八天早晨,朱德尔来到很远的一个湖泊。正准备撒网的时候,他发现过来了一个摩洛哥人。他衣着华丽,骑着一匹骡子,骡子背上挂着一个大鞍袋。那个人走近朱德尔,说:"你好,朱德尔!"

朱德尔正在奇怪这个陌生人怎么会知道自己的名字,却听他接着说:"朱德尔,我请求你帮我一个忙。这事只有你能做到,我事后会重重酬谢你。"

朱德尔心地善良,乐于助人,便一口答应了。摩洛哥人还不放心,要他以真主的名义起誓,朱德尔也照他说的起了誓。摩洛哥人这才拿出一根丝线编成的细绳子,说:"你用这根绳子把我紧紧捆起来,扔进湖里。片刻之后,如果我的两只手露出了水面,你就用网把我捞上来。要是我的双脚露出水面,就说明我被淹死了。你牵着我的骡子到集市上去找一个名叫沙米尔的犹太人,把骡子和鞍袋交给他,他会给你一百个金币。不过你要对这事严守秘密,不能让任何人知道。"

朱德尔因为起过誓,也就无可奈何地照摩洛哥人的话去做了。让他无比惊恐的是,湖面上最后浮起来的竟是摩洛哥人的脚。朱德尔呆立了许久,终于想起了摩洛哥人的叮嘱,便牵着骡子到集市上去找那个犹太人。当他四处打听找到犹太人的时候,犹太人一见那匹骡子就叫起来:"啊,贪婪的人是没有好下场的!"然后他从朱德尔手里牵过骡子,给了他一百个金币。

朱德尔来到面包店,偿还了欠账,还买了许多食物回家。

第二天,朱德尔还是来到这个湖边捕鱼。当他看见又有一个模样相似的摩洛哥人骑着骡子走来,也叫出他的名字时,几乎不敢相信这是真事。

摩洛哥人问他:"昨天是不是有个像我这样的人来过?"

朱德尔答应过要严守秘密,而且害怕昨天的事给自己惹出麻烦,便矢口否认。可是摩洛哥人原原本本说出了昨天发生的一切,让朱德尔没法不承认。摩洛哥人接着便要求朱德尔也像昨天一样帮助他。朱德尔简直觉得这两个摩洛哥人都是疯子,但他也只好照办。结果同昨天一样,朱德尔也照样从犹太人那儿得到了一百个金币。

第三天,当朱德尔又来到湖边时,看见走来了第三个摩洛哥人。一切都同前两天发生的事一样,只不过当朱德尔把这个摩洛哥人扔进湖中以后,露出水面的是两只手。朱德尔急忙撒网把摩洛哥人捞了起来,只见他的手中各握着一条红玛瑙色的小鱼。他叫朱德尔把鞍袋里的两个盒子拿出来,把两条鱼放进盒子里,盖好了盖子。

摩洛哥人万分感谢朱德尔,并给他讲述了事情的原委。他说:"我叫阿卜杜·萨迈德,被淹死的两个人是我的哥哥,那个犹太人其实也是摩洛哥人,是我们的弟弟。我们的父亲懂得魔法,临去世时给我们四兄弟留下了一本魔法书,并告诉我们凭它可以打开沙麦尔丹宝库,取得天圈、眼药水、戒指和宝剑。从天圈中可以望见世界的每个角落,一说出某个城市的名字,就可以让它顷刻间毁灭。点了眼药水,能看见地下的全部宝藏。那个戒指有个神仆,他遵从戒指主人的差使,能满足他的一切愿望。谁得到那把宝剑,则能战胜任何敌人。父亲曾经前去夺宝,打败了看守宝库的神王的儿子,但没能取得最后的胜利。父亲还告诉我们,取宝必须得到一个叫朱德尔的埃及青年的帮助,而且他只能帮助我们之中的一个人成功。"

"我明白了,这就是你们为什么知道我的名字的原因。"朱德尔说。

"对了。父亲死后,我同两个哥哥决心要取得四件宝物,而弟弟则不愿冒险,退出了竞争。他化装成犹太人,等待你给他带去关于我们的消息。你亲眼看到了,我的两个哥哥为此送了性命。而我得到了真主的保佑,抓住了神王的儿子!这两条红鱼就是他们变成的。现在你跟我一道去沙麦尔丹宝库吧。"

萨迈德给了朱德尔一千金币,让他回家安顿好母亲,随后他们就出发了。

二

萨迈德和朱德尔骑在骡子上,飞速前行,在沙漠里穿行了一整天。朱德尔感到饥肠辘辘，叹口气说："我们忘记带食物了，我快饿得挺不住啦。"

"你想吃什么就尽管说吧。"萨迈德回答。

"我只想有几片面包、一块奶酪，可是在荒漠上只有挨饿的份儿啦。"

"难道你不想吃点儿好东西，比如说熏肉、水果和甜点什么的?"萨迈德说。

"当然想啦! 你拿得出来吗?"朱德尔反问他。

"还有奶油炖鸡、烤肉、熏鸽子，你想吃吗?你喜欢什么水果，苹果还是梨?"

"我全都喜欢! "朱德尔没好气地说，他被萨迈德引得馋涎欲滴，"请你给我拿出来吧! "

萨迈德将手伸进鞍袋，拿出一个金盘子，盘中竟然有两只热腾腾的奶油炖鸡! 他不断地把手伸进去，一样接一样地拿出了刚才所说的全部佳肴。朱德尔惊奇得仿佛在做梦，瞪大眼睛望着萨迈德。萨迈德对他说："这是一个魔袋，能够应主人的要求供应各种食物。快吃吧! "

朱德尔饱餐了一顿珍馐①美味，然后随萨迈德继续赶路。

萨迈德告诉朱德尔，他们骑的是一匹神骡，一天可以走普通骡子一个月的路程。就这样，他们还是走了许多天，才到达一座陌生的城市，住了下来。

过了一段时间，一天萨迈德突然对朱德尔说："今天到了开启沙麦尔丹的日子。"他们骑上骡子，走了半天时间，来到一条流水汹涌的河边。萨迈德取出装着红鱼的那两个盒子，轻声念咒，盒子猛然裂开，出现了两个双手被反绑的人，跪在地上哀声求饶。

"我可以饶恕你们，但是你们必须帮助我打开沙麦尔丹宝库。"萨迈德说。

"只要您事后释放我们，我们一定听您的吩咐，不过宝库只有一个叫朱德尔的渔夫来了才能打开呀。"

"他就站在你们面前。"萨迈德指着朱德尔说。

萨迈德升起火炉，点燃香料，然后对朱德尔交代道："当我一边撒香料

---

① 珍馐:指珍奇名贵的食物。

一边念咒的时候,你就跟着他们跳进河里去。河水会自动分开,出现一扇金门。你连敲三下门,报上名字,里面会出来一个人,交给你一把剑,要你割下自己的头。你别害怕,只管举剑朝脖子砍去,那剑绝不会伤害你。你再往里走,来到第二道门,照前面同样去做,会有一个武士举起长矛朝你心窝刺来;你别害怕,长矛也伤害不了你。第三道门会有一个弓箭手对你胸膛射箭。到第四道门你要把脑袋喂进一头狮子的血盆大口。第五道门前有个黑奴,你报上姓名,他就会让你通过。走到第六道门,那里有两条毒蛇分卧左右,你只管把两只手分别伸进蛇口,不要害怕。这样你就会来到第七道,也就是最后一道门前。

"在第七道门前,你会看见你的母亲。当然她并非真是你的母亲,你不要受迷惑。你命令她脱掉衣服。她不服从,你就用墙壁上挂的宝剑来逼她就范。到这时,一切魔法护符就都被破除了。

"接着你就进入宝库,对周围的金银珠宝要不屑一顾,笔直地走到中央的小房间去。你会看见沙麦尔丹长老躺在宝床上,他佩着一把宝剑,手指上戴着一枚戒指,颈项上挂着一个药瓶,头顶上套着天圈。你迅速取下这四件宝物,回头就走,便大功告成了。"

朱德尔听得胆战心惊。萨迈德安慰他说:"别害怕,这些都是看守财宝的幽灵,只要你照我说的去做就能战胜他们。鼓起勇气吧,真主会保佑你的!"

朱德尔听从萨迈德的话,跟着两个红鱼变成的人跳进了河水。河水果然分开了道,显露出一道金门。朱德尔敲了三下门,报上了自己的名字,里面出来一个手握宝剑的人,要他把自己的头割下来。朱德尔尽管十分害怕,但仍然鼓起勇气举剑朝脖子砍去。就在宝剑接触脖子的一刹那,啪的一声,宝剑断裂在了地上。朱德尔这才克服了恐惧,走过了一道又一道门,经历了武士、弓箭手、狮子和毒蛇的考验,终于来到了第七道门前。

这时,他看见母亲正向他走来。尽管萨迈德曾告诉他这个母亲是假的,但那种酷似仍然令他感到恍惚难辨。他定了定神,高声喊道:"把你的衣服脱掉!"

"孩子,你怎么能叫你的母亲脱掉衣服呢?"

朱德尔想起萨迈德的嘱咐,便取下墙上的宝剑,威逼说:"快脱!"

"母亲"被迫脱掉了一件衣服,同时哀伤地说:"孩子,你把我的养育之恩忘得一干二净了吗?你的心怎么变得这么冷酷无情了啊?"朱德尔的孝心被深深打动了,他紧握宝剑的手低低地垂下,口中喃喃地说:"那就别脱了,妈妈。"

话音刚落,那个女人就哈哈大笑起来。

随着她的笑声,宝库里涌出一群妖魔,把朱德尔痛打一顿,然后将他扔了出去。

萨迈德见朱德尔突然被摔上河岸,河水立即合拢,明白朱德尔遭到了失败。他听朱德尔讲完一切之后,叹了口气说:"唉,你终于没能闯过最后一关。我们只好等待来年的今日了。"

整整一年之后,萨迈德带着朱德尔再一次来到河边。萨迈德再次叮嘱朱德尔要严格按照他的话行事。朱德尔说:"我没有忘记去年挨的那顿痛打,绝不会有半点儿动摇了。"

像去年一样,朱德尔闯过了一关又一关,来到了第七道门前。"母亲"依然那样温柔可亲地来迎接他,不过朱德尔再也不受她的欺骗了。无论她怎样花言巧语、流泪哀求,朱德尔丝毫不动摇,用宝剑逼着她一件又一件地脱掉衣服。当脱到最后一件时,她突然消失了踪影,地上只留下了一具骷髅。

朱德尔立即进入宝库,尽管满地的珠宝耀人眼目,他也不稍作停留,直奔中央的小屋而去。在那里,他果然看见沙麦尔丹长老仰卧在宝床上,身上佩着宝剑,脖颈上挂着药瓶,手指上戴着戒指,头顶上套着天圈。

他迅速取下四件宝物,回头就走。

萨迈德看见朱德尔大功告成,欣喜若狂。

他抱住朱德尔吻了一遍又一遍。朱德尔把四件宝物交给了萨迈德。回家以后萨迈德举办盛宴款待朱德尔,挽留他住下来同享富贵;但朱德尔想念母亲,执意要离开。萨迈德理解他的心情,为了报答他,请他任意挑选一件礼物带回家。朱德尔说自己最想要的是那个神奇的鞍袋,萨迈德立即慷慨地赠送给他,并仔细说明了怎样用它取得食物。

萨迈德为朱德尔准备了一匹骡子,安排了全套行装,另送给他一袋金币,然后依依不舍地分了手。

三

朱德尔挂念母亲，归心似箭，昼夜兼程地赶回了家乡。当他走近家门的时候，远远看到一个蓬头垢面、浑身破衣烂衫的老太婆在向行人乞讨，到跟前一看竟然是自己的母亲！他赶紧把母亲抱进怀里，母亲则依偎着他放声大哭。他扶着母亲走进家门，看到是四壁如洗的赤贫景象。

"妈妈，萨里姆和赛利默在哪里？他们怎么不管你呢？"

"他们把你留给我的钱骗得干干净净，就再也见不到影子了。"母亲说，"孩子，我已经三天没吃饭了。"

"妈妈，我回来你就不用发愁了。现在你想吃什么？我马上给你拿来。"

"我最想吃的是馒头。"母亲说。

"妈妈，你想不想吃熏肉、烧鸡、煎鱼、烤鸽子和各种水果？"

"孩子，你是在开玩笑吧？我们这种穷人家怎么有这样的美食呀？"

朱德尔拿起鞍袋，伸手从里面取出一个金盘，盘里真有一只烧鸡。接着朱德尔一样接一样取出各种美食，琳琅满目地摆放在母亲面前。母亲惊奇地问："这些东西原来装在什么地方？鞍袋明明是空的啊？"

朱德尔告诉母亲这是一个神袋，只要把手伸进去，念动咒语，就可以获得任何食物。

他让母亲亲自试一试。母亲按照他教的咒语念了念，把手伸进鞍袋，说要一块肉。果然在里面摸到一个盘子，拿出来一看，真是一块肉。

母子俩再也不用为食物发愁，高兴极了。他们坐下来美美地吃了一顿，然后朱德尔对母亲说："我不在家的时候，你饿了就可以从里面取东西吃。不过你要把鞍袋藏在安全的地方，别让两个哥哥知道，不然我们又要倒霉了。"

不一会儿，萨里姆和赛利默就赶来了。他们听别人说弟弟发了财，厚着脸皮来占便宜。朱德尔见到他们没有责怪一句，立即准备了丰盛的饭菜来款待他们。自此以后，他们每顿饭都来大吃大喝，朱德尔都热情接待。只不过他总是事先悄悄拿出鞍袋，等一切准备就绪之后才去请他们。

萨里姆和赛利默渐渐产生了怀疑：怎么没见朱德尔去集市采购和生火做饭，却有这样鲜美丰盛的热饭菜呢？他们决心从母亲口中套出这个秘密。

他们专等朱德尔不在的时候上门,向母亲要东西吃,边吃边转弯抹角地问母亲这些饭菜是从哪里来的。母亲经不住他们纠缠,终于说了真话。他们还哄着母亲让他们试一试,掌握了从鞍袋里拿食物的方法。

两个贪婪而狡诈的家伙开始了密谋,决心除掉朱德尔,把鞍袋弄到手。他们去找苏伊士海上的一个船长,告诉他说他们有个弟弟是天下数一数二的恶棍,然后把他们的所作所为原封不动地栽在朱德尔的身上。

"我们忍无可忍了,决定把他卖给你。"

他们对船长说。

船长回答:"我最痛恨这样的坏蛋,你们把他交给我来收拾好了。"

"这家伙很狡猾,不好对付。"他们说。

然后他们建议由船长带两个水手到朱德尔家做客,半夜里等朱德尔睡熟之后把他捆起来,押到船上去。船长同意了他俩的主意。

两人回到家里,萨里姆装作为难的样子对朱德尔说:"我今天碰到一个帮过我很大的忙、久未见面的朋友,高兴地邀他们来做客。我事先没有告诉你,不知你是否会生气?"

"你的朋友就是我的朋友,"朱德尔回答,"我要真诚地欢迎他们。"

船长和两个水手到来以后,朱德尔用丰盛的宴席款待他们,晚上请他们在家里休息。

等到半夜朱德尔睡熟以后,他们便堵住他的嘴,捆紧他的双臂,悄悄地把他背走了。

第二天母亲不见朱德尔,萨里姆和赛利默哄她说朱德尔又出门寻宝去了。母亲担心朱德尔的安全,伤心地哭起来。而他俩则开始抢夺家里剩下的钱,最后开始争夺那个鞍袋。双方互不相让,都抓住鞍袋不放手,又闹又嚷地大打出手。

隔壁的那家主人正是国王的护卫。他听见朱德尔家里闹得天翻地覆,便把耳朵紧贴墙壁偷听,知道了萨里姆和赛利默是在争夺什么宝物。第二天他把此事禀报了国王,国王立即派人来把两人抓进王宫,严加拷问。

两人只得交出了鞍袋,并被国王投进了监狱。

四

朱德尔被掳到船上后像奴隶一样干了整整一年苦活,一直没有机会逃走。一次海上起了风暴,船在礁石上撞成了碎片,朱德尔抱住一块木板在海上漂浮了好几天,才被冲到岸上。他在这片陌生的土地上乞讨度日,后来遇到一个商人很同情他,留他干活,总算有了个安身之地。

这年的朝觐季节到了,朱德尔随商人到麦加朝圣,竟意外地碰见了摩洛哥人萨迈德。

朱德尔扑到萨迈德怀里放声痛哭。萨迈德听他讲述完他的遭遇后,允诺一定给他帮助。

他让朱德尔辞别了原来的主人,跟他回自己的旅馆。他在屋内拿出一个沙盘,念动咒语,在沙上画了许多奇怪的符号,然后告诉朱德尔:"你的两个哥哥现在吃了苦头,被国王关押在监狱里。你放心跟着我好了,我会让你否极泰来。"

朝圣完毕之后,萨迈德拿出从沙麦尔丹宝库中取得的那枚戒指,对朱德尔说:"现在我把这枚戒指送给你。只要你擦一擦它,就会出现一个天神,他将执行你的任何命令。"

萨迈德说着就擦了一下戒指,立刻就有一个天神出现在他们面前,声如雷霆地说:"我听从你的召唤,主人!"

"从今以后这位就是你的主人,"萨迈德指着朱德尔对天神说,"你要服从他的命令。"

"是。"天神恭敬地回答,然后就消失了。

萨迈德对朱德尔说:"现在你自己试一试,命令天神带你回家。今后你要把戒指保存好,遇到困难就召唤天神前来相助。"

朱德尔擦了一下戒指,天神立即站在了他面前。他命令天神带自己回埃及去,天神便轻轻地把朱德尔放在背上,风驰电掣地飞翔起来。半夜时分,他们飞到了朱德尔的家门口,天神轻轻放下朱德尔,鞠躬告退。

朱德尔赶快进屋去见母亲,母子再度相聚,真是悲喜交集。他们相互叙述了各自的遭遇后,善良的母亲到底还是心疼那两个不肖之子,要朱德尔设法帮助他们。而生性宽厚的朱德尔也毫不记恨,一口答应解救他们出狱,还要惩罚折磨他们的国王。

朱德尔擦了擦戒指,天神立刻现身。朱德尔吩咐他快去把两个哥哥从监狱里背出来,顺便把国王金库中所有的金币珠宝连同那个鞍袋一起拿来。天神答应一声"遵命",立即飞驰而去,片刻工夫就背回了朱德尔的两个哥哥,并带回了鞍袋和满地的金银财宝。

朱德尔又命令天神在天亮之前给他建造起一座宏伟华丽的宫殿,把里面的家具摆设和一切用具准备齐全,再安排好众多的奴仆和卫兵。

这边萨里姆和赛利默渐渐苏醒,才知道是被弟弟解救出来的。两人痛哭流涕地表示悔改,请求母亲和朱德尔的宽恕,并保证今后一定重新做人。朱德尔则向他们讲述了自己的经历,并把戒指的威力告诉了他们。正说话间,天已破晓,天神来到朱德尔面前禀报说任务已经完成。

真让人不敢相信,一夜之间,一座金碧辉煌、陈设精美的宫殿就巍然耸立在他们面前。朱德尔对母亲说:"妈妈,你辛苦了一辈子,今后就住在这宫殿里享享晚年之福吧。"

他又对两个哥哥说:"你们也是宫殿的主人,让仆人们好好伺候你们吧。"

却说隔壁的那个国王的护卫,天亮时惊愕地发现附近出现了一座宫殿,朱德尔一家住在里面,便气急败坏地跑进王宫向国王禀报说:"天哪!朱德尔回来了,一夜之间就建起了一座宫殿,比陛下的宫殿还要雄伟气派!他的两个哥哥也不知怎么逃离了监狱,在宫殿里享受荣华富贵呢!"

国王闻听此言,立刻令大臣到监狱查看。不一会儿,大臣回来禀报说两个囚犯果然不见了踪影。正在这时候,司库官又来禀报说金库突然变得空空如也,金银财宝和那个鞍袋都不知去向。国王不相信,带着宰相亲临监狱和金库去查看,结果真是如此。更奇怪的是监狱和金库的锁都没有被撬过的痕迹,墙壁门窗都完好无损,看守们也没有听见一丝动静。国王被接连发生的怪事弄得头昏脑涨,更为财产遭受巨大的损失而恼怒万分。

"陛下,"大臣说,"依臣愚见,救走萨里姆和赛利默的与盗金库的是同一个人,必是朱德尔无疑。"

国王顿时省悟过来,怒不可遏地下令大臣带一千士兵前去捉拿朱德尔。

大臣率领全副武装的士兵气势汹汹地来到朱德尔的宫殿前,看见守卫宫殿的只有一个仆人。大臣指挥军队一拥而上,却不料那个仆人稍微挥动了一下手臂,一千名士兵便被打得丢盔弃甲、狼狈逃窜。

大臣垂头丧气地回宫禀报国王。国王勃然大怒,下令增派三千士兵倾巢出动前去攻打朱德尔的宫殿。不料宰相出来劝阻了国王,他说:

"陛下英明过人,不难明白其中的道理。既然朱德尔能在我们不知不觉的情况下救走哥哥、偷空金库,而且在一夜之间建成一座宫殿,想必具有神奇之力。我们肯定不是他的对手。"

"难道我就奈何他不得?如果不及时将他诛灭,恐怕有一天他还会篡夺我的王位、杀了我的头咧。"

"正因为如此,我们不可激怒他犯上作乱,"宰相说,"最明智的办法是陛下把美丽的公主嫁给他,这样他必然对陛下忠心耿耿,能保国势千秋平安。"

"好倒是好,"国王说,"但我们怎样向朱德尔提出婚事呢?"

"这也不难。您请他入宫做客,我们选一处靠近御花园的地方闲谈,让公主在园中采花。他看到公主必然心生爱慕,主动求婚,问题自然就解决了。"

国王依计行事,派宰相去邀请朱德尔进宫,然后隆重地接待了他。宴会之后,宰相陪朱德尔在御花园休息,那边给公主精心打扮,叫她到御花园里采花。朱德尔隔窗看见一位天仙般的女郎,不禁怦然心动,转弯抹角地向宰相打听。宰相顺势告诉他那是国王的女儿艾茜雅,并自告奋勇要为朱德尔说媒。

一切顺理成章,不久朱德尔就同艾茜雅举行了婚礼,做了国王的驸马。

过了不久,国王去世,朱德尔受到臣民的拥戴继承了王位,萨里姆和赛利默分别做了他的右丞相和左丞相。朱德尔为政贤明、体恤民情,深受爱戴。但两个哥哥旧性不改,日益对朱德尔产生嫉妒,而妒火又渐渐燃烧成憎恨。

萨里姆老谋深算,一天他对赛利默说:"朱德尔对我们管束太严,我们屈居他之下总是受气,一点儿也不痛快,他死了才好咧。"

赛利默说:"我也真想弄死他!可是他有戒指的神力相助,我们对付不了他呀。"

"我可以用计害死他,"萨里姆答道,"事成之后,我做国王,你做宰相,戒指归我，鞍袋归你，你愿意不愿意？"

两人一拍即合，一道去见朱德尔。他们假惺惺地热情邀请朱德尔到萨里姆府上做客，叙叙兄弟之情。朱德尔不疑有诈，欣然同意。

当天晚上，朱德尔就去了萨里姆的府第，三兄弟一起吃饭。朱德尔刚刚喝了一口酒，突然腹痛难忍，栽倒在地昏迷不醒。原来两个哥哥事先在朱德尔的酒里下了毒药。萨里姆见朱德尔中毒死去，立即摘下他手上的戒指，迅速擦了擦。天神马上出现在他面前，说："主人，听候您的吩咐！"狠毒奸诈的萨里姆竟命令他掐死赛利默，然后将两具尸体抛在郊外。

萨里姆召集大臣宣布说："赛利默企图谋反，毒死了国王，我已经处死了他。现在戒指在我手上，天神随时听我召唤，你们从此要拥戴我做国王，否则格杀勿论！"他这样既把谋害朱德尔的罪责推在了赛利默身上，又能独吞一切，而且威逼全朝上下不敢对他有丝毫反抗，真是一箭三雕。大臣们虽然心存怀疑，也只得服从。

萨里姆还有一个如意算盘，他一直觊觎公主的美貌，现在他就开始强逼艾茜雅改嫁给他做王后。艾茜雅完全明白所有罪恶都是萨里姆一手制造的，她决心为夫报仇，惩罚这个十恶不赦的坏蛋。于是她假装答应萨里姆的求婚。萨里姆一听神魂颠倒，按捺不住地立即跑到后宫来见艾茜雅。艾茜雅打扮得光彩照人，萨里姆一见简直忘乎所以，接过艾茜雅递给他的酒杯便一饮而尽。结果艾茜雅以其人之道，还治其人之身，也在酒中下了毒，让萨里姆顿时一命呜呼，得到了应有的下场。艾茜雅摘下萨里姆手上的戒指擦了擦，唤来了天神，命令他赶快到郊外去救朱德尔。

朱德尔其实并没有死去。他只喝了一口毒酒，毒素并未侵入内脏。在郊外清新空气中，他逐渐苏醒过来。正在这时，天神赶到，对他施行救治，他立即完全康复了。天神把他背回王宫，艾茜雅高兴得流下了眼泪，满朝文武和全国百姓也欢呼雀跃。大家都感叹说：上天真是公平的，善有善报，恶有恶报。

从此，朱德尔和艾茜雅仁慈贤明地治理着国家，他们也一直生活得非常幸福，白头偕老。

聪明的猴子

　　从前,有只猴王年老体衰,被新猴王轰出猴国。气愤之下,他来到大海之滨, 宽阔的大海使他的心情舒畅了许多, 他便在一棵高大的无花果树①上无忧无虑地生活。

　　老猴整天以无花果为食,时常有无花果掉进水里。水中有只乌龟,每天都能吃到掉下来的无花果。他以为是猴子故意掉下来的,就跟猴子攀谈起来,他们很快成了好朋友。乌龟有时候干脆不回家,和猴子一起住在树下。

　　有一次,乌龟的妻子找不到丈夫,认为丈夫被害了。邻居说她丈夫跟猴子交上了朋友,所以她才守空房。只有干掉猴子,她丈夫才能天天陪她。

　　"那我怎么才能弄死那只猴子呢?"

　　"你现在就装病,丈夫回来问你,你就说只有猴子的心才能治你的病!"

　　乌龟回来了,看着妻子痛苦的样子,忙问她生了什么病?

　　乌龟妻子说:"医生说了,我病得很厉害,只有吃猴子的心,才能治好我的病啊!"

　　乌龟绞尽脑汁,心想:"看来,我只有在我的猴子朋友身上打主意了。"

　　于是,他就游到海边,对树上的猴子说:"老兄,你总是照顾我,我心中有愧,想请你到对面的小岛上做客,那儿是我的家。请你骑在我背上,我背你过去吧。"

　　猴子在树上待腻了,很想到别处走走,就跳上了乌龟的背。乌龟想在半路上淹死猴子。

　　游了一个小时,乌龟不动了。聪明的猴子见乌龟今天特别反常,就不

　　①无花果树:主要生长于热带和温带的地方,属亚热带落叶小乔木,它的果实呈球根状,尾部有一小孔,花粉由黄蜂传播。

住地问。乌龟犹豫了半天才说："猴老兄啊,我的妻子最近得了场怪病,医生说只有猴子的心才能治好她的病。我很爱妻子,没有妻子我是无法活下去的。"

猴子听后暗自叫苦,没有想到乌龟竟打起了他的主意。猴子急中生智,就说："乌龟老弟,你怎么不早告诉我呢?我们猴子有个习惯,出门在外就把心放在家里,以免看到人家的女人起邪念。"

乌龟信以为真："那你的心在哪儿?"

"我临走时,把心放在了树上。要是你想要的话,带我回去取吧。"

乌龟很高兴,认为猴子很够朋友,转身往回游去。

快到岸边时,猴子一步跳到陆地上,迅速爬上树。

乌龟在水里等了好半天不见动静,就问猴子怎么不下来。

猴子说："傻瓜,我的心就长在我的身上。你要谋害我,我只有用智慧欺骗你了!"

乌龟后悔不迭①,心里暗自钦佩猴子的聪明。

①不迭:指不停止。

幸福靠什么

从前，巴格达城有一对好朋友，一个叫萨迪，一个叫拉迪，他俩都很有钱。有一天，他俩在有关幸福的话题上争论不休：萨迪认为幸福主要靠钱，拉迪认为幸福在于道德高尚。于是，萨迪就想做个试验，送给穷人一笔钱，看能否因此获得幸福。

他们来到街上，看到一个低头搓麻绳的年轻人，攀谈起来。年轻人果然很穷，名叫沙利。萨迪就给沙利四百金币，希望他能幸福。

意外得钱的沙利把三百九十金币缝在头上的缠头巾里，用剩下的十个金币买了鸡鸭鱼肉回家。这时，一只老鹰看上了沙利手中的东西，叼抢起来。后来，老鹰见叼不走鸡鸭，就把掉在地上的缠头巾叼跑了。

半年之后，萨迪和拉迪来到店里，沙利就把丢失缠头巾的事讲了一遍。萨迪起初不信，沙利就赌咒发誓，拉迪也为沙利讲情。后来，萨迪就又给了沙利四百金币，希望他能幸福。

沙利回到家，见妻子和孩子都不在，就取出十块金币应付生活所需，把剩下的钱放在屋角一只盛糠①的缸②里。沙利没告诉妻子钱的事情，匆匆赶回店里。不久，一个卖瓷器的人从他家路过，沙利妻子想买几个盘子，手头没钱，就搬出糠米缸，换回四只盘子。沙利回家见没了糠缸，叫苦不迭，把实情告诉了妻子。妻子也伤心不已。

后来，萨迪和拉迪又来看沙利，沙利不好意思地讲了不幸的事，说他是真主安排的苦命人，无法靠别人的援助富裕起来。

这时，拉迪从口袋里取出一小团丝线，送给沙利，希望它能给他带来好运。

---

① 糠：指稻、麦、谷子等的子实所脱落的壳或皮。

② 缸：指盛东西的器物，圆筒状，底小口大。

沙利不好让拉迪失望，就把丝线装进口袋里。晚上，当他脱衣服要睡觉时，丝线球从口袋里滚了出来，他就把它放在桌子上。

这天晚上，沙利的渔夫邻居正在补渔网，补到最后一个窟窿时没线了。这时候商店都已关门，只好到别人家去借。借来借去，借到了沙利家。沙利想起拉迪送给他的丝线球，就交给了渔夫。

第二天，渔夫到河里捕鱼，捕到一条长约一米的大鱼。他感激沙利的帮助，就把这条鱼送给了沙利。

沙利妻子割开鱼肚，从里面滚出一块亮晶晶的东西。她以为是块玻璃，就给孩子当玩具。晚上，这块亮晶晶的东西照得房间十分明亮，孩子们不禁欢呼跳跃起来。

这欢呼声惊动了另一家珠宝商邻居。他妻子第二天问沙利妻子，昨晚孩子们为什么欢呼?沙利妻子就讲了那块会发光的玻璃的事。珠宝商妻子当即要花十块金币买这块玻璃。

沙利妻子就是不卖。珠宝商妻子与丈夫商议后，将价钱一直提到了一百金币。

这时，聪明的沙利看出了这块宝贝的价值，语出惊人，要十万金币。

最后，珠宝商痛下决心，买下了这块宝石。

沙利一夜间成了富翁，不久就掌握了巴格达的整个制绳业，购置了房产。当萨迪和拉迪再次造访①时，沙利已是气势不凡的大商人了。他盛情款待了两位朋友，并把他如何发财的经过讲了一遍，邀请他们在他家过夜，然后去他的田庄游览。

第二天，沙利请两位朋友上船去了他的田庄。这时，他的两个孩子跑了过来，说树林里发生了怪事。

仆人过来说："刚才小少爷们让我给他们摸鸟蛋，我上树一看，那鸟窝竟是用一条缠头巾围成的。我就没敢动鸟窝。"

沙利也觉奇怪，就让仆人取来头巾。

仆人取来头巾，交给主人。沙利惊叫起来，那头巾正是他曾丢失的那条。他就当着客人的面撕开头巾，取出了里面的金币，不多不少，正好三

---

① 造访:指前往访问,拜访。

百九十枚。

这时,拉迪说话了:"怎么样,沙利富起来并不是钱起的作用吧!"

萨迪不服,认为是第二笔钱为沙利带来了好运。

他们吃过晚饭,乘着月光往巴格达城奔去。半路上,马儿跑不动了,沙利就派仆人去弄点儿草料。

时间不长,仆人搬来了一缸糠。沙利让把糠倒出来喂马,不想倒出了个布包。

沙利一眼认出了布包,举着布包对客人说:"看,我们找到了另一笔钱。"

他们打开布包数钱,还是三百九十枚金币。

这回萨迪认输了,承认沙利的富有与他接济①的八百金币无关。

他对拉迪说:"你是对的,幸福的来源并不见得是金钱。"

"要是沙利不把丝线团交给邻居的话,"拉迪说,"他可能不会有此好运。看来,沙利的好运源于他的好品德。"

---

① 接济:指在物质上给予援助。

渔夫与魔鬼

从前有个上了年纪的渔夫，家里除了他和老婆外，还有三个儿女。一家五口，全靠他打鱼为生，勉强度日。

一天中午，渔夫到了海边。他的习惯是每日只打四网，无论得鱼多少，都收网回家。他撒下第一网，过了一会儿往上拉，网很重，拉不动。他便在岸上打了一根木桩，把网绳系在桩上，然后脱掉衣服，潜进水里，使足力气把渔网顶上来。原来网里躺着一头死驴！他感到很丧气，准备收网回家；但是想到一家老小都在等着他带回食物，只好打消念头。歇息片刻，他将死驴扔掉，撒下了第二网。

过了好一会儿，他才往上拉网，这一次比上一次还重。他只好再进入水里，把网拖上岸。网里照样没有鱼，只是横着一个满是淤泥的大瓮。他越发忧伤，嘴里念道：

"不幸的命运啊，到此为止吧！真主发发慈悲，给我或多或少弄点儿东西糊口吧。"

他噙着眼泪，又将那与他命运攸关的渔网第三次撒向大海，这次捞上来的却是石头和棍棒。他又惊愕又悲哀地摇摇头，向天喊道：

"我的真主啊，我每日只打四网鱼，这是您知道的，今天我已三次撒网，可还没有打上一点点我们能够糊口的东西。真主啊，您可怜可怜我，给我一条生路吧！"

他抱着渺茫的希望撒下第四网，但不敢轻易往上拉，害怕又拉上什么想象不到的东西。过了很长时间，他才把网拉上来，里面还是没有鱼，只有一个胆形的黄铜瓶。瓶口是密封的，上面盖着苏莱曼大帝①的印章。渔

---

① 苏莱曼大帝：又称奥斯曼土耳其的苏丹，政治家和军事家，26岁继承皇位，继位后，实行政治、军事改革，加强封建统治，曾颁布《苏莱曼苏丹法典》。

夫很高兴,因为这个瓶子拿到市场上去能卖十枚金币。他拿起瓶子摇了摇,沉甸甸的,似乎装着什么东西。他想:说不定里面装着金子呢!于是,他抽出插在腰带上的小刀,撬去紧封瓶口的铅块,拔去盖子。突然,瓶中冒出一股青烟,慢悠悠地升到空中,飘散在左右,弥漫在眼前。

渔夫还没明白是怎么回事,青烟又逐渐凝聚,变成了一个魔鬼。他高大无比,顶天立地,眼似灯笼,嘴似山洞,腿似桅杆,手似铁叉,样子非常凶恶可怕。渔夫一见,吓得毛骨悚然、浑身打颤,不知如何是好。停了一会儿,魔鬼弯下身来说:

"安拉是唯一的主宰,苏莱曼是他的使徒。您别杀我呀,安拉的使者,以后我再也不违背您的命令了!"

渔夫听了这句没头没脑的话,鼓足勇气说:"你说什么呀,妖怪?苏莱曼已经逝世一千八百多年了,我们现在早已不是他的时代,信仰的也不再是他的宗教。我们现在信仰的是继他之后出现的先知穆罕默德的宗教。你怎么了,为什么在这个瓶子里待了这么久?"

听了此话,魔鬼转悲为喜,一反刚才卑怯乞怜的语气,盛气凌人地说:"渔夫,我给你报喜来了!"

"给我报什么喜?只愿你能够帮助我解决一家老小的生活。"渔夫听了魔鬼的话有些高兴。

"给你报告我马上杀死你的喜。不过死法让你自己选择。"

"我把你从海里打捞出来,然后又把你从'囚牢'中解放出来。我给了你自由,你反而要杀我,你为什么要恩将仇报?"

"告诉我吧,你打算怎么死法,我马上就要执行了!"

"难道我不能问一问我到底犯了什么罪,以致我要为它丧命吗?"

"好吧,你听完我的故事就明白了!"

"你讲吧,简单点儿,我的心都快裂了。"

"我叫萨赫尔,本是一个天神,曾违背苏莱曼的教义,和他作对。他愤怒之下派他的宰相阿斯福把我抓去。他规劝我改邪归正,服从他的指教。我不肯,仍坚持己见。他便把我囚禁在这个瓶子里,封上瓶口,盖上他的印章,扔到海底。许多年过去了,我一直没有办法恢复自由。这时我想,谁要是救了我,我一定报答他,让他终生富贵。几百年过去了,没有人来救我。这时我又想，谁要是救了我，我给他开发地下宝藏，满足他的一切要求。我又等了四百年，还不见有人来救我。于是我大怒，暗自说道：'谁要是在这个时候启开我的牢狱之门，我便向他打开死亡之门，不过我让他自己选择死法。'渔夫，既然你今天打开了这个瓶子，那你就自己选择个死法吧！"

"人们都是用好处来报答别人的恩德，我救了你的性命，你却要杀害我，从道理上讲得过去吗？"

"那有什么办法？谁让你在我发誓报复以后救我，而没在我许愿报恩时救我呢？这是你命中注定的！"

"贫困可由富足解决，狭窄可由扩大改变，惩罚可由原谅了事。请你看在我救你的面上，饶恕我吧，几个孩子还需要我养活呢！"

"这不可能，现在我给你点儿时间让你考虑个死法。"

渔夫想："古人说得好：'当心恩将仇报。'现在面对这个恩将仇报的魔鬼，我必须用计谋拯救自己。安拉既然赋予我思想，作为一个堂堂的人类，我就应该用计谋和智慧，去战胜魔鬼的凶恶和邪气！"

想到这里，他对魔鬼说："凭着刻在苏莱曼戒指上的大名发誓，我要向你提出一个问题，你必须如实回答！"

魔鬼一听到苏莱曼的大名就惶恐不安，说："你说吧，我如实回答。"

"我不能相信当初你是待在这个又细又小的瓶子里的。因为你的个子又高，块头又大，按理说它容不下你的一只手，更容不下你的一条腿，怎么能容下你整个身体呢？你必须让我相信，我才让你杀我。"

"你怎么才能相信呢？"

"让我亲眼见到你是如何钻进去的。"

"好吧！"魔鬼答应一声，立即缩成一团，变成一股青烟，徐徐钻入瓶内。最后一丝烟云刚刚在空间消失，渔夫便迅速拾起带有铅封的盖子将瓶口紧紧塞住，然后大声喊道："忘恩负义的魔鬼，我要把你扔回大海，让你永生永世待在这个瓶子里，不见天日！我还要告诫所有到这里来打鱼的人，这里有个魔鬼，谁要是救了他谁就会倒霉。"

魔鬼后悔不已，哀求渔夫说："求你放我出去吧，我一定报答你。"

"该死的魔鬼啊，我不能相信你的话！我曾给你带来自由，你却要置我于死地。这不是跟都班医师碰到优南国王一样倒霉吗?"

"那是怎么一回事?"

于是,渔夫给魔鬼讲了下面的故事。

在遥远的古代,法尔斯城有个国王叫优南。他权势显赫,名震四方。但不幸他身染麻风病,多方聘请高明医师治疗,均不见效。国王痛苦难忍,茶不思,饭不想,每日唉声叹气,以为再也没有人能够医好他的病,只有等死了。

这时法尔斯城来了一个名叫都班的外国医生,他医术高明,精通哲学和药物学,曾对植物进行过专门的研究,掌握了它们的各种特性,知道哪些对人类有益,哪些对人类有害。当他得知优南国王患了重病,一般医师都束手无策的时候,便换了一身华丽的服装去拜见国王。他向国王作了自我介绍,然后说:

"陛下,您是全国人民的领袖,您身体的好坏直接关系整个国家的命运。听说多日来您贵体欠安,经医师多次治疗仍不见效。今日在下不揣冒昧,自我推荐,前来给陛下治病。您如采用我的疗法,可不用吃药不用抹药,贵体便会痊愈。"

国王大为惊喜,说:"你若治好了我的病,我便满足你的一切要求,授予你高级的职位,并把你的事迹记录下来,让子孙万代永远传颂。"

"这是我应该做的,为了陛下早日康复,我即使牺牲性命也在所不辞!"

于是都班起身请求国王允许他去做准备。国王应允,赐给他大量金钱,并派一队侍卫前去他的住处担当守卫。

都班医师回到寓所,精心做了一根曲棍和一个球,然后把配好的药剂放入掏空了的曲棍柄里。准备完毕,他又去见国王。国王正坐在一间宽敞的大殿里与百官们议论政事。都班上前吻了地面,国王一见是他,立即把他拉到御座右侧坐下,并向在座的大臣们作了介绍。都班对国王说:"这是一个球和一根曲棍,请陛下到一处宽敞的地方去打马球。您要不停地打,直到手心渗出汗来,这样药物就会从曲棍的柄里流出,通过手心渗入体内。然后您便回宫洗澡,睡觉休息,醒后您的身体就会痊愈了。"

第二天早晨,国王从睡梦中醒来,发现身体上果然没有了麻风病的痕迹。他异常惊喜,即刻将好消息公布于王宫,继而全城、市民们张灯结彩,庆祝国王龙体康复。

国王设宴盛情款待都班,向大臣们热烈颂扬他的功绩,并给他加封官职、赏赐金钱,把他视为自己的一员亲信。

百官中有一位相貌丑陋、品质恶劣、性情乖戾、嫉贤妒能的大臣,见国王如此亲近都班,很是忌恨。一天,他走到御座前,悄悄对国王说:"陛下衡量一个人,不能光看其表面而不究其内心,光看其行为而不知其目的。不考虑后果者非俊杰也。我担心陛下如此亲近、信任都班,而他实际上却是个披着忠诚外衣的敌人。"

"你胡说些什么?"国王很生气,"你这是嫉妒心在作怪,我只知道他是一个忠诚的人、一个杰出的医生,他的医术天下无比。他竟没让我吃药抹膏就将我的不治之疾医好,这简直是奇迹!"

"这正是危险所在!"大臣说,"难道陛下不曾想一想,他既然能拿一根曲棍让您握着就使您痊愈,难道他就不能拿什么东西让您闻一闻或者看一看就置您于死地吗?我看他不是什么好人,而是一个为他本民族和自己王国来执行任务的奸细。我担心他会谋害您。如果您把他除掉,我们就可高枕无忧、万事大吉了。"

"他对我的恩德即使和我平分江山也难以报答,如果我轻信谗言,将他杀死,那么我会像辛巴德杀害猎鹰那样后悔呢。"

"那是怎样一件事?"

于是国王给在座的人讲了下面的故事:

相传古波斯有个叫辛巴德的国王,酷爱旅游和打猎。

他有一只猎鹰,爱如珍宝,每次出猎都随身带着。猎鹰帮他捕捉飞禽走兽,给他带来莫大乐趣。他越加宠爱这只猎鹰,特意为它制造了一个金碗,挂在胸前,供它饮水吃食之用。

一天,辛巴德带领一队人马到野外打猎,刚刚划好狩猎范围,一只羚羊便从林中蹿出。国王大为欢喜,向士兵喊道:

"莫让羚羊逃出包围。放走羚羊者,格杀勿论!"

羚羊到处乱跑,东窜西逃,无奈防守太严。但是当它蹿到国王面前时,却狡猾地钻出了包围圈,逃向空旷的原野。国王很是惭愧,因为他要求士兵的条件自己却没做到。他立即飞身上马,放松缰绳,向羚羊逃跑的方向追去。猎鹰在国王的上方飞翔,抢先在国王之前追上了羚羊,用双翅打瞎了它的眼睛。羚羊看不见路,不得不放慢速度。国王扑上去,一把将它抓住,用刀宰了,挂在鞍头。

当时天气酷热,人马皆渴,但四周荒无人烟,无法找到水喝。突然,国王发现近处有棵树,从树上滴滴答答往下滴水,连忙向那棵树奔去。国王取下套在猎鹰脖子上的金碗,接了满满的一碗水放在地上,然后坐下,准备一边歇息一边饮水。但猎鹰却突然飞到他面前,用翅膀把碗打翻。国王只好又接一碗,放在马前,猎鹰又一下子把碗打翻。国王以为猎鹰想喝,便又接了一碗摆在它面前,猎鹰又张翅掀翻。国王忍无可忍,拔出宝剑,把猎鹰斩成两段。猎鹰绝望地举头向树梢看了最后一眼,无力地垂下了头。国王顺着方向一看,这才发现树上原来攀缘着一条巨蛇,正在向外吐毒液。他这才明白,猎鹰的举动全都是为了保护他啊!国王又悲伤又后悔,但已无济于事。

“爱卿,”优南国王讲完故事,转向那个大臣说,“假若我杀死都班,那么就等于在百姓之中诋毁了他的才能、智慧以及他给我国带来的好处。就像辛巴德一样,亲手杀死了救他性命的猎鹰。”

“正是他的才能令人可畏,陛下!您想,对于您的病,我国所有高明医师都束手无策,可是他来了,只让您抓住曲棍打了一场球就解决了问题。那么可以推测,他也会轻而易举地将您杀害。这种事情不是没有先例,历史上用阴谋篡夺王位者不乏其人。要知道背信弃义是亚当子孙的本性!您要吸取教训啊!”

“背信弃义者确实该定死罪,因为他造成的后果不堪设想!”

大臣见国王心有所动,又说:“您不能等他背叛了您再把他除掉,陛下!古人云‘防患于未然’,不是没有道理。当然,我这是为了陛下的安全才来进忠言的,以后怎么办就由陛下决定了!”

国王对大臣的这番话进行了认真思索,当他想到都班一旦背叛他,自己生命就将难保时,非常害怕。他决定采纳大臣的意见,除掉都班,以绝后患。于是他派人去请都班。

都班来到王宫,国王问他:“你知道我为什么要召见你吗?”

“未来之事只有安拉知道,我想,或许是有好事吧!”

"我要处你死刑!"

都班大吃一惊,追问道:"陛下,我犯了什么罪?"

"难道像我这样的人杀死你还须用计谋吗?我完全可以公开地把你除掉!"

"可是,我不知道我有什么罪。"

"你的罪过你最清楚。你是抱着不可告人的目的来到我国的。有人报告说你要谋害我,我决定先发制人,把你除掉!"

"既然陛下已决定杀我,那么就请您将我的所作所为讲出来,以免我糊里糊涂地死去,陛下也不会因此而懊悔。"

"你曾给我治好所有名医都难以治愈的疾病,方法很简单,只是让我握着你做的曲棍打了一场球。以此类推,你就有可能让我闻一闻或摸一摸什么东西而要我的命。为避免发生不幸,我决定先处死你,这样我们就可放心,永保国泰民安。我已经作出决定,你是无可辩驳的。"

"陛下,我相信您会宽容我的。假若您听到的是事实,那么您应该杀我;可是现在您只是猜想和推测,怎么能杀我呢?"

"在这件事上,推测和事实是一回事,因为它们同样威胁着我的生命和王权。宽容是有一定范围的,对于像你这样诡计多端、野心勃勃的人,我们不能容忍,否则后患无穷。"

"陛下,饶我一命吧,宽恕别人是美德。这样的人真主将保他长命百岁。"

"我不能饶恕你,不能坐等灾难发生。"都班医师见自己必死无疑了,便说:"陛下是否可以宽限我一天,允许我回去给家人留个遗言,处理一下我的医学书籍。我准备送给陛下一件礼物,留作死后的纪念。"

"写遗嘱可以,写什么内容我都不管。倒是那件纪念物,我想在你拿来之前就知道是样什么东西。"

"那是一本医书,"都班说,"当您砍下我的头颅之后,请您把它放在一张光滑的纸上。然后您打开书,翻到第三页,阅读左页上的前三行。读毕,您可向我的头颅提出各种问题,它都会一一作答。"

次日,都班按时来到,优南国王命刽子手砍下他的头,把头颅放在御座前的桌子上。桌子上早已铺好一张光滑的纸。国王开始翻阅都班送给他的医书。书页粘在一起,翻不开,他只好将手放进嘴里蘸点儿唾沫。三页过后，左页纸上不见字迹，他很奇怪，抬头望着都班的头颅问道："都班，为什么不见字迹？"

都班回答："继续翻下去，一会儿就会看到。"

优南一页接一页地翻着，每翻一页都要把手放在嘴上舔一下。突然，他感到头昏脑涨，浑身无力。他马上意识到自己中了都班的计。原来，此书已被都班浸过毒，优南翻书时，毒素通过他的唾沫渗入了身体。书从优南的手中脱落，他一头栽倒在地，与都班一起离开了人世。渔夫讲完故事，说："魔鬼，假如当初优南国王让都班医师活着，他就不至于死去。同样，假如你知恩图报，不存心害我，你也不至于再一次被关进瓶子里，永不见天日。"

"灾难能使聪明者从迷茫中清醒，使他跨入正确的途径。现在我明白了，我非但没有酬谢你的恩情，反而采取了恩将仇报的态度，那是因为过分的气恼冲昏了我的头脑。我向安拉发誓，从今以后我一定接受教训。我希望你相信我，把我放出去，我绝不伤害你。"

"不，我不能相信你！"

"我向你发誓，我一定要酬谢你。不仅让你有吃有穿，而且大富大贵。"渔夫见魔鬼又发誓又赌咒，便有心释放他，但又怕他后悔。于是仰头向天道："主啊，假如魔鬼违背誓言，请您保护我。"

他一边念着安拉的大名一边打开瓶盖，一股青烟像旋风一样滚滚而出，逐渐聚成一个面目狰狞的魔鬼。

魔鬼刚在地面上立定，便一脚把瓶子踢入海里。渔夫见势不妙，心惊胆战。魔鬼望着吓成一团的渔夫说："不要害怕，我要报答你对我的帮助。现在你跟我走吧！"

魔鬼和渔夫一前一后地在广漠的荒野上走着，一直来到一座大山前。他们翻过山，下到山脚处。那里有一个四面环山的池塘，波光粼粼，清澈见底，白、红、黄、蓝四色鱼在水中游来游去。魔鬼命渔夫撒开网，渔夫照办。一会儿打上来四尾鱼，各色一尾。魔鬼说："去吧，把鱼送到王宫里，你会赚到很多钱，你的生活将富裕起来。现在我该告别了。"说罢，一跺脚，地面裂开，魔鬼消失在地里。

渔夫把鱼放进鱼篓提回家。到家后，他把鱼放进装满清水的瓦罐中。

次日早晨，渔夫把鱼送进王宫，侍卫见鱼色泽奇特，连忙报告国王。国王命令把渔夫和鱼带到御座前。他一见，不禁惊呼赞叹，命令司库官赐给渔夫四百金币。渔夫很高兴，欢天喜地地回家去了。宰相奉命将鱼送进厨房，让三天前被罗马国王当作礼物送来的一个印度女厨师烹调。

女厨师往锅里倒了油，刚要把洗好的鱼下锅，厨房的墙壁突然裂开，里面走出一个十分艳丽的女郎，手中握着一根藤杖。她把藤杖放进鱼盆里，说道："鱼儿啊，你们守约吗？"

鱼儿抬起头回答："是的，是的！"

话音刚落，女郎把鱼盆翻倒，走回原地，厨房墙壁霎时合拢，恢复原状。女厨师再看那几条鱼，一条条都变成了像煤炭一样的黑石头。正当女厨师被吓得魂不附体的时候，宰相闯进厨房，命她快把煎好的鱼端上席去。女厨师号啕大哭，边哭边讲。宰相半信半疑，命令快抓渔夫。渔夫被带到宰相面前，宰相命他再去捕捉四尾同样的鱼来，他要亲眼见见这奇怪的现象。

果真，当渔夫送来鱼，女厨师再一次要下锅油煎时，又发生了同样的情况。宰相惊愕不已。他想："这种怪事不能瞒着国王。"于是奏明国王。

国王要亲眼目睹，限渔夫三天之内再交来四尾鱼。渔夫诚惶诚恐，立即奔到池塘，抓得四色鱼各一条，呈送给国王。国王又赐给渔夫四百金币，打发他回家，然后对宰相说："来，你亲自在我面前煎鱼吧！"

"遵命！"宰相回答着，即刻洗了鱼，刚要往锅里放，墙壁突然裂开，从里面走出一个黑奴，他壮得像一头牛，长得像阿德人。他手里拿着一根绿色树枝，粗声粗气地说："鱼儿啊，鱼儿啊，你守约吗？"

鱼儿抬起头来回答："是的，是的！"

话音刚落，黑奴用树枝把盆翻倒，归回原处。国王再看那几条鱼，已经变成了黑石头。国王对宰相说："这事很蹊跷，我们不可置之不理。"于是传渔夫进宫。

"这鱼你是从哪儿打来的？"国王问。

"从一个四面环山的池塘里。"

"从这儿到那里需要多长时间？"

"大约半个时辰。"

听了渔夫的回答,国王很惊奇,即刻下令卫队整装出发,随他去池塘看个究竟。大队人马跟在渔夫的后面,翻过一座山,到了山脚下。那里果然有一个宽阔的池塘,四周群山环抱,池中红、白、黄、蓝四色鱼游来游去。国王和士兵惊诧不已,因为以前他们从来没有在这个地方见过这般景象。

国王站在池塘边,问全体士兵和随从:"你们中间有谁以前在这个地方见过这个池塘?"

"没有见过。"人们异口同声地回答。

"我决定不回城了,"国王说,"什么时候弄清楚了池塘和四色鱼的秘密,我什么时候再回去做国王。"

他吩咐部下,依山扎营,并对那位聪明能干、博学多才的宰相说:"今夜我打算独自躲在帐中,研究池塘和四色鱼的来历。我命你坐在帐外,凡是要求来见我的大臣、公侯或仆从,你就对他们说:'国王太忙,无暇见人。'"

宰相遵命,小心翼翼地侍候在帐外。

入夜,国王脱下朝服,换上便装,佩上宝剑,悄然离开营帐。他翻山越岭,从夜里一直走到早晨,又从早晨走到正午,直到感觉太热了,方才停下来歇一歇。又跋涉了一昼夜。第三天早晨,他终于发现远方有一个黑影,不禁喜出望外。他心里想:"也许那里有人能告诉我池塘和四色鱼的来历。"

黑影越来越近,原来是一座用黑石建筑的宫殿,两扇大门一闭一开。国王很高兴,走过去轻轻叩门,没人答应。他又叩了第二次、第三次,仍然没人答应。他又猛烈地叩了一次,还是没有人答应。他自言自语道:"毫无疑问,这准是一座空宅。"于是他鼓足勇气跨进大门,来到廊下,高声喊道:"宫殿的主人,我是一个异乡人,路过这里,你们有什么吃的可以给我充饥吗?"

他喊了两和三遍,都没有人回答。

他又壮了壮胆子,穿过走廊,来到院子中央,还是不见一个人影。可是这里的一切却布置得井然有序:院中有一个喷水池,池中蹲着四只金狮子,口里喷着珍珠般的清泉。院中养着鸣禽,上空还罩着一张防止群鸟飞遁的网。国王又惊奇又遗憾,因为在偌大的一座宫殿里,竟找不到一个能够告诉他有关池塘、四色鱼、高山和宫殿的秘密的人。他坐在门边思索,突然听见一声哀怨的悲叹。他站起身,循着声音找去。在一座大厅的帷幕后面,他看见了一个眉清目秀、身材健美的英俊青年。他端坐在一张床上,身穿一件金线绣花绸袍,但眉宇间却挂着愁云。国王走过去向他问候,他彬彬有礼地回问一声,接着说:"请原谅,我有病,不能站起来迎接您。""四色鱼是怎么回事?还有,这座宫殿里为什么只有你自己?你又为什么如此闷闷不乐?"

听了国王的问话,年轻人不禁潸然泪下,接着放声痛哭。国王很纳闷,问道:"年轻人,你为什么这样伤心?"

"您看我这样子,怎能不伤心?"说着他撩起衣服,露出了下身。

原来,这位青年从腰部到脚下已经化为石头,只有上半身还有知觉。接着,年轻人对国王说:"国王陛下,我来告诉你有关我和四色鱼的故事,这中间有一段离奇的经历,如果把它记载下来,对于后人倒是一个很好的训诫。

"是这样,陛下,我父亲是这个国家的国王,名叫迈哈穆德。这座黑岛和周围的群山都归他管辖。他在位七十年,死后由我继承王位。我娶了叔叔的女儿为妻,她非常敬爱我,倘若我不在跟前,她就不思饮食。我们在相亲相爱中度过了五个年头。

"有一天,她到浴池洗澡去了,我吩咐厨师预备晚饭,等她回来一起进餐。随后,我走进卧室,躺在床上休息,并命令两个宫女在旁侍候。她们一个坐在我头前,一个坐在我脚边。由于妻子的离去,我心绪不宁,辗转不能入睡,只是闭目养神。这时,我听见头前的那个宫女说:'哎,麦斯欧德,你看我们主人多么可怜啊!可惜他这样年轻有为,竟娶了一个邪恶女人做妻子。'

"'愿安拉惩罚天下所有邪恶的女人。'坐在我脚边的宫女说,'像我们主人这样的脾气秉性,可真不该娶一个每晚都到别处去过夜的女人。'

"'我们主人太疏忽了,竟从来不过问她的事情!''你说这话真该死!如果我们主人知道了她的行为,还能不管吗?每天晚上她把麻醉剂放在主人睡觉前喝的酒里,让主人昏迷过去,然后自己梳妆打扮一番,溜出宫外,直到黎明才回来。回来后,她点香在主人鼻前一熏,主人才清醒过来。你说,主人怎么会知道她去干什么呢?'

"宫女的谈话如同一声霹雳,我只感到眼前发黑。傍晚,妻子从浴池回来,我们一起用餐。饭后,像往常一样,我们在一起闲谈了约一个小时,又像往常一样准备睡觉。妻子给我端来一杯酒,我做出往日的样子,一饮而尽,其实我把酒都倒进了衣服里。然后,我倒头装作昏睡。只听妻子说:'但愿你永远睡着,不再醒来。我对你已经厌恶,讨厌你的这副长相,不愿和你生活在一起了。'说罢,她换上最华丽的服装,涂脂抹粉,香气扑鼻地打扮起来。然后背上一把宝剑,打开门悄悄地出去了。我立即一跃而起,紧紧地跟在后面。只见她穿过街道,来到城门前,念了几句我听不懂的咒语,铁锁随即掉在地上,城门立时洞开。

"她溜出城去,我紧追不舍。一会儿,我跟随她进了一座城堡,里面有一幢用泥土堆砌的圆顶建筑。她走了进去,我爬上屋顶,从上面监视她的行动。原来她是来与一个上下嘴唇突出、躺在一张芦苇草席上的黑奴幽会。

"她走到他跟前吻了地面,可是他却呵斥她说:'该死的东西,为什么到这时才来?'

"'我的主人,我的心肝,难道你不知道吗,我是个结了婚的女人呀?不过,我已讨厌我的丈夫,不愿意和他一起生活了。要不是考虑你的安全,我早就把他的城市变成一堆废墟,只有猫头鹰和乌鸦在里面叫嚣,还要把城中的石头全都扔到哥夫山后面去。'

"'你在骗我,不要脸的东西!我发誓,如果以后你再像今天一样来得这么晚,那我就不跟你来往啦!'

"听了他们的话,看了他们的行为,我气得头昏脑涨,甚至连自己在什么地方都忘了。当时,妻子站在黑奴前哭泣,连声哀求说:'我的心上人哟,你是我唯一的亲人。要是你抛弃我,还有谁可怜我呢?啊,我的心上人,我的眼珠啊……'

"她悲哀哭泣,苦苦哀求,一直到黑人饶恕了她,她才高兴起来,说:'我的主人,有什么东西可以给你的女奴吃吗?'

"'你掀开那边的一个盆子,里面有煮好的老鼠骨头,你拿来啃了吧。那边的罐子里还有酒,你拿来喝了吧。'

"妻子吃完喝完,洗净手,倒在芦苇草席上,躺在黑奴的身边。

"看见妻子一系列卑鄙下流的行为,我气得浑身发抖。我悄悄从房顶上溜下来,闯进屋去,夺过妻子身上的宝剑,向黑奴砍去,妻子乘机逃跑了。

"我本想砍下他的头颅,结果他的性命,可是没想到宝剑只砍破了他的皮肉和喉管。他倒在地上喘着气,我就匆匆离去了。后来我才知道,我妻子待我走后,又把他救活了。

"我回到城里,进了王宫,倒在床上一直睡到天明。等我睁开眼睛,发现妻子已剪去头发,换上丧服。她对我说:'哥哥啊,我这样做,不要责怪我,因为有人告诉我说,我母亲病逝,父亲战死,我的两个兄弟,一个被蝎子蜇死,一个高烧不退,医治无效而死,遭了这样的不幸,我怎能不哀悼守孝呢?'

"听了这番鬼话,我并没有发脾气,而是心平气和地说:'你愿意怎么办就怎么办吧,我不管。'

"她终日伤心哭泣,这样过了整整一年。有一天她对我说:'我想在宫中建筑一座像陵墓似的圆顶屋,我独自在里面守孝,并把它取名为哀悼室。'

"'你愿意怎么办就怎么办吧!'

"于是,她在宫中建起一座圆顶的哀悼室,在室中间,还砌了坟墓,看上去就像一座陵寝。然后,她把那黑奴搬到哀悼室里养伤。自从中了我那一剑以后,那黑奴虽还活着,但已成为残废,只能喝些汤水维持生命。我妻子每天从早到晚去小屋多次,在他身边哭泣,给他喂汤喂水。我一直容忍着,这样又过了一年。

"一天,她又去哀悼室,趁她不备,我也跟了进去,只听她走到那坟墓前说:'你远走之后,我已不存在人间,因为除了你,我不再爱任何人。无论你到哪里请带走我的灵魂和躯体。无论你在哪里定居,请在你的身边埋下我的躯体。当你站在我的坟墓前呼唤我的时候,我的骨头就会发出呻吟,和你的唤声相呼应。'

"听了她的祈求,我闯到她面前,说:'这是忘恩负义的荡妇之言!'当时我手里拿着宝剑,走过去准备杀她。

"这时,她腾地站起身,说:'好啊,我现在才知道,原来是你砍伤了他!'说完,她连念咒语,我听不懂,只知道她最后说:'凭着我的法术,让你的下半身变成石头吧!'

"随着她的话音,我的下半身果真变成了石头。从此,我站不起,睡不下,既算不上是一个死人,也算不上是一个行动自由的活人。

"我的下半身变为石头之后，整个城市，包括街道和商店也中了她的魔法，变成一个湖泊。城中原来住着的信仰伊斯兰教、基督教、犹太教和拜火教的四种教徒，变成了四种颜色的鱼；穆斯林教徒变成白鱼，拜火教徒变成红鱼，基督教徒变成蓝鱼，犹太教徒变成黄鱼。城周围的四个岛屿变成四座山，围绕着湖泊。

"从此，她想尽办法折磨我，每日来抽我一百鞭，直抽得我鲜血淋淋，不省人事。然后再给我的身上披一块毛巾，外罩一件华丽衣衫。"

年轻人讲到这里，已经泣不成声。国王抬头望他一眼说："年轻人，你的话给我的旧愁上又加了一层新愁啊！告诉我，那个女人在哪儿？"

"在她的房间里。每日黎明，她都到这儿来一次，先脱掉我的衣服，抽我一百鞭，打得我痛哭流涕，高声惨叫而无力反抗。完后，她便拿着汤和酒去侍候黑奴。"

"孩子，我一定要为你做一件令我终生难忘而又永垂青史的好事。"国王陪着青年谈天，一直到深夜。等青年王子睡了，他便脱掉衣服，佩上宝剑，一直来到黑奴睡的哀悼室。只见里面点着蜡烛和香，桌子上放着药膏。他走进去，一剑杀死了黑奴，然后背出来扔进宫中的一眼井里。接着，他又返回室内，穿起黑奴的衣服，躺在他原来的地方，手中握着宝剑，静等妖婆的到来。

大约过了一个小时，天色渐明，那妖婆来了。她先到她丈夫的房间，剥掉他身上的衣服，用鞭子狠狠地抽打，痛得他苦苦哀求道："别打了，别打了，可怜可怜我吧！"

"你可怜过我吗？你有没有为我而原谅我的情人？"

她反问着，并继续毒打，直打得他皮破血流，才给他穿上衣服。然后，她端起一杯酒和一碗汤走向黑奴的小屋。

妖婆走进小屋，放声哭泣，边哭边说："我的主人，你说话吧，看我一眼吧。"

国王压低嗓音，模仿着黑人的口吻说："哎哟！哎哟！毫无办法，只盼安拉拯救了。"她听见声音，高兴得大叫一声昏了过去。过了一会儿，她苏醒过来，说："主人哟！你真的能说话了吗？"

"你这个没良心的女人，我不愿意跟你讲话。"国王用压得更低的声音说。

"为什么?""因为你每天鞭打你的丈夫,他的哭叫声搅得我无法睡觉和休息,他的诅咒和祈祷声使我不得安宁。如果不是为了这个,我的健康早就恢复了;正是因为这个,我才不理你的。""那么说,你允许我饶恕他了?"

"你恢复他的原状吧,这样我还可以安静些。"

"遵命。"她站起来,匆匆走进宫去,端来满满一碗水,念了一段咒语,碗中的水便像火上的开水一样咕嘟咕嘟沸腾起来。她将水洒在她丈夫身上,嘴中念道:"凭着我的法术,让你恢复原来的形状吧!"

话音刚落,青年王子便浑身颤抖起来,接着恢复了原状。他站起身,高兴得不得了。

"我证明安拉是唯一的主宰,穆罕默德是他的使徒!"他情不自禁地嚷道。

"滚出去!"妖婆喝道,"不许你再到这儿来,否则我就杀掉你!"待青年王子离开宫殿,妖婆走到哀悼室中,说:"出来吧,我的主人,让我好好看看你吧!"

"你都干了些什么?!"国王用微弱的声音说,"你解脱了你丈夫,只是稍稍让我得点儿安静,可是并没有彻底解决问题。"

"我的心上人,怎样才能彻底解决问题?"

"城里和四个岛上的居民都叫你变成了鱼类,每到深更半夜,他们就从水中伸出头来大声祈祷和咒骂你,使我根本无法入睡。我的身体也就无法痊愈。去吧,你先去解救它们。然后,你再来牵着我的手,把我拉出去。我的身体就会康复啦!"

听了最后一句话,妖婆欣喜若狂,说:"以我的头颅和眼睛发誓,我这就去!"

她高兴地跑到湖滨,掬起一捧水,念了一段咒语,池中的鱼便把头伸出水面,摇动起来,一会儿就变成了人。人们摆脱了妖法,城市和岛屿也跟着恢复了旧颜,街道和市场顿时活跃起来。

那妖婆立即跑回哀悼室,对她以为是情人的国王说:"亲爱的,把你那双高贵的手伸出来吧,让我拉你出来。"

"靠我近点儿!"国王低声说。

妖婆刚把身子凑过去,国王便挥起宝剑,戳进了她的胸膛,接着将她斩为两段。

国王走出哀悼室,青年王子正在门外等他。他热烈地与王子拥抱,祝他摆脱魔法。青年王子亲热地吻国王的手,衷心感谢他的帮助。

"你愿意留在本国,还是愿意随我到敝国去?"国王问王子。

"陛下,您知道我们两国之间的距离吗?"

"两天半的路程。"

"陛下,您该明白了。从这儿到贵国去,即使不停步地行走,也得走整整一年的时间。您当初到这儿来只用了两天半,那是因为本国着了魔法的缘故。至于我,陛下,从今以后一刻也不愿离开您了。"

"我还没有孩子,今后你就是我的儿子了!"

两人进了王宫,青年王子对他的大臣们说,他要到麦加去朝觐。大臣们开始为他备办行装。十天之后,青年王子便和他的救命恩人出发了。跟随他的是五十名近卫军,每个人都带着贵重的礼品。

他们昼夜兼程,整整走了一年,终于到达老国王的都城。

王国的文武百官正在绝望时,老国王平安归来的消息传来,大家喜出望外,跑出城去迎接。他们在老国王面前吻了地面,祝贺他平安归来。老国王在宰相和众臣的簇拥下进入王宫,坐在御座上,然后向宰相和在座的人谈了青年王子的遭遇。

几天之后,一切安排妥当,国王大宴宾客。席间,他对宰相说:"把那个渔夫给我找来。"

宰相奉命找到那个因他而使一个国家和人民得救的渔夫,把他带进王宫,国王询问他的情况,并问他有几个孩子。

他回答说,他有一儿两女。于是,国王选他的大女儿为王后,把他的小女儿许配给青年王子,派他的儿子掌管国库。

后来,国王派他的宰相到黑岛国去任国王,吩咐同来的五十名近卫军跟随回去,还派去了其他掌管诸事的官吏。

宰相欣然从命,不久便带着队伍上任去了。

从此,国王和青年王子同本国人民安居乐业。那渔夫一跃而成为国戚,过着舒适而幸福的生活。

国王的梦

　　相传古印度有个叫比拉兹的国王,他有个精明强干的宰相叫伊拉兹。

　　一天夜里,比拉兹连续做了八个怪梦,惊醒后一夜都没睡着。天亮之后,他急忙召来僧侣①圆梦。

　　僧侣们要求国王给他们十天的时间,比拉兹同意了。

　　僧侣们仇视比拉兹,因为前几天国王杀掉了一万二千名僧侣。

　　他们想讨还血债,就要利用这次机会干掉国王身边的几个人:伊兰王后、吉维尔王子、伊拉兹宰相、侄子克利姆、文书卡拉和大哲人卡利尤努,这样,国王就可由他们摆布了。

　　到了第七天,僧侣们让国王命左右退下后,讲出了他们的圆梦结果。国王大吃一惊,说宁愿失去王位也不能牺牲这些人。

　　僧侣们说:"尊敬的陛下,您的生命是最宝贵的。您为建立国家大业付出了很大的代价,经过了许多年的努力!您不该失去它,不能失去它呀!您要以大业为重!"

　　国王痛苦地抉择着,最终还是难以作出决定。宰相伊拉兹见国王愁眉不展②,很想知道原因。但他不敢贸然去问,就找到伊兰王后,对她说:"自从前几日国王召见几个僧侣之后,他便每日闷闷不乐。我担心僧侣们无事生非,在蒙骗国王。"

　　王后也觉得奇怪,就去找国王,问丈夫为何愁眉不展。

　　国王起初吞吞吐吐,不告诉妻子。在她的一再追问下,国王只好把心中的郁闷讲了出来。

　　王后听说要杀掉这么多人,非常惊讶。她说:"陛下,我们都愿为您而

---

　　① 僧侣:指离开世俗生活,为了信仰而独自修行的人们。

　　② 愁眉不展:由于忧愁而双眉紧锁,形容心事重重的样子。

牺牲。不过，希望您不要轻信僧侣们的话，国家大事应先与大臣们商议。前些天您杀了许多僧侣，他们想借圆梦先除掉我们这些人，下一个目标就是您啊!希望您去拜访卡利尤努，他博古通今、智慧超群，肯定会为你圆个好梦的。"

国王见到卡利尤努后，将连续做的八个怪梦都讲了出来。

"陛下，这些梦都不是凶兆。"卡利尤努说，"您梦见有两条尾巴立起的红鱼，预示乃哈万达王国将有使臣来，他们将献给您价值四千金币的两串用红珍珠穿成的项链。陛下梦见有两只白天鹅从身后飞来，落在您的面前，预示着白勒哈王国会送您两匹飞快的白马。陛下梦中所见贵体鲜血淋漓，那是将有卡兹鲁国王派人送来乌尔古长袍。陛下梦见用水洗身，是预示利哈努国王将送你另一套名贵王袍。陛下梦见置身于雪山上，预示着有人送您一匹美丽的大象。陛下梦见头上有火，那是预示着有人送你镶满红宝石的王冠。至于陛下梦见有乌鸦啄您的头，那只是小插曲而已。"

七天之后，各国使臣都来了。国王获得的礼物果真与大哲人说的一般无二，他非常惊喜，让宰相带着这些礼物请王后和贵妃挑选。

伊兰王后选中了镶着红宝石的王冠，胡莱格娜贵妃选中了能在夜里闪光的袍子。

国王当着妻子的面夸赞胡莱格娜如何光彩照人，王后恼羞成怒，竟把盛满菜的盘子扣在丈夫的头上。

国王大怒，命宰相把伊兰拉出去斩首。伊拉兹知道陛下在火头上，就先把王后请进宰相府，命人小心伺候，然后在自己的宝剑上涂上鸡血，进宫回复国王。

他见国王火气平息，已然后悔，就给陛下讲了两只鸽子的故事——

鸽窝里储满了大麦和小麦，雄鸽对雌鸽说："咱们还是出外觅食，实在没有了再吃家里的。"

雌鸽很赞同。当雄鸽回来时，见麦堆缩小了几圈，怀疑是雌鸽吃的，竟把她给啄死了。雨季来临，巢里麦粒被水浸湿，粮食又变成了一大堆。雄鸽恍然大悟，后悔不已，一连几天不吃不喝，肝肠欲断，最后因伤心过度死在雌鸽的墓前。

宰相讲到这儿，意味深长地说："聪明人做事前都得考虑后果，三思而后行。另外,我还有个故事讲给陛下。"

有个人背着筐豆子爬山。树上的猴子从筐里捧了一把豆子往树上爬。一不小心,漏了一粒豆子,它就下树来找那粒豆子。后来不仅没找到,就连手里的也撒了。

国王听过这两个故事后,泪如涌泉,长吁短叹①。

宰相说:"陛下有成千的嫔妃,何必牵挂不在人世的王后呢?"

国王说:"我只是在气头上,你不该立即执行啊!"

"但执行陛下的命令是我的职责,您让我怎么做,我就得怎么做。"

国王越说越伤心,越想越痛苦。宰相见时机成熟,才告诉他真正的结果。

国王大喜过望,让宰相快把王后请来。然后,他重奖了宰相伊拉兹和大哲人卡利尤努,惩办了那些僧侣。

---

① 长吁短叹:长一声、短一声不住地叹气,形容发愁的神情。

三个苹果

一天,哈里发哈伦·拉希德想到巴格达城中察访、了解民情。他想,或许那里有失去亲人的人需要安慰,烦恼多的人需要解愁,贫困的人需要接济,不法之徒需要处置,家庭不和的人需要调解。他要扶危济贫①、扬善抑恶、整顿社会。

哈里发走出王宫,后面跟着宰相吉尔法和掌刑官麦斯鲁尔。他们走街串巷,访东问西,最后来到一条狭窄的胡同里。这时,一个老翁迎面走来,他身体瘦弱、头发花白,手拄一根弯曲的棍子,走路颤颤巍巍,似乎身上就剩下了呼吸的力气。他头顶一个鱼篓,肩背一张渔网,全身的重量几乎都压在了拐杖上,嘴里还令人莫名其妙地唠叨着:

"人们说,你的知识多么渊博,它可以给迷路人指明方向,使糊涂人变得清醒。可是我说:知识给它的主人带来了什么?至今还不是没有吃喝?如今世道,权势才是学问,金钱才是知识。"

"假如我卖掉我的知识去换取一顿吃食,没有一个人愿花钱接受;假如我用它去寻求一天的生计,更是痴心妄想。"

"健康的身体是生活的源泉,可是穷苦人大都面黄肌瘦、瘦弱不堪、穷困潦倒②,富人见了他们皱眉头,孩子见了他们躲得远远的,甚至狗见到他们也比见到别人叫得凶。他们无处栖身,只有躲进坟墓里长眠。"

哈里发听了,对宰相吉尔法说:

这位老人心里好像有什么积怨要倾诉,你过去问问是什么人?"

老人已经走过他们身边。吉尔法赶紧追上去问:

"老人家,你是做什么事的?"

---

① 扶危济贫:扶助处境危急的人,救济生活贫穷的人。
② 穷困潦倒:形容生活贫困,失意颓丧。

"你从我这身装束上还看不出来?有些人眼里就是没有穷人!"老人生气地说,"我是渔夫,靠打鱼养活一家老小。今天早晨天刚蒙蒙亮我就到了河边,撒了不知多少网,也没打到一条鱼。我不打算活下去了,不想看着一家人挨饿了。"

"你愿意带我们到河边,再为我们撒上一网吗?无论打鱼多少,我们都给你三百金币作为酬劳。"哈里发说。

老人听了很高兴,一丝微笑闪现在他那饱经风霜的脸上,他好像看见了生活的希望,步履轻快地带哈里发及其随从向河边走去。

他撒下网,在岸上等了片刻,然后开始往上拉。网很重,他越发高兴,以为打到了满满一网鱼。他使足力气向上拉,可是拉上岸来的却不是鱼,而是一只挂着锁的箱子。在场者无不愕然。哈里发掏出金币送给渔夫说:"没事了,你回家吧。"渔夫接过钱,愉快地离去了。

箱子被抬进王宫,哈里发命人将它撬开。原来里面是一具女尸,已被卸成几块。从尸体的轮廓可以看出,这是一个美丽苗条的女子。哈里发极为愤怒,在他的统治下,居然有人明目张胆地将一个女子杀害,并且肢解尸体,锁进箱内,抛入河中,而罪犯却至今逍遥法外!

想到这里,他向宰相吉尔法喝道:"限你三天内把凶手给我抓到,否则就由你和你的家人抵命,我将把你们绞死在王宫前的广场上!"

吉尔法非常发愁,这件事他无从着手查办,因为他手里既没有任何材料,也没有任何线索可帮助他查出这场凶杀案到底是怎么回事和凶手是谁。他知道,如果他毫无根据地乱撞,到头来只能是徒劳。他沮丧地走回私邸,不知如何是好。他寻思:"我怎么才能破获这桩无头案呢?我是否找一个人来顶替?可是如果事情败露怎么办?那样我不是自作自受吗?唉,听从命运的安排吧!"

他一筹莫展,神不守舍地在府里关了三天。第四天一早,哈里发便派人将他找去,他一进宫,哈里发就问:"杀死女子的凶手在哪儿?"

"这样的事连真主都不知道,我怎么能知道?"

"可是我们肩负着治理社会的重任,我们应该充分使用我们的权力,扶弱抑强,打击不法者!你想,倘若这个罪犯当初惧怕你的警惕性和威力,他就不敢干这种事了!现在你既然查不出这是谁干的,那么我就宣判,你不是杀死女子的凶手,也是帮凶!"

说罢,哈里发命人通知全城男女老少到王宫前广场,观看宰相及其家人的死刑。他要用这种办法警告坏人。

场上一时间聚满了人,人们面面相觑①,不敢大声出气,谁也不知道到底发生了什么事情。

宰相及其家人被拉进广场,站在绞刑架前。法官和士兵都在静候哈里发的命令。广场上死一般的寂静。

正当危急关头,一个相貌英俊、面带愁容的青年人拨开密集的人群,走到吉尔法面前说:

"相爷,您不该受到谴责,更不该被处死刑。您既没失职,也没犯罪。你们发现的那个箱子里的女子是我杀死的。"

吉尔法的脸上绽出一丝笑容,他为自己和家人的得救而高兴,可是又为眼前这个敢于站出来承担罪责的青年痛心,因为他将被送上绞刑架。

这时,又一个声音传来,它来自一个年迈的老人。老人冲开人群走到宰相面前说:

"相爷,您不要相信这个青年说的话,他不是杀人凶手,我才是!我应该被处死刑。"

"这位老人年纪大了,头脑糊涂。请您不要相信他的话,相爷!"青年说,"那个女人千真万确是我杀死的,我应该受刑!"

老人转向青年说:"孩子,你像那早晨的太阳,刚刚开始生活,还没享受生活的幸福和愉快,而我却如同那快要落山的太阳,就要了此一生,对生活已经失去任何希求。现在,我愿意替你、替宰相和他的家人去死。我请求快快处死我,以免别人遭殃。"

两人相持不下,宰相只好把他们带到哈里发面前:"穆民的领袖,杀死女人的凶手自首来了。"

"说说,到底是怎么回事?"

"这个青年供认他是凶手,可这个老头却出来否认,极力说自己是杀人犯,还再三要求快快施刑!"

---

① 面面相觑:形容人们因惊惧或无可奈何而互相望着,都不说话。

哈里发看了看面前两个人,问:"你们两个到底谁杀死了那个女人?"

"我杀死的!"青年人说。

"不!他说的不是真的,他这是硬把自己往死路上拉!实际上那个女人是我杀的!"

"倘若凶手只有一个,那么处死无辜的人就是不公正的了!"哈里发说。

"指创造宇宙的安拉起誓,"青年人说,"我是真正的杀人凶手。"随后他向哈里发讲述了箱内尸体的情形:尸体被剁成的块数,每块在箱内摆放的位置以及裹尸布的颜色等,与哈里发所看到的情形一模一样。

于是哈里发确定这青年是杀人凶手。但是他对这起凶杀案感到很奇怪,便问:"你为什么要杀死她?"

青年人说:"这个女人本是我的妻子,面前这位老人是我的叔父、她的父亲。我们结婚后,曾生下三个儿女。我们互相尊敬、互相爱护,相处得很融洽。我从来也没发现她的行为有什么越轨之处。本月初,她突然发烧卧床不起,我请名医为她治疗,望她早日康复。一天她说她想吃苹果,我便到市场去给她买,但走遍了商店和货栈,也没买到。我便向人打听,人们说现在只有巴士拉城里有苹果。我二话没说立即去了巴士拉。我不顾旅途的疲劳,用三枚金币买了三个苹果,即刻又返回来。可是我妻子只看了苹果一眼便把它放下了。她仍在发烧,病情越来越重,这样持续了几天,身体才有好转。"

"一天我正在店铺中忙碌,一个高大的黑奴手里摆弄着一个苹果在我家店前经过。我喊住他,想问问他附近什么地方卖苹果,以便我去买一些预备着,等我妻子需要时给她。'你这苹果是从哪儿买来的?'我问。他笑了好一会儿,然后看了一眼手中的苹果说:'这是情人送给我的礼物。我们分别多日,今天我去看望她,发现她患了重病。她床头放着三个苹果,据说是她丈夫从巴士拉用三枚金币给她买来的。她送给了我一个。'黑奴说罢,扬长而去。我只感到头晕目眩,眼前变得漆黑一片。这以后我不知道自己都干了些什么。我只记得,我赶快锁上店门奔回家去,走到她身边,发现果真只剩下两个苹果了,便追问第三个的去向。她说:'我没有吃,也不知道哪里去了。'这证明黑奴的话是事实了。我愤怒之下拿起一把锋利的菜刀,纵身跳到她的胸脯上,结果了她的性命。

她一直喊冤叫屈，我也没理她。然后我把她剁成几块，用被单裹起来，放在篮里，随后又藏在箱内，用锁锁好，悄悄地用骡子拉到底格里斯河①边，投进了河水中。穆民的领袖啊，请您公正地处置我吧，快快执行王法吧，否则到了世界末日安拉也要处罚我的……"

"你好像还有什么话要说，把话说完吧。"哈里发说。

"我把她扔进河里，看着水把她吞没以后，才走回家去。回到家，我的大儿子正在门口哭泣，这时他还不知道他母亲的事情。我问：'你为什么哭？'他说：今天早上我偷偷在妈妈身边拿了一个苹果。我拿着它在街上玩耍时，一个高高的黑奴过来拍拍我的肩膀、摸摸我的头，问："你这个苹果是哪儿来的？'我说：'是爸爸用三枚金币从巴士拉给妈妈买来的，因为妈妈得了重病，想吃苹果。他一共买了三个，这是其中的一个。'他二话没说，抢了我的苹果就跑。我怕妈妈知道以后打我。

"这时我才知道，我轻信了黑奴的谣言，犯下了不可饶恕的罪过。我悲哀、痛苦，绝望到了极点。

"当我的叔叔，也就是这位老人去看望我们时，我将此事告诉给他，他也很悲痛，但事情已经这样也没办法了。他说：'法律会制裁你的，你是逃不过去的。我们就在家里等着吧！'这样，我们在极度的悲哀中度过了五天。穆民的领袖，快快用死刑惩罚我吧，只有这样我那因杀死妻子而受伤的心灵才能得到愈合。"

哈里发摇摇头说："不！我只杀那个可恶的黑奴！"

随即他转向吉尔法说："限你三天把他给我抓获，否则拿你抵罪！"

宰相心惊胆战，步履蹒跚地走回家。刚刚捕捉到的希望之光在他眼前又暗淡了。他私下想："一只水罐不是每次都碰不破的，这次我只有把命托付给安拉了。他会差人出来保护我的。"

他无精打采地在家里待了三天。第四天，他把法官请到家中立遗嘱和办理善后。还未办妥，哈里发的使臣便来叫他进宫。他含着眼泪，向亲人一一作别。当他来到他最宠爱的小女儿面前时，难过地把她搂在怀里。

---

① 底格里斯河：与幼发拉底河同在美索不达米亚，源自土耳其安纳托利亚的山区，流经伊拉克，最后注入波斯湾。

女儿衣袋里——一个圆圆的东西,把他硌了一下,他问:"这是什么东西?"

"一个苹果。"女孩天真地说,"是四天前我们家的奴仆莱义哈努给我的。我还给了他两个金币呢。"

宰相紧锁的双眉立即舒展开了,他把莱义哈努唤到面前,问清了苹果的来历,跟青年人讲的相符。

吉尔法带着黑奴去见哈里发:

"穆民的领袖,我已经找到那个引起凶杀案的黑奴,现在我把他带来了,请您处置吧!"

说着他把黑奴推到御座前。

黑奴承认了他的一切罪过。哈里发即刻下令处死黑奴,并命令全城百姓到广场观看,借以警告那些无事生非①、制造事端的恶人。

_____

① 无事生非:指没有原因地制造麻烦。

渔夫和猴子

古时候，有一个渔夫，穷得只有一身衣服和一张网，他就靠着那张网捕鱼为生。

一天，渔夫撒了十几次网，却什么也没捞到。他大叹晦气，心想："看来今天又要空着手回去了。"

想到这里，他的肚子又饿得咕咕叫起来，他只好又振作精神，再撒了一次网。他开始收网的时候，感到有点沉，很高兴，拉上来一看，原来是一只猴子，一条鱼也没有。

那只猴子已经很老了，瞎了一只眼，一条腿也瘸了。渔夫见它一点用也没有，白费了力气，气得要打它。

这时候，猴子竟然开口说人话了，它说道："主人，别打我，我会给你带来好运的，你再撒一次网吧。"渔夫照着他的话做了。他打上来一条很奇怪的鱼，是他以前没有见的。猴子又告诉他："你把它送到市场上去，可以卖十枚金币。"

渔夫提着鱼走进市场，那里的人见到他的鱼，很惊奇，都围过来看。只见这条鱼头是圆的，大尾巴，眼睛发亮，人们都喜欢，都想购买。渔夫果然卖了十枚金币，他高兴极了，就买了许多食物，回去和猴子一同分享。

猴子向他保证：以后每天他都会有十枚金币的收入。

从此，渔夫果然每天都能打到一条怪鱼，然后卖得十枚金币。这样过了十天，猴子突然死了，他感到很难过。

渔夫整天守着一百枚金币，生怕丢了。一天夜里，他躺在床上胡思乱想，觉得国王知道他原来是个穷光蛋，现在居然拥有了一百枚金币，肯定会怀疑他是偷来的，并且绝不会相信他这段时间的奇遇。国王会派人把他抓起来，狠狠地打，逼问他把金子藏在什么地方。他一旦忍受不了，就会失去这些金币。

因此，他认为自己必须禁得起考验，养成不怕挨打的习惯。他起了床，脱光衣服，用鞭子狠狠地抽打着自己。

邻居们都惊醒了，知道了事情的缘由，都哈哈大笑起来。渔夫这才知道自己做了傻事，就停止折磨①自己，睡觉去了。

第二天，渔夫又出去捕鱼。临走的时候，他怕小偷会偷走他的一百枚金币，就把钱袋拿在了手上。不料，在他撒网的时候，他竟然一不小心把钱袋也扔进水里去了。钱袋迅速沉入了水底，不见了。

渔夫急忙脱光衣服，扔在岸上，渔网也不顾了，就跳进了水里。他在水里到处摸，却怎么也没摸到钱袋。

渔夫累得一点力气也没有了，只好爬上岸来，一看衣服不见了，网也被水冲走了，他真的什么也没有了。

---

① 折磨：在精神或肉体上受打击人，使身心承受痛苦。

渔夫和雄人鱼

很久很久以前,有个名叫阿卜杜拉的打鱼人,他很穷,有九个儿子。他以打鱼为生,每天到海边去打鱼卖的钱,只够勉强糊口。只有运气好时,打到的鱼多些,才能给孩子们买些水果,改善一下生活。总之,阿卜杜拉家境贫寒,吃了上顿没有下顿。他总是唉声叹气地说:"明天吃什么就等明天再说吧。"

正在贫困交加的节骨眼①上,他的老婆又给他生了个儿子,总共有十个儿子了。

这样,全家十二口的生活重担都压在了这个可怜的打鱼人的肩上,他有些支撑不住了,尤其是小儿子出生那天,他家一点粮食也没有,大人孩子饿极了。

他老婆说:"当家的,快想办法弄点吃的让我们活命吧。"

"好的。"渔夫说,"趁今天孩子诞生的吉日,望安拉赐福,我这就上海边去打鱼,也许这个新生婴儿会带给我们好运气呢。"

"去吧!求安拉庇护你,快去打鱼吧。"

渔夫和面饼商

渔夫带着渔网去了海边,怀着满腔希望撒下网,凝视着大海,默默地祈祷着:"主啊!求你给我们孩子富裕的生活,别叫他受苦受穷了。"

他耐心等了一会,然后收网,可网中除了垃圾、泥土、沙石和海藻②外,连一条小鱼也没有。他收拾渔网,第二次撒网,又等了一会儿收上来,还是没打到鱼。他又打了第三网,仍然没打到鱼。无奈,他只得换个地方,

---

① 节骨眼:为关键之意。
② 海藻:生长在海中的藻类,是植物界的隐花植物。

继续撒网,但却还是打不到鱼。就这样,频繁地换着地方,却始终没打到鱼。

他觉得奇怪,自言自语地说道:"莫非安拉造化这个孩子是为了让他受苦受难的吗?不,这是绝对不可能的,安拉是万能的,一定会赠给孩子食物的;安拉是仁慈的,他会赏赐这孩子衣食的。"

他嘀咕着收起渔网回家,想着家中正坐月子的老婆和初生的婴儿,就心烦意乱,心如刀割。这怎么好?对孩子们该说什么呢?

他默默地走着,不知不觉走到卖面饼的阿卜杜拉的炉前,那里挤满买面饼的人,面饼的香味使他越发感到饥饿。这正是粮食缺乏的时节,买面饼的人在面饼铺前挤得水泄不通,一个个争先恐后地把钱递过去,希望很快买到面饼。由于顾客太多,卖面饼的阿卜杜拉忙得不可开交,应接不暇。

这时候,他抬头看见可怜的渔夫,便招呼他:"你要面饼吗?"

渔夫默不做声。

"你说吧,别不好意思,安拉是仁慈的。"卖面饼的阿卜杜拉催他,"如果你没钱,我可以赊给你,等你有钱时再还我。"

"安拉在上,我实话实说吧,现在我穷得一文钱也没有,只好拿这渔网作抵押,赊几个面饼,拿回家去糊口,等明天我打到鱼就来赎好了。"

"唉!渔网是你的命根子,是你谋生的工具。你拿它作了抵押,就没法打鱼。告诉我吧,你需要多少面饼?"

"需要五块钱的。"

卖面饼的阿卜杜拉赊给渔夫五块钱的面饼,还借给他五块钱,说道:"这五块钱你去买点其他的什么吧。这样你共欠我十块钱,等你打到鱼,再还我也不迟。如果没鱼可打,你只管拿饼去吃。"

"谢谢你,愿安拉保佑你。"渔夫感谢了一番,拿着面饼和钱,给孩子们买了点吃的,就高高兴兴地回到家中。

他见老婆坐在屋里,正在安慰饿得直哭的孩子们:"别哭,爸爸马上给你们买吃的来了。"于是,他赶忙走到妻子面前,一边把吃的东西拿给孩子们,一边跟老婆叙述打鱼的经过和卖面饼的阿卜杜拉对自己的照顾。老婆听了,哭着说道:"安拉是仁慈的。"

第二天,渔夫一早起床,带着渔网又出去打鱼了。

他匆匆来到海边,撒下网,祈祷道:"真主啊!保佑我多打些鱼,让孩子们别饿肚子吧！千万别让我在卖面饼的阿卜杜拉面前丢脸。"他祈祷着,然后撒网收网,一次次重复着。可一直忙到傍晚,他还是没打到一条鱼。他大失所望,满腔忧愁苦闷,心想:"回家时,必须从卖面饼的阿卜杜拉门前经过,这样多难堪啊！从哪儿回家呢？最好赶快走过他那儿,别叫卖面饼的阿卜杜拉看见我。"

可是事与愿违①,他刚走到烤炉前,卖面饼的阿卜杜拉便看见了他,大声喊着:"打鱼的阿卜杜拉,你怎么了,又没打到鱼吗？没关系,你只管拿些面饼和零花钱,等方便时再还我。"

渔夫阿卜杜拉很不好意思,走到卖面饼的阿卜杜拉跟前,说道:"我今天又没打到鱼,所以不好意思来见你。"

"你不用着急,我不是告诉你,等你交好运时再说吗？"卖面饼的阿卜杜拉说着赊给他面饼,并又借给他五块零用钱。

渔夫很感激,十分感谢卖面饼的阿卜杜拉,带着面饼和钱回到家中,对老婆讲了面饼和钱的来历。老婆听了,十分感谢卖面饼的阿卜杜拉对他们的浓情厚谊,说道:"安拉是仁慈的,若是安拉愿意,他会恩赐你,使你能够把欠阿卜杜拉的钱还清的。"

渔夫抱着希望,勤勤恳恳,每天去海边打鱼,可是一无所获。过了四十天,还是一条鱼也没打着,全靠卖面饼的阿卜杜拉接济他们度日。卖面饼的阿卜杜拉从来没向他要鱼,也没逼他还债,而且总是心平气和地赊②给他面饼,借给他零用钱,每当渔夫请他结算账目时,他总是说:"还不到结账的时候呢,等你交好运时再说吧。"渔夫只好替他祈福祈寿,请安拉保佑他。

渔夫失望到极点。

在第四十一天,他愤愤地对老婆说:"我不打鱼了,我将另谋出路。"

"这是为什么呢？"老婆不明白地问。

"我的生活好像不能从海里谋取了,这种情况真不知要延长到什么时候。安拉在上,在卖面饼的阿卜杜拉面前,我头都抬不起,我每天去海滨

---

① 事与愿违:事实与愿望相反,指原来打算做的事没能做到。

② 赊:买卖货物时延期付款或收款。

打鱼,必须从他炉前经过,又没有别的路可走;我回家从他炉前经过时,他总是赊给我面饼,借给我零用钱。这种日子什么时候才能完结呢?"

"赞美安拉!多亏他让卖面饼的阿卜杜拉怜悯你,使你得以糊口生存。你还有什么可埋怨的呢?"他老婆不同意他的想法。

"可是我欠他的债越积越多,他难免要来讨债的。"

"是不是他说话伤害了你?"

"不!其实是他自己不愿结账的。他告诉我说,等我走运时再结账。"

"既然如此,也没啥。如果他向你讨债,你就对他说:'我时运好转时,会向你表示谢意的。'这不就行了吗?"

"可是我们所指望的好运,何时才能降临呢?"

"放心吧,安拉是仁慈的。"老婆安慰他。

"不错,你说得对。"渔夫有了信心。

渔夫和雄人鱼

渔夫阿卜杜拉又充满信心地带着渔网来到海滨,边撒网,边默默地祈祷:"真主啊!求你开恩,至少也应该让我打到一条鱼,好送给卖面饼的阿卜杜拉吧。"

他等了一会儿,然后拉网,只觉得很沉很沉,简直拉不动。他不怕麻烦,费尽九牛二虎之力,把渔网拽了上来,一看,网中躺着一匹被水泡胀后发臭的死驴。他感到一阵恶心,大失所望,叹气道:"唉,没法了,只盼万能之神安拉拯救了。当初我告诉老婆,海中不是我谋生的地方,我不想打鱼为生了,可她劝我说,安拉是仁慈的,他会恩赐我的。难道这匹死驴便是她所说的恩赐吗?"

他埋怨着,扔掉死驴,把渔网清洗一番,远远地挪了一个地方,又撒下网,等了一会儿,然后拉网。渔网更沉重,根本拉不动,他紧拉网绳,使尽全身力气,双手都弄得皮破血流,好不容易才把渔网拽到岸上。可是仔细一看,他吓了一跳,原来网中打到的是个活人,他认为这人是被所罗门大帝禁闭在胆瓶中的魔鬼,日子久了,胆瓶破了,魔鬼溜出来后落到了网中,所以,他越想越怕,怕得要命,慌忙逃跑,边跑边哀求:

"所罗门时代的魔鬼哟!饶恕我吧,饶恕我吧。"

渔夫张皇失措逃命的时候,忽然听见那个人喊道:"嘿！打鱼人,你别跑,我也是人哪。你快来放掉我,我会报答你的。"

他听了喊声,这才停住了脚,颤颤抖抖地回到海滨。原来他打到的不是魔鬼,而是一个雄人鱼。他感到奇怪,对雄人鱼说:"你不是魔鬼吗？"

"不,我不是魔鬼,我也是信仰安拉的人类。"

"那么谁把你弄到水中的呢？"

"我本来生长在海里。刚才我从这儿游过,由于不小心,就落到了你网中。我们生活在海里,听安拉的命令,而且对安拉创造的各种生命充满仁爱之心。我要是不怕犯罪,那么你的渔网早就被我撕破了。我是安拉的臣民,服从安拉的安排。现在假如你肯释放我,你就是我的主人,你愿看在安拉的面上放了我吗？愿意跟我成为知心朋友,每天在这儿交换礼物吗？如果每天你给我一筐葡萄、无花果、西瓜、桃子、石榴等陆地上的水果,我便拿同样的一筐珊瑚、珍珠、橄榄石①、翡翠、红宝石等海中珍宝酬谢你。我的这个建议,不知你是否同意？"

"好的,我愿意。现在咱们朗诵《法谛海》,正式结为知心朋友吧。"渔夫同意结交,并提出结交的办法。

渔夫和雄人鱼各自背诵了《法谛海》,结为知己朋友。他把雄人鱼从网中放出来时,雄人鱼问道:"请问尊姓大名？"

"我叫阿卜杜拉。"

"是吗？那你是陆地上的阿卜杜拉,我是海里的阿卜杜拉,我们同名,是朋友了。请你在这儿等我一会,我给你取一份见面礼物去。"

"明白了,遵命。"渔夫高兴地说。

雄人鱼跃入海中,一会儿就不见踪影了。

渔夫后悔不该释放他,叹道:"我怎么知道他还来不来见我呢？如果他是借以脱身,说好听的话骗我呢？如果不放走他,把他拿到城中供人观赏,带到大户人家去展览,说不定倒可以捞几个钱花呢。"他越想越懊恼,责备自己说:"我真傻！竟把到手的东西扔掉了。"

---

①橄榄石:主要成分是铁或镁的硅酸盐,同时含有锰、镍、钴等元素,晶体呈现短柱状或厚板状,可以作为耐火材料。

正当他左思右想后悔不已的时候，雄人鱼却突然出现了。他两只手握满了珍珠、珊瑚、翡翠、红宝石等海里的名贵珍宝，对渔夫说道："收下吧，朋友。请别见怪，因为我没有箩筐，不然我会给你弄一箩筐呢。今后，我们每天黎明到这儿来见面好了。"

说完，他向渔夫告辞，跃入水中消失了。

渔夫带着雄人鱼送的珍稀礼物，兴高采烈，满载而归。他一直走到卖面饼的阿卜杜拉炉前，颇为得意地告诉他说："老兄，我的运气来了，请替我结账吧。"

"不忙！不忙！如果你打到鱼，就给我好了；要是还没打到鱼，你还是拿面饼去吃，取零用钱去花，等你走运时再说好了。"

"好朋友，蒙安拉赐福，我已经走运了。我一直都向你赊欠，现在给你这个作为还债，你收下吧。"

他说着把手边的珍珠、珊瑚、红宝石等珍宝分出部分，递给卖面饼的阿卜杜拉，作为酬谢，接着说道："今天请再借给我点零花钱，等我卖了珠宝，一并偿还你。"

卖面饼的阿卜杜拉把身边的钱统统给了渔夫，说："我以后就是你的仆人了，愿意好生服侍你。"说完把面饼全收起来，装在箩筐中，头顶箩筐，送到渔夫家里。

他又到集市上，买了各种好吃的东西，送到渔夫家里，忙忙碌碌地做饭给渔夫一家吃。他整整一天都忙于伺候渔夫一家。

"老兄，太劳累你了。"渔夫非常感激。

"你对我有无限恩惠，我愿意做你的奴婢。这是我应尽的义务呢。"

"你是我的救命恩人。我走投无路的时候，蒙你多关照。你的恩德，我将永生难忘。"渔夫打心眼里感谢卖面饼的阿卜杜拉，和他一块儿吃喝，并留他过夜，跟他成为知己。

当晚，渔夫把自己当天的遭遇告诉了老婆。

老婆嘱咐渔夫道："这一切你一定要好生保密，别叫官府知道。否则，他们会借故逮捕你呢。"

"我对任何人都会保密，但对卖面饼的阿卜杜拉，我却不能不说实话。"他向老婆表明态度。

渔夫和珠宝商

第二天一早,渔夫准备好一筐水果,匆匆赶到海滨,说道:"海里的阿卜杜拉,出来吧!"

"我来了。"雄人鱼突然出现在渔夫面前。

渔夫把水果递给雄人鱼。

雄人鱼收下水果,跳入水中。不多久,雄人鱼带着一满筐珍珠、宝石再次出现在渔夫面前,渔夫收下礼物后,告辞雄人鱼,把一筐珠宝顶在头上,兴奋地回家。

归途中路过烤面饼的炉前,卖面饼的阿卜杜拉笑容满面地对他说:"亲爱的主人啊!我给你烤了四十个甜面包,已经送到府上了,现在我正为你做一种更好吃的糕点呢,等烤熟了就给你送去,然后再替你买肉和蔬菜好了。"

渔夫十分感激,又从筐里抓了三把珍珠宝石给他,然后就回家了。

渔夫回到家中,放下筐子,从珠宝堆中挑选了一些最名贵的,带往珠宝市场。

他找到珠宝商的头目,向他说:"你收购珍珠宝石吗?"

"什么样的珠宝?我看一看吧。"

渔夫拿出身边的珍珠宝石给他看。他看了之后,问道:"除此之外,你还有别的珍珠宝石吗?"

"有的!我还有一整筐呢。"

"你住在什么地方?"

渔夫说明了自己的住址。珠宝商拿着他的珠宝不放,并吩咐随从:"这就是盗窃王后首饰的那个坏蛋,快把他逮起来吧。"接着随从们打了渔夫一顿,再把他捆起来。随后头目向所有珠宝商宣布:"我们抓住窃贼了。"

于是商人们议论纷纷,有的说:"张三的货物,是这个坏蛋偷走的。"有的说:"李四家里被偷得精光,一定也是他干的。"他们捕风捉影①,你一言、我一语,把所有的盗窃案都归罪于渔夫。渔夫却默默不语,不做任何辩

① 捕风捉影:比喻说话做事丝毫没有事实根据。

护,由他们去诬赖。

之后,商人们把他押进皇宫去治罪。

珠宝商的头目向国王邀功道:"启禀陛下,王后的首饰被盗后,我们接到通知,奉命协助缉捕窃贼,比任何人都卖力,终于破了此案,替陛下捕获了窃贼。盗犯已经带到宫中,请陛下裁决。这是从他身上搜到的赃物。"

他说罢,献上渔夫的珍珠宝石。

国王收下珠宝,递给太监①,吩咐道:"拿到后宫,让王后过目,看这些珠宝是不是她丢失了的那批?"

太监赶忙照办。

王后把珍珠宝石拿在手里,仔细察看,爱不释手。她对太监说:"去吧,快去禀告陛下,我的首饰已经找到了,这些珠宝不属于我,不过它们比我那批首饰镶嵌得还要好。求陛下别冤枉、虐待这些珠宝的主人。如果他愿意出售,便请陛下把这些珠宝购下,给我们的公主镶配簪环首饰。"

太监按王后的吩咐,急忙来找国王,把王后的话重复一遍。国王听了,大发脾气,把珠宝商的头目及其同行痛骂一顿,责怪他们不该冤枉好人。珠宝商挨了骂,强辩说:"陛下,我们知道这个人原来以打鱼为生,哪来这么多珠宝呢? 一定是偷来的。"

"你们这伙势利小人,难道你们认为平民就不配有财富吗? 你们为什么不问一问他的珠宝是哪儿来的呢? 或许是安拉额外赏赐他的。你们竟敢明目张胆地说他是贼,当众侮辱他! 你们这些家伙,统统给我滚出去!"

渔夫和国王

国王撵走珠宝商,和颜悦色②地对渔夫说:"打鱼人,你受到安拉的赏赐,我衷心祝福你,愿意保护你的生命财富。现在你必须老实告诉我,你的这些珠宝是从哪儿来的? 我虽然贵为国王,可是像这样名贵的珍珠宝石,连见也都没见过呢。"

"陛下,像这样的珍珠宝石,我家里有一满筐呢。这些珠宝呀……"渔

①太监:也称宦官,是专供皇帝、君主及其家族役使的官员。
②和颜悦色:形容和善可亲。

夫把结识雄人鱼和交换珠宝的经过一一讲给国王听,最后说道:"我同雄人鱼约定,每天我带一筐水果给他,他回赠我一筐珍珠宝石。"

"这是你的福分,不过,你要是没有名誉地位,就不能保护自己的财富。我可以保护你的财富不受侵害,但是将来也许我被免职,或者死去,由别人来当国王,那时,你也许会为财而亡。因此,我想招你为驸马,让你当宰相,规定由你继承王位。这样,即使我死后,你的生命财富也不会受人暗算。"

国王说完,命令侍从:"你们快带他上澡堂洗澡。"

侍从带渔夫去洗澡,替他擦洗身体,拿宫服给他穿戴,然后带他上朝,拜见国王。国王委命他为宰相,并派许多手下到渔夫家中,给他的老婆、儿子们换上华丽的衣服,让他老婆抱着最小的儿子坐在轿中,前呼后拥地把他一家接进宫。

渔夫的九个儿子一进宫,国王一个一个地搂抱他们,让他们坐在自己身边。由于国王没有儿子,只有一个公主,所以格外厚爱渔夫的几个儿子。在后宫里,王后也热情款待渔夫的老婆,使她感到无比荣幸,她们亲如一家。不久,国王宣布招渔夫为驸马,命法官、证人替渔夫和公主证婚,以渔夫的珠宝为聘礼,同时将城郭装饰得焕然一新,并举行了隆重的婚礼庆典。

国王招了驸马,非常欣慰。

第二天黎明,国王从梦中醒来,依窗眺望,只见渔夫头顶一筐水果,正要朝外走,便赶忙走到他面前,问道:"贤婿,你头上顶的是什么东西?你要到哪儿去?"

"我带水果去找海里的阿卜杜拉,跟他交换礼物。"

"贤婿,现在不是找朋友的时候。"

"我必须履行诺言,否则他会说我不守信用。我不是撒谎者,也不愿为享乐而忘了旧交。"渔夫说明必须去会雄人鱼的理由。

"你说的对,还是去会朋友吧。愿安拉保佑你。"国王同意驸马去找他的朋友。

渔夫高高兴兴地离开王宫,前往海滨。

一路上,只听人们议论纷纷:"这位是刚跟公主结婚的驸马,他拿水果换珠宝去了。"还有一些人以为他是卖水果的,叫住他问:"喂!水果多少钱一斤?卖给我吧!"他不想得罪人,只好随便应付,说道:"你等着吧,等我回来再说。"

他径直到了海滨,和雄人鱼见面,交换礼物。

卖面饼的阿卜杜拉荣升宰相

渔夫虽然成了国王的女婿,贵为宰相,却仍然履行诺言,每天按时去海滨和雄人鱼会面,交换礼物。他每天都要路过卖面饼的烤炉,只见铺门紧锁着,接连十天都没有开门。他觉得奇怪极了,心想:"他上哪儿去了呢?"

他向邻居打听:"老兄,你知不知道卖面饼的阿卜杜拉上哪儿去了?出什么事了?"

邻居说:"他生病了,在家躺着。"

"他家在哪儿?"渔夫打听了地址,然后根据邻居的指点,到了他家。卖面饼的阿卜杜拉听见敲门声,从窗户往外看,看见渔夫头顶箩筐,站在门前,便一骨碌跑下楼,打开了门。他扑向渔夫怀里,紧紧地抱着他不放。

"你好吗?朋友。"渔夫问他,"我每天从你的烤炉门前经过,看见铺门总锁着。我向你的邻居打听消息,才知道你生病了,因此我问了你的住址,来探望你。"

"你心好,愿安拉赐福你。"卖面饼的阿卜杜拉表示感谢,"事实上我并没有生病,只是听说有人造你的谣,诬陷你偷窃,被国王逮捕起来,我很害怕,所以才关闭烤炉,躲在家中,不敢出去。"

"是有那么回事。"于是渔夫把珠宝商的诬赖,以及他在国王面前辩明是非曲直的经过,从头到尾,详细说了一遍。然后他说:"国王已经招我为驸马,并委任我为宰相。从今以后,你不用害怕了,今天我把这筐珠宝一齐送给你,请收起来吧。"

他安慰卖面饼的阿卜杜拉一番,然后告辞,带着空筐回到宫中。

"贤婿,今天你是不是没见到你的朋友,海里的阿卜杜拉?"国王见他带着空筐回来,满腹疑虑。

"我见到他了。他给我的珠宝,我转送给一个卖面饼的朋友了,因为那个朋友曾经在我最困难的时候接济过我。"

"那位卖面饼的朋友是谁啊？"

"他是忠厚老实的好人。当初我生活无着，快要饿死时，全靠向他赊借，维持生命。他从来都是好言宽慰我，从不怠慢我。"

"他叫什么名字？"

"他是卖面饼的阿卜杜拉，我的名字是陆地上的阿卜杜拉，跟我交换礼物的那个朋友是海里的阿卜杜拉。我们是同名的好朋友。"

"我的名字也叫阿卜杜拉。"国王说，"真巧！这么说，凡属安拉的仆人，大家都是弟兄手足了。现在你快找人把卖面饼的阿卜杜拉请进宫来，让我委任他左丞相的职务吧。"

渔夫遵循国王的命令，邀请卖面饼的阿卜杜拉进宫，并陪他谒见国王。国王赏他一套宫服，委任他为左丞相，并宣布渔夫为右丞相。

渔夫去海中旅行

渔夫每天按时带一筐水果去海滨，向雄人鱼交换礼物，这样的日子过了一年整。

在没有鲜果的季节，他就拿些葡萄干、杏仁、榛子、胡桃、干无花果等干果去交换。他带去的无论是鲜果或干果，雄人鱼都欣然接受，并照例回赠他一满筐珠宝。

就在交换礼物刚满一年的那天，渔夫仍带着水果来到海滨，交给雄人鱼，他坐在岸上，同站在岸边水中的雄人鱼闲谈起来。他俩越谈越投机，天上、人间、海中的事无所不谈，最后谈到生与死。

雄人鱼问道："朋友，据说先知穆罕默德死后，埋在陆地上，你知道他的坟墓在什么地方吗？"

"我知道。"

"在什么地方呢？"

"在一座被称为麦加的城市里。"

"陆地上的人上麦加去参观先知的坟墓吗？"

"是的，经常有人去参观。"

"拜访先知的人都能得到他的救助。你们陆地上的人，能拜谒先知的陵墓，真是幸运之至。朋友，你拜谒过圣陵吗？"

　　"我没拜谒过圣陵,因为过去我很穷,没有盘缠去拜谒圣陵。直到认识你以后,蒙你赐福,我才富裕起来。现在我有条件了,我应先到麦加朝觐,然后去谒陵。这对我来说,是当然的义务了,但我还没这么做,这是因为我太爱你了,一天也离不开你。"

　　"莫非你把爱我看得比谒陵还重要吗?你不知道吗,在麦加的先知穆罕默德力量无穷,将来总有一天,他会在安拉御前救助你,替你说情,使你得以进天堂的。难道为了贪图享乐,你甘心抛弃谒陵这桩大事吗?""不,安拉在上,谒陵这件事,对我来说是当务之急,恳求你同意我暂时离开你,让我今年去朝觐、谒陵吧。"

　　"你若想去,我当然同意。你到麦加谒陵时,请替我向先知的英灵致敬,我想托你带点礼物,拿去祭祀先知的圣陵,现在你随我下海,我请你到我家去,并把送给先知的礼物交给你,帮我带到麦加去。请帮我对圣灵说:'穆圣,海里的阿卜杜拉向您致意,并送您这件礼物,恳求您将来在安拉御前福佑他。'"

　　"朋友,你生在水里,长在水里,水不会伤害你。如果你一旦离开水,来到陆地上,你的身体受得了吗?"

　　"是呀,我的身体离开水,干燥后,再经风一吹,我的生命就朝不保夕了。"

　　"我也和你一样。我生在陆地,长在陆地,我若下海去,海水会灌满我的肠胃,非把我淹死不可。"

　　"你不必担心,我拿油来抹在你身上,你就不怕水了。这样,你即使在海中生活,一切也不妨的。"

　　"哦,这我就放心了,你给我拿油来,让我试试看吧。"

　　"好的,我去了。"雄人鱼带着水果,跃入水中,不见了。

　　过了一会儿,雄人鱼又出现在渔夫面前,手里捧着一种形状跟牛油相似的脂肪。

　　渔夫见了,问:"朋友,这是什么?"

　　"这是鱼肝油,是从丹东鱼的身上弄来的。在鱼类中,这种鱼身体最庞大,比你们陆地上的任何野兽都大,可以吞食骆驼、大象。这种鱼常跟我们作对,是我们的死敌。"

　　"朋友,这种凶恶的家伙,它们靠吃什么生存?"

"吃海里的各种生物。你们人类不是经常以'大鱼吃小鱼,小鱼吃虾米'作为人世间强欺弱的比喻吗?难道这句谚语你没有听说过?""你说的对,但这种丹东鱼海里多不多?"

"多得不得了,只有安拉知道有多少。"

"我随你下海去,如果碰上丹东鱼,不是要被它们吃掉吗?"

"别怕,因为丹冬鱼一见你,知道你是人类,只会忙于逃命的。丹冬鱼不怕海里的生物,只怕人类,因为人类是丹冬鱼的大敌,丹冬鱼一旦吃了人肉,会立即死去,人类身上的脂肪^①是它致命的毒素。我们收集丹冬鱼的脂肪,全凭人为媒介。如果有人落水,尸体变了样或破碎之后,被丹冬鱼误食了,它便会即刻毒发身亡。一个人到成群的丹东鱼中吼叫一声,足以一下子吓死它们,一个也不剩。"

"我靠安拉保佑了。"渔夫欣然接受邀请,愿去海中游览。

于是他脱下衣服,在岸上挖个洞,把衣服埋藏起来,然后用鱼肝油涂遍全身,这才下海,潜入水中。他睁眼一看,舒适极了。水淹不到他,而且他行动自由,无论向前或退后,左转或右拐,上或下都游走自如。四面八方都围绕着水,他好像在透明的帐篷中,非常惬意。

"朋友,你觉得怎么样?"雄人鱼关心渔夫的安全。

"很好!你的话一点也不假。"渔夫感到满意。

"那么随我来吧。"雄人鱼带渔夫一直向前走。

渔夫跟着雄人鱼,尽情观赏海里的美景。他所经之地,到处对峙着山岳,各种鱼鳖形状不一,有的像水牛,有的像黄牛,有的像狗,有的像人。各种鱼鳖见到他都没命地奔逃。渔夫觉得奇怪,便问雄人鱼:"朋友,我们所碰到的各种鱼鳖,为什么都纷纷逃走呢?"

"它们怕你。因为安拉创造的各种生物中,人类是最令人望而生畏的。"渔夫随雄人鱼继续漫游海中,欣赏奇观异景。他们来到一座巍峨的山岳前面,正想走过去的时候,突听一阵咆哮声。渔夫抬头一看,只见一个比骆驼还大的黑影,吼叫着从山顶上滚了下来。他大吃一惊,赶忙问雄人鱼:"朋友,那是什么东西?"

---

① 脂肪:人和动植物体中的油性物质,是一种或一种以上脂肪酸的甘油酯。

"这便是丹东鱼了。它向着我们冲来,是想吃掉我。朋友,你吼一声吧,趁它来吃我之前,你快对它吼叫吧。"

渔夫放开嗓门大吼一声,那丹东鱼果然被他的吼声吓死,悄无声息地滚下海底。

他看到丹东鱼的下场,不禁惊喜交加,感叹道:"赞美安拉!我没用刀剑,手无寸铁①,而这个庞然大物竟经不起我的一声呼喊便死去了!""朋友,你不必惊叹。向安拉起誓,这种家伙,即使有成千上万之众,它们也经受不住人类的一声吼叫。"雄人鱼说着,带着渔夫来到一座海底的城市。

渔夫见城中的居民都是女人,没有一个男人,便问雄人鱼:"朋友,这是什么地方?这些女人是做什么的?"

"这是妇女城,因为城中的居民都是女人,所以被称为妇女城。"

"她们有丈夫吗?"

"没有。"

"没有丈夫,她们怎么怀孕、生孩子呢?"

"她们是被国王流放到此地的。她们不怀孕,也不生育。海里的妇女们,凡是触怒国王的,都要被送到这座城里禁闭起来,终身不许出去。谁偷偷溜出城去,任何动物都可以吃掉她。除此城外,其他的城市都是男女同居的。"

"海里还有别的城市吗?"

"多着呢。"

"海里也有国王吗?"

"有。"

"朋友,海里的奇观异景,可真是够多的呀!"

"你所看见的,只是很少一部分。所谓'海中美景胜比陆地'这句老话,难道你没听说过?"

"你说的对。"渔夫边答边仔细观看城中的女人们,她们一个个美丽得如一轮明月,长发披肩。所不同的是,她们的手足都长在肚子上,下身是一条鱼尾巴。

---

① 手无寸铁:手里没有任何武器。

渔夫随雄人鱼离开妇女城后，又被带到另一座城市中。那儿到处都是人群，男女老幼，形貌都跟妇女城中的女人相似，每人都有一条尾巴。他们全都赤身裸体，不穿衣服，也不见做买卖的市场。

渔夫问雄人鱼："朋友，这里的人怎么都裸露身体，不穿衣服？"

"哦，因为海中没有棉布，也不会缝衣服。"

"你们怎样结婚呢？"

"许多人根本不结婚，只要男的看中谁，便跟她同居。"

"这是不合法的。为什么你们不根据教法，先向女方求婚，送给她聘礼，然后举行婚礼，最后结成夫妻呢？""因为海里的人信奉很多种宗教。有信奉伊斯兰教的穆斯林；有基督教徒；有犹太教徒；还有其他各种拜物教。时兴婚配的，仅仅是穆斯林而已。"

"你们既不穿衣服，也不做生意，那娶亲时，你们用什么作聘礼？用珍珠宝石吗？""珍珠宝石对我们来说，像石头一样，一钱不值。穆斯林中谁要娶亲，只要去打一批各式各样的鱼类，一般是一千或两千条，也有更多一点的，总之由他本人和岳丈协商决定。捕足鱼后，男女双方的家人和亲朋好友便聚在一起，举行婚礼宴会，送新郎入洞房，新郎新娘便正式结为夫妻。结婚后，一般由丈夫打鱼供养妻子，要是丈夫无能，便由妻子捕鱼供养丈夫。"

"假若男女之间发生通奸这类丑事，那怎么办？"

"如果通奸的主犯是女方，她就被送往妇女城禁闭起来；假若她是孕妇，就要等孩子生下来后才执行。要是生下女儿，就得随母亲一起进妇女城，被称为'淫妇的私生女'，让她老死在那里；如果生下的是儿子，便被送到王宫中，国王会杀死他。"

渔夫听了惩罚淫妇的办法，感到十分诧异。后来雄人鱼又带他到别的城市去游山玩水。

雄人鱼之家

雄人鱼带着渔夫走过一城又一城，尽情地观赏游览，共游览了八十座大小城市。

每个城市各有不同的风貌。他好奇地问雄人鱼："朋友，海中还有其它的城市吗？"

"有的。我带你看的城市，只是我家乡一带的。海中的城市数不胜数，即使用一千年的时间，每天带你参观一千座城市，每座城市让你看一千种奇观，那么，你所看见的也还不到海中奇城美景的二十四分之一呢。"

"既然如此，那我们的参观游览就到这儿吧。因为这些城市和奇观，已经让我心满意足了。还有在吃的方面，我跟你在一块，八十天来，每天早晚都是不烧不煮的鱼，我可吃厌了。"

"你说的烧和煮，那是怎么一回事呀？"

"所谓烧、煮，是我们的烹调方法。比如一条鱼吧，我们把它放在火上，用烧或煮的办法，就能做成各种各样不同口味的食品呢。"

"我们生活在海中，到哪儿去找火？我们也不知道这些方法，所以吃的都是生鱼。"

"我们用橄榄油或芝麻油煎鱼，吃起来味道好极了。"

"我们这儿也没有橄榄油、芝麻油，我们生长在海中，许多人世间的事情我们都不知道。"

"是的。这次你带我游览了不少城市，只是你的家我还没去过呢。"

"我们现在离我居住的城市还很远很远，它就在我带你下海的那一带。我带你跑这么老远，只想让你多参观一些海中城市罢了。"

"我参观了这么多城市，已经够了。现在我只想到你居住的那座城市看一看。"

渔夫说出了他的愿望。

"好的，我这就带你去。"雄人鱼说着带渔夫往回走。走啊、走啊，终于来到一座城市前。他对渔夫说："喏！我就住在这座城里。"渔夫一看，这城比他参观过的城市都要小。雄人鱼带他入城，来到一个洞前，指着说："这就是我的家，这座城市中的住宅，都是些大大小小的山洞，海中的住宅差不多都是这样。海中的人要安家，必须先向国王请示，说明愿在什么地区定居，国王便派一队叫作'浪戈尔'的鱼类去他定居的地方，帮他盖房。它们用尖硬的利嘴啄好山洞，盖成房屋。它们不要报酬，只让主人捕鱼作为它们的口粮。等居室啄成之后，主人就有了住处。海中人的居住、交往都是如此，彼此之间馈赠和酬劳一般总离不开鱼类。"雄人鱼解释一番，接着说:"请进我的家吧。"

渔夫随雄人鱼走进屋去,只听他喊道:"孩子!"随着他的呼唤声,他的女儿出来了,她有一张美丽如明月的脸蛋,一双黝黑的大眼睛,身段苗条,臀部肥大,披着长发,拖着鱼尾巴,全身一丝不挂①。她一见渔夫,便问她父亲:"爸爸!跟你在一起的这个秃尾巴人,他是谁呀?"

"这是我结交的陆地上的朋友。我每天给你带来的水果,就是他送给我的。你过来向他问好吧。"

她果然听话,亲切地向渔夫请安问好。

雄人鱼对女儿说:"贵客光临,是我们的福气!你快去准备饭菜款待客人吧。"她一会儿便端出两条羊羔一般大的鱼。雄人鱼对渔夫说:"你请吃吧。"

渔夫虽然吃腻了鱼肉,可是饥肠辘辘,别无选择,只得硬着头皮嚼鱼肉充饥。

这时候,雄人鱼的老婆带着两个小儿子回家来。她长得雍容②美丽,她的两个儿子每人手中拿着一尾鱼娃,像陆地上的小孩啃胡瓜似的,吃得很香甜。她一见渔夫和她丈夫在一起,便随口问道:"这个秃尾巴是什么呀?"于是她和两个儿子以及她的女儿,都好奇地打量渔夫的屁股,笑得直不起腰来,嚷道:"哟!安拉在上,他竟是一个秃尾巴人呀!"

"朋友,你带我到你家来,存心让你老婆儿女取笑我吗?"渔夫抗议。

"对不起!朋友。因为我们这里没有不长尾巴的人,所以碰到秃尾巴人,总是被带进宫去,供国王开心取乐。我的儿女年幼无知,内人见识短浅,你别跟她们计较。"雄人鱼向渔夫解释、道歉一番,随即大声斥骂家人:"你们给我住嘴!"

他又好言安慰渔夫,消除了渔夫心中的不满。

渔夫见到海里的国王

雄人鱼正劝慰渔夫,向他赔礼道歉时,突然有十个莽汉闯进家中,冲着雄人鱼道:"国王得到报告,说你家来了一个秃尾巴人,这是真的吗?"

---

① 一丝不挂:比喻人没有一丝牵挂,超凡脱俗,现在指裸体。
② 雍容:形容仪态温文大方。

"不错,喏!就是他。"雄人鱼毫不掩饰地指着渔夫回答道,"他是我的朋友,上我家来做客,一会儿我就送他回陆地去。"

"我们一定要带走他,好向国王交差。如果你有话要说,请随我们一起进宫,去和国王讲好了。"

"朋友,"雄人鱼回头对渔夫说,"对不起!我没法违反国王的命令。请吧!我陪你一起去见国王。安拉保佑,我会在国王面前替你说情的。你别怕!国王看见你,知道你是从陆地上来的,一定会尊敬你,放你回陆地去的。"

"就按你说的办吧。"渔夫同意去见国王,"安拉保佑!我们走吧。"

雄人鱼、渔夫随莽汉们去王宫。国王一见渔夫,不由大笑一阵,然后说道:"欢迎你,秃尾巴人。"国王左右的人也都哈哈大笑,嚷道:"快看啦!他真是一个秃尾巴人哪!"取笑声中,雄人鱼不紧不慢地走到国王面前,说道:"这位是生长在陆地上的人,是我的好朋友。他不习惯跟我们在一起生活,因为他只吃烧烤或煮熟的鱼肉。恳求陛下开恩,让我送他回陆地去吧。"

"既然他不愿意在海中逗留,我就答应你。等我设宴招待他后,你再送他回去吧。"国王答应雄人鱼的要求,随即吩咐道:

"你们快去拿饮食来招待客人。"

国王的侍从听从命令,马上摆出各式各样的鱼肉,把渔夫当上宾①招待。渔夫荣幸地做了国王的客人,饱餐了一顿。

国王问他道:"你希望我赏你什么呢?只管说吧。"

"恳求陛下赏赐我珍珠宝石吧。"渔夫向国王讨赏。

"你们带他到珠宝库去,让他随便挑选吧。"国王欣然答应渔夫的要求,渔夫和雄人鱼一道来到国王的宝库中,挑选了许多名贵珠宝,满载而归②。

雄人鱼和渔夫绝交

雄人鱼领渔夫离开王宫,回到自己的家。在送渔夫返回陆地之前,他

①上宾:尊贵的客人,上等宾客。
②满载而归:装得满满的回来,形容收获很大。

取出一个包裹,递给渔夫,说道:"请收下这个包裹,帮我带往麦加,这是送给先知穆罕默德的一点薄礼,表示我对他的敬仰之情。"渔夫收下了他的礼物,但不知里面装的是什么。

雄人鱼送渔夫返回陆地,归途中经过一个地方,渔夫看见那里的人们欢呼、歌唱、大摆筵席,人们成群结队,载歌载舞,好像是办什么喜事。他好奇地问雄人鱼道:"他们这么高兴,是不是在办娶亲的喜事?"

"不!他们不是娶亲,而是死了人在办丧事呢。"

"你们这儿死了人,还要聚众庆贺吗?"

"是的,我们这儿是这样的。可你们那儿怎样呢?陆地上死了人,是什么样的情形?"雄人鱼也好奇地打听陆地上的情况。

"我们陆地上死了人,亲戚朋友都为死者悲哀哭泣,尤其是女人们,总是打自己的耳光,撕破身上的衣服,一个个哭得死去活来。"

"把我托你送先知的礼物还给我。"雄人鱼睁大眼睛瞪着渔夫说。雄人鱼要回礼物,和渔夫一起上岸后,突然果断地对他说:"我决心跟你绝交了!从今天起,咱们一刀两断!"

"你这是什么意思?"渔夫感到莫名其妙。

"你们生长在陆地上的人类,不是安拉的附属物吗?"

"不错,是安拉的附属物呀。"

"可是安拉收回他的附属物时,你们却不愿意,甚至于痛哭流涕。既然如此,我怎能把送先知的礼物托付给你呢?反过来,你们每逢生子,便欢乐无比,其实新生者的灵魂,原也是安拉的寄存物,而安拉取回他的寄存物时,你们为什么不愿意,并为此发愁、哭泣呢?这样的话,跟你们陆地上的人类结交,对我们来说,大可不必。"

雄人鱼说完,扔下渔夫,潜入水里,顷刻消失了。

渔夫把埋在岸边的衣服刨出穿上,带着珍珠宝石,满载而归。

国王喜出望外地前去迎接他,亲切地问候他道:"贤婿,你好吗?你为什么去了那么久才回来呢?"

渔夫把他去海里游览的经历讲了一遍。国王听了感到惊奇,羡慕不已。最后渔夫把雄人鱼和他绝交的事告诉了国王。国王听后,埋怨道:"你告诉他陆地上的情况,这可是你的错误呀!"

渔夫阿卜杜拉想念雄人鱼,继续每天去海滨。他呼唤雄人鱼,希望跟他和好,和他交换礼物,但却再也听不到他的回声,也看不到他的踪影了。

渔夫阿卜杜拉不厌其烦①,从宫里到海滨,又从海滨到宫中,每天来回一趟。经过了漫长的一段时间,他知道希望已成泡影,这才断了念头,不再徒劳往返。

他跟岳父母、妻室儿女一起,在宫中舒适、快乐地生活着,一直到老。

---

① 不厌其烦:不嫌烦琐与麻烦,形容耐心。

公主和王子

从前有个公主，长得非常美丽。她许下诺言，谁要是比武胜了她，就心甘情愿地嫁给他。许多公子王孙闻讯赶来，但都输在了武艺高强的公主剑下。

当时，波斯国有一个王子，相貌英俊，精通武艺。他听说公主的美貌和她比武招亲的消息，决定向她求婚。他准备了许多的金银珠宝作礼物，来到了公主的国家。

王子和公主的比武开始了。两人厮杀在一起，但因武艺相当，从上午斗到下午，仍分不出胜负。公主体力消耗很大，见王子却越战越勇，心想这不是办法。于是，她抓住一个空隙，突然掀起了自己的面纱。王子见公主十分漂亮，不由一呆，等他清醒过来，公主的宝剑已经架在他脖子上了，他输了。王子眼睁睁地看着公主得意地走了，对自己的分心后悔不已。他决定留在京城，等待时机再想办法娶公主。

一天，他听说公主经常去御花园赏花，就想出了一个主意。他化装成一个孤苦的老头子，来到御花园，对一个园丁说："我以前也是个园丁，现在生活没有着落，请让我给你做个帮手吧。"园丁听了，很可怜他，自己又正好缺个帮手，就答应了。于是，王子在园中住下来，天天盼着公主的出现。这一天，公主终于来了。王子拿出一些自己带来作聘礼①的金银珠宝，在一处显眼的地方坐下来，把它们摆在自己面前。公主带着女仆们从那儿经过，看到王子的样子，觉得十分奇怪。一个女仆就走上前来，问道："你在这儿干什么呢？"王子回答说："我想用这些珠宝，娶你们当中最美的一个做妻子。"公主等人听了，心想："他这么老的人了，还想娶个年轻的美女做妻子，简直是在做梦。"就不以为然地走了。

---

① 聘礼：订婚时，男家给女家的定礼。

第二天，公主和女仆们又来到御花园，看到昨天的那个老头，竟还坐在原来的地方，面前放着更多的金银珠宝。一个女仆就走上前故意和王子开玩笑，说道："我愿意做你的妻子，你把这些珠宝给我吧。"王子一听，假装很高兴的样子，说道："对了，你就是你们当中最美的一个人，你拿去吧。"说完，装着当真地要把珠宝塞在她手里。女仆吓了一跳，忙跑着离开了。公主她们见了都大笑起来。

夜里，公主心里暗自想道："分明我才是最美的一个，那疯老头却胡言乱语，竟然说我还不如那个女仆。这个谣言要是传出去，叫我如何受得了？"她想来想去，终于想出一个主意。她决定第二天清晨乔装①成一个女仆，独自去领回那些金银珠宝，她心想："我先骗下珠宝再说，反正那疯老头绝想不到我就是公主。"

第二天天亮，公主就按照原定的计划去见王子，说自己愿意嫁给他，王子高兴极了，说道："谢谢你，公主。"公主见老头竟然识破了自己的身份，大吃一惊，问道："你到底是谁？"王子得意地去掉脸上的伪装，恢复了自己的本来面目，说道："我就是上次被你用计打败的那个波斯国王子。"然后，王子又把自己的苦心告诉了她。公主听了，为王子对自己的爱恋所感动，尽管王子比武没有胜过她，又装作老头来骗她，她还是真心地愿意嫁给他。公主的父王见王子一表人才，又有着强盛的国家和巨大的财富，很喜欢他，于是同意了他们的婚事，并送给他们许多东西做嫁妆。

王子带着公主回到波斯国。几天后，波斯国王为王子和公主举行了隆重的婚礼。婚后，王子和公主两人互敬互爱，享尽了人间的幸福。

---

① 乔装：原意为改变服装以隐瞒自己的身份，现指改扮、装扮。

懂鸟兽语言的人

从前有个商人,不但能赚钱,还能听懂鸟兽的语言。他和妻子儿女住在村庄里,耕着十几亩地,开了一家磨坊,养着一头水牛、一头毛驴。

一天,水牛跑到毛驴住的地方,见毛驴被洗刷得干干净净[①],悠然自得地躺在干草上,十分羡慕地说:"驴老弟,你的日子过得真好,整日清闲,难得让主人骑一回,而我成天不是耕地就是推磨,这苦日子什么时候才是个头呢?"

毛驴挺同情水牛,就出主意说:"牛老兄,我有个好办法:明天早上农夫牵你进田时,你就尽管蹦跳,他要打你,你就躺在地上不起来,要是给你草料,你就不吃。只要你绝食一两天,保准就不让你下地干活。"

不想这段对话让商人无意中听到了,他决定将计就计[②],让这两头畜牲尝尝他的厉害。

当天夜里,给水牛喂草的农夫发现它不吃料,认为它得了病,忙向商人汇报。商人不动声色,吩咐道:"让水牛休息一下,把毛驴牵去耕地吧。"

农夫牵着毛驴耕了一整天的地,水牛很感激驴老弟的代劳,毛驴是哑巴吃黄连,有苦说不出。

谁知毛驴第二天又被牵去耕地,累得它四肢无力。毛驴实在受不了了,就对水牛说:"牛老兄,你休息得也差不多了,该干干活了。我听主人讲,要是你再不起来,他就会把你杀掉。"

水牛信以为真,当夜大吃大嚼,一夜也没让嘴闲着。不过,它们的对话还是让商人听到了。

第二天,商人骑着毛驴和妻子一道出外办事,水牛在主人面前大献殷

---

① 干干净净:没有污垢、尘土、杂质。
② 将计就计:指利用对方计策向对方施行措施。

勤,惹得商人大笑不止。

妻子不明白丈夫为何大笑,非要问个究竟。丈夫很爱妻子,不想让她受委屈,但是又不能将实情全部说出来。

于是,商人让儿子请来法官和证人,还请了亲友和邻居,然后说:"乡亲们,我能听懂鸟兽的语言,但不能泄露,否则我的生命就会完结。而我的妻子却非要让我讲出来,为了满足她的要求,我宁愿一死。"

乡亲们连忙苦劝,商人妻子却固执己见①,非要得出个究竟。商人打算把家事安排一下再死。他路过自家鸡棚时,听见看家狗对公鸡说:

"喂,你知道吗?咱家主人要死了。"

"你瞎说,人家活得挺健康的。"

狗就把听到的消息讲了一遍,公鸡听后说:"男主人的心肠太软,连个老婆也管不了。他要是把她绑起来痛打一顿,保准她不敢让男主人泄密了。"

商人听得茅塞顿开,决定好好教训教训妻子。他折下一根树枝,把妻子叫进别的屋子,关上房门,取出绳子把妻子捆绑在柱子上,然后用树枝狠命地抽打,问她认罪不认罪?

女人的哭喊并没有让众人同情,他们说:"哪有这样狠心的妻子,为一点好奇心宁愿让丈夫去死。"

妻子被打怕了,只好向丈夫认罪。众人见商人没事了,就心安地离去了。

从此,商人的妻子再不敢提这类要求了,那水牛和毛驴干活时也不再偷懒了。

---

① 固执己见:顽固地坚持自己的意见,不肯改变。固:固执,顽固,执,字面意思是拿着,此处意思为坚持自己的看法,不放弃。